來自
天堂的雨
下
Rain From
Heaven
晨羽——著
他就像一場溫柔的細雨，
治癒我藏在勇敢背後的傷口。

第八章

一片昏暗中，窗外雨聲依舊，卻明顯小了許多。

在房間裡，我躺在床上，動也不動地盯著從窗簾竄進來的光。腦袋裡什麼都沒有，只剩下徐子杰看著我的身影，即使閉上眼睛依舊十分清晰，彷彿他現在還站在那裡。

士倫和薇薇的事只不過是個幌子，何利文故意拿薇薇來激怒我，真正的目的是想讓徐子杰離開我。

好幾次都害怕會失去徐子杰，因爲在他身上找到了依靠，所以我利用他對我的好，來忘卻心裡的那道傷，連自己都痛恨這樣的自私，卻又無法不這麼繼續下去。如今一切劃下句點，內心並沒有想像中那樣難受，只有連自己都訝異的平靜，是因爲早就預料到這一天遲早會來臨嗎？

我已經不想去猜測徐子杰現在會怎麼看我，我的感知能力似乎全面麻痺，沒能再去感受任何對他的愧疚情緒。

「士緣，妳明天生日要怎麼過？」吃飯時，雁琳與高采烈地問我。

「喔……我要跟我爸媽一起過，忘記告訴妳了。」我頓了頓。

「是喔？原本想陪妳慶生跟跨年的，好可惜。」她難掩失望，「那禮物要什麼時候拿給妳？」

「不用了啦。」我失笑。

「不行，我已經想好要送妳什麼了。不然約星期日可以嗎？我們出去玩，順便把禮物拿給妳！」見我點頭，她開心地歡呼，「太好了，我想一想，是要去唱歌呢？還是去看電影？」

現在的我，需要利用其他事物讓自己快樂起來。在最後這段時間，和爸、士倫，還有雁琳多製造一些美好的回憶，把握跟他們在一起的每一天，這樣即使將來和他們分開，也許就不會那麼寂寞孤單。

偶爾我還是會在學校碰到徐子杰，但沒有交談，連眼神交會也沒有，只是擦身而過。我告訴自己，時間一久，他也會忘記，因爲那些回憶對他而言都不值得留戀，現在我們無法再爲彼此做什麼，除了遺忘。

星期六那天，我起床得有點晚，點開手機，看到雁琳和Anna傳來的生日祝福。下樓後，發現爸媽不在，我自己弄了點東西吃。忽然，門鈴響了，打開門，一人高舉手中的咖啡色紙袋擋住臉，袋子一拿開，一張溫暖燦爛的笑臉映入眼簾。

「祝方士緣小姐十七歲生日快樂！」士倫喊得很大聲，害我不得不摀住耳朵，笑罵：「你是要喊給整條街的人聽啊？」

「可以的話，當然最好啦！」士倫哈哈笑道，把紙袋遞給我，「送妳的禮物，生日快樂！」

「謝啦。」我微笑，「進來坐吧。」

「好。」他走進屋裡，環顧客廳，「伯父伯母不在嗎？」

「對啊，不曉得去哪兒了。」我面露期待，「嘿嘿，我要來拆禮物嘍！咦，你送兩樣啊？」我發現袋子裡躺著一大一小兩份禮物。

「對啊，先拆大的吧。」

他幫忙打開第一份禮物，我的眼睛頓時一亮，忍不住叫：「史努比的音樂盒！」

「喜歡嗎？」

「當然喜歡啦，好可愛喔，謝謝！」我開心不已。

他笑了一下，接著打開第二份禮物，「士緣，右手給我。」

「右手？」我眨眨眼，伸出右手，接著就見他取出一條銀色手鍊，輕輕繞在我的手腕上。

看著那條手鍊，我一句話都說不出來。

「這是我和同學逛街的時候看到的。」他垂首低語：「一看到這條手鍊，我就決定要送給妳。」

我怔怔地看著他爲我戴好手鍊，那觸感、重量，再度喚醒我一直想忘掉的記憶……

「雖然這條手鍊不像阿杰送的那麼有價值，但還是希望妳會喜歡，就當作是一個新的開始吧，希望妳不會再爲這件事情難過了。」語畢，他對我溫暖一笑。

我鼻頭莫名一酸，想道謝卻怎樣都發不出聲音來，最後只能回他一個微笑。

士倫離開後，我坐回客廳，盯著手腕上的鍊子。原本已漸漸習慣沒有那條手鍊陪伴的日子，士倫竟又送了另一條給我。我不是一直都很希望那條手鍊是士倫給的嗎？現在他眞的送我一條手鍊了，這是我求之不得的，不是嗎？但為什麼此刻的感覺，卻完全不是我所想像的那樣⋯⋯

發了半晌呆，我把士倫送的音樂盒放回房間收好。

下午三點多，看到媽提著一大袋東西走進家裡，我訝異道：「媽，妳買了什麼？」

「今晚的菜啊！」她將那袋食材扛進廚房，我跟進去，內心納悶晚餐有必要煮那麼多嗎？

「要不要我幫忙？」

「妳幫我把高麗菜洗一下吧。」

我走到水槽邊，捲起袖子準備做事，頓了一下，轉頭問：「媽，有沒有手套？」

「要手套幹麼？」她看著我。

「我怕水冰嘛。」

「這麼點冰妳也怕，在右邊的櫃子裡，自己拿。」她立刻叨念幾句，「連一點苦也吃不了，現在的小孩真的是⋯⋯」

我吐吐舌，轉身去拿手套，並趁媽不注意時趕緊戴上，不讓她發現左手腕上的疤痕。

「對了，媽，我好像很久沒幫妳做菜了？」

「妳也知道啊？成天跟少奶奶一樣，只會看電視等吃飯。」

「還不是因為妳每次都嫌我礙手礙腳。」我咕噥。

「每次妳煮的菜不是甜變成鹹，就是辣變成苦，上次煮酸辣湯居然把蕃茄醬倒進去⋯⋯」

我正想辯解，媽卻揮揮手開始趕我，「好了，菜洗好就出去，不然又幫倒忙了。」

「什麼嘛，人家特地來幫忙妳還這樣子。」我噘嘴，把菜放進鍋子裡就脫下手套離開廚房，卻在眼角餘光中瞥見媽掛在唇角的笑意。

晚上爸回來後，看著整桌豐富的菜餚，簡直像在辦桌，爸驚訝地望向媽，「這會不會太……」

「你不是叫我今天多準備一點嗎？」她涼涼地回應。

結果那一餐，我們吃到肚子都撐了，三個人的胃幾乎無法再塞進任何東西，所以當爸把生日蛋糕放到桌上的時候，我跟媽的臉都綠了。

「來，幫緣緣過生日吧。」爸把蠟燭插在蛋糕上，將家裡的燈調暗後，帶頭唱起生日快樂歌。

「緣緣，許願吧。」

我笑著點頭，隨即十指交扣，開始忖度要許什麼願望。在闔上眼睛的那一刻，腦海卻忽然浮現小時候爸媽為我慶生的畫面，我已經記不得是多久以前的事……

「緣緣，許好願了嗎？」爸摸摸我的頭。

「許好了！」我高舉雙手大喊。

「妳前兩個許了什麼願望？」媽莞爾問。

「我希望可以跟爸爸媽媽一直在一起！」

「喔，那第二個呢？」爸笑了。

「第二個……還是一樣，跟爸爸媽媽在一起，不分開！』

「好，既然這是緣緣的願望，那我們就永遠在一起，好不好？」爸摟著媽，兩人都笑了出來。

我慢慢睜開眼，視線瞬間蒙上一片霧氣。

已經有多久沒和爸媽一起慶生了？全家和樂融融的那種感覺消失多久了？

蠟燭的火光靜靜跳動，在微弱的光芒中，我似乎看見爸眼底的淡淡悲傷，媽的眼眶也微微泛紅。

媽，妳想起來了嗎？想起當年你們說過的話嗎？不是說好了，我們會永遠在一起不分開嗎？你們不是這麼對我說的嗎？當時的我們是多麼幸福，怎麼料想得到，這個約定會有結束的一天？

但是無論誰對誰錯，對我都不重要了，就算知道這是三人最後一次聚在一起，我也已經很滿足了。

當年的我，將最後一個願望留給士倫，但這次，我的三個願望都一樣：就算這個家即將破碎，我依舊希望我最深愛的家人，都能夠再次找到幸福，再次擁有快樂的人生。

除此之外，別無所求。

我放下雙手，俯身吹熄蠟燭，淚水也同時淌下。

但願我的願望能夠實現，在十七歲生日的這一天，唯一的心願，我打從心底深深祝福自己。

生日快樂，方士緣。

隔天，我和雁琳約在電影院門口見面。

看完電影，我們又接著去唱歌、逛街，到處吃吃喝喝，從上午玩到下午。吃完晚餐，兩人又一頭熱地衝去遊樂場，排隊坐摩天輪看夜景。

「這是給妳的。」坐在摩天輪裡，雁琳遞給我一個袋子，甜甜笑著說：「希望妳會喜歡。」

「謝謝。」我笑了笑，「可以拆開嗎？」

「可以呀。」我拆開禮物，是一雙印有史努比圖案的針織手套，我驚喜不已，「好可愛！謝謝妳。」我當場戴上手套，在她眼前揮舞著。

「太好了，我還擔心妳會覺得太幼稚呢。」她鬆口氣，隨即滿足地伸伸懶腰，喜悅地說：「好久沒有玩得這麼過癮了，等我四月生日，再找妳出來痛快地到處玩！」

「哈哈，當然沒問——」我倏地停止，沉默幾秒鐘，吶吶道：「抱歉，雁琳，妳生日那天，我恐怕不能陪妳一起過了。」

「爲什麼？」她睜大眼睛。

我抿抿唇，低語：「因爲那個時候，我已經不在台北了。」

「不在台北……這是什麼意思？」

看到雁琳震驚的表情，雖然不忍，但我還是將事情全盤說出，她聽完後，整個人呆若木雞。

「對不起，現在才告訴妳，因爲我實在不知道該怎麼跟妳說……」我歉然。

「怎麼這樣？」她湧出淚水，不一會兒就啜泣出聲，「怎麼會這樣？」

我不禁跟著鼻酸，我們握著彼此的手好一會兒後，雁琳紅著眼眶問我：「那張士倫怎麼說？」

「我沒告訴他。」

「妳不打算讓他知道嗎？」她訝異。

「我很想說，」我深呼吸，「可是一看到他的臉，就一個字都說不出來了。」

我慢慢將頭靠在雁琳的肩上，望向窗外夜景。

「雁琳，妳之前曾問我，現在是不是還喜歡著士倫，對吧？」

她停頓了一下才回答：「嗯。」

「從小，我的目光就一直停在他身上，我最關心的人也是他。他的喜怒哀樂都能牽引著我。他笑，我就笑；他哭，我也哭，我找不到比他更重要的人，他幾乎就是我的全世界。」我輕輕說：「睡覺醒來第一個想到的是他，無時無刻都想著他在哪裡？在做什麼？就算遇到再難過痛苦的事，只要聽到他的聲音，看見他對我笑，我心裡就會很滿足很開心，我受不了他對我冷言冷語，更無法忍受他不理我……」

「妳對張士倫的這份心情，我也曾有過，眞的很難受，有時甚至會不希望他用對待妳的方式來對待其他人，對吧？」雁琳問。

我想笑卻笑不出來。

璀璨的燈火在黑夜中靜靜閃耀，美得很不眞實，卻深深觸動人心，彷彿有滿滿的感情，在黑暗裡四處流竄找不到出口。

「可是……」我聲音小得彷彿是在對自己說，「如果對那個人也有同樣的感覺，那又代表什麼意思？」

「那個人？」雁琳困惑，「妳在說誰？」

埋在心底的盒子不知不覺被悄悄開啓，那刻意忽略、潛藏許久的感情，全在此刻湧了上來。

「除了士倫，還有一個人，」我闔眼，低喃：「我對他也有同樣的感覺。」

聞言，雁琳似乎呆住了，一時沒有回應。

「那個人……」她問得很小聲，也很小心，「是徐子杰嗎？」

我沒有回答。

我沒有回答，是因爲我不想承認，也不想否認。我早就知道雁琳應該多少都有察覺到，只是我沒有說，她也沒有問。

繼薇薇之後，我不曾對別人透露自己最眞實的心情，包括徐子杰，我也從未讓他知道我對他的感覺。我想忘記徐子杰在我記憶裡留下的烙印，卻怎樣都抹滅不去，不時隱隱作痛，不容許任何人發現，甚至觸碰。

我跟雁琳沒有再繼續談論這話題，結束今天的行程後，兩人互相道別。在回程公車上，我靠著椅背，靜靜地低頭凝視雙手。手上戴著雁琳送的手套，也戴著士倫送的手鍊，得到這兩樣禮物，應該心滿意足才對，爲何內心還是一片空蕩失落？

我不禁嘲笑自己的天眞與愚昧，到現在還在妄想聽到那個人對我說生日快樂。

身邊擁有的這麼多，竟抵不過他的一句祝福……

「方士緣！」

搬作業到導師室途中，在走廊上遇見何利文跟薇薇。

何利文主動跟我打招呼，「前天是妳生日吧？聽張士倫說妳和家人一起慶生，所以沒辦法來跨年，眞可惜，不然妳可以跟我們『四個人』一起去。」

就算她沒有直接說出徐子杰的名字，我也聽得懂她的意思，她那雙蘊含笑意的眼睛，似乎在等著看我有什麼反應，「啊，我都忘了，妳已經利用完人家了，當然也沒必要再繼續跟對方接觸了，對吧？」

薇薇的臉色很難看，眼神飄忽不定，我心中一動，難道……薇薇知道何利文所有的計畫？甚至跟著她一塊設計我？我冷冷地看向薇薇，薇薇一接觸到我的視線，立刻躲開。

「能夠早點認清事實也好，不然一直被妳欺騙下去也太可憐了，依他的個性……應該是不想再見到妳了吧？」雖然何利文一臉同情，我還是從她的眼神看出她眞正想表達的意思是：看妳還能依賴誰？

「利文，」薇薇拉拉她的衣服，「我們走了吧。」

「喔。」何利文點頭，再度對我一笑，「那就掰掰啦，方士緣。」

她們一離開，我便閉上眼睛深吸一口氣，繼續往導師室走去，意外發現士倫也在裡頭，他一看到我，立刻過來跟我打招呼，我雖然面帶微笑，卻壓不住內心的波濤洶湧，在看見徐子杰也跟著出現後，我的笑容越來越不自然。

「你弄好了嗎？」士倫問他。

「嗯。」

「挺快的嘛。士緣，那麼我們先走嘍。」

當徐子杰從我身旁走過，我感到心臟瞬間一縮。

他依舊像往常那般冷靜，眼裡看不出情緒，與我視線短暫交會時，漠然得像在注視一個陌生人。

回到教室，我的桌上滿是水漬，課本也被水沾溼而變得皺巴巴的。

我的眼神淡淡朝那群八婆掃過，她們裝做沒事般熱烈聊天，有幾個同學悄悄注意我的反應，其中雁琳的眼裡寫滿了驚慌與憂心。

「啊，方士緣！」其中一個八婆突然出聲，「剛剛不小心撞到妳的桌子，沒想到妳的水壺沒蓋好，水直接灑出來了，不好意思唷！」然後又回頭繼續聊天。

聞言，我沒有應聲，默默拿抹布將桌上的水漬擦拭乾淨。

「士緣，妳還好嗎？」

中午在老地方吃飯，雁琳緊張兮兮地問我。

「很好，沒事啊。」這是她第三次問我同樣的問題，我的回答也依舊如常。

沒錯，這已經是第三次了，那群女生對我不再只是冷嘲熱諷，她們開始想出一些花招來惡整我，我早有心理準備，所以並沒有大驚小怪。

「她們根本就是故意的，還敢說是不小心撞到！」雁琳憤然，「難道妳要任她們欺負嗎？我光看就覺得快瘋了，可是又不能站出來幫妳，這讓我更覺得生氣！」

「又不是第一次遇上這種事，她們嚇不了我的，妳別擔心。」我輕鬆地說，「我和一年前不一樣了。」

去年初次面對班上同學的惡整時，我完全不知道該怎麼辦，只能任由對方得寸進尺，哭泣是家常便飯。那些看我不順眼、嫉妒我和士倫走得近的女生，更以替薇薇討公道為藉口，對我做出十分過分的事，倉皇無助的我，只能躲到沒有人的地方偷偷哭泣。

我跟雁琳決定中午不再來美術教室吃飯，不讓那些女生趁我不在又做出各種小動作。

下課時間，我站在走廊上吹風，視線飄向操場，正好看見士倫他們在打籃球。士倫和徐子杰是對手，士倫將球運到籃下，傳給身旁隊友，隊友在要射籃時被徐子杰抄走球，徐子杰旋即射出一球，但沒有投進，士倫那隊搶到籃板球又迅速折返，可是徐子杰卻留在原地動也不動，這舉動引起其他人注意。士倫跑過去跟他說話，沒多久徐子杰就帶著外套離開操場。

我靜靜地看著徐子杰走出我的視線。

回教室後，我坐在位子上，眼睛盯著課本，思緒卻全是徐子杰。

並不想再見到他的，可是只要他一出現，我的目光就會停在他身上。

晚上跟士倫站在窗口聊天，提及徐子杰今天在球場上的異常表現，令我訝異的是，士倫說徐子杰最近已經不是第一次這樣了。

「他最近上課幾乎都在睡覺，沒什麼精神，問他晚上在做什麼，他都說在游泳，很晚才回去。」

「不錯啊……算是爲出國做準備吧。」我吶吶道。

「可是看他這樣，我很擔心。」士倫無奈地嘆了口氣，「說眞的，他變得有點恐怖。」

「恐怖？」

「對啊，感覺越來越難以捉摸，好像回到一年級剛認識他那時候，他待人冷冰冰的，從不跟同學打交道，我覺得他很神祕，所以主動過去和他攀談。」語落，士倫笑了起來，「妳知道嗎？一開始他甩都不甩我，但我不放棄，三不五時就去找他，煩得他受不了，我想當時他應該很想扁我。」

「你爲什麼要這樣啊？」

「就是想認識他啊。」他又笑，「總之，感覺他現在好像又變得跟從前一樣，不曉得到底發生什麼事了？問他也不告訴我。」

我沒再開口。

從此之後，我竟沒再見過徐子杰，他彷彿從我的世界消失，再沒出現過。

我鬆了一口氣，心想只要不再見到他，就不會胡思亂想，一切都會回到原點。

一直深信，隨著時間過去，我會逐漸習慣沒有他在身邊的日子……

「方士緣，怎麼這麼晚才進教室？」講台上的老師，納悶地看著站在門口的我。

「對不起。」我淡淡道。

「好了，快回座位。」

一到位子上，眼角餘光就注意到那群八婆正竊笑著。

早上她們先是把我的課本藏起來，下午則把我反鎖在廁所不讓我出來。她們用拖把將門扣住，我發現後，並沒有像從前那樣拚命敲門大喊，反而沒有任何動靜。八婆們見我的反應不如預期，上課鐘響時就先離開了。直到一位在上課時間來上廁所的同學走進來，我才敲門出聲請她幫忙。

我不生氣，只對她們的舉動感到可笑。

「士緣，妳眞的不反抗嗎？她們這樣眞的太過分了啦！」當晚，雁琳在手機那頭氣急敗壞地罵道。

「還好啦，我以爲她們會想出什麼特別的花招，沒想到還是跟以前一樣沒新意，她們應該去請教何利文的，她比較有點子。」

「士緣！」她幾乎被我嚇壞了。

「開玩笑的啦，妳別擔心，我應付得來的。」

花一段時間安撫雁琳後，士倫也打電話來，他的聲音有氣無力的，我納悶地問：「怎麼啦？」

「沒有，只是要告訴妳，明天我會先去學校，所以不用等我了。」

「又要忙啦？」我拉開窗簾，發現他房裡的燈是關著的，「你現在就要睡了？才九點耶。」

「沒辦法，今天比較累，不早點睡明天會爬不起來。」

「需不需要我叫你起床啊？」

「算了吧，給妳叫鐵定遲到。」

「喂，什麼態度？」

「好啦，不鬧妳了，眞的要睡了。」他笑了笑，「妳也早點睡，越來越像熊貓了。」

「張士倫！」

「晚安嘍。」他立刻切掉通話。

我對著手機嘛嘛嘴，正準備去洗澡時，手機再度響起，原以爲又是士倫，但看到上頭的來電顯示，我立即全身僵硬，渾身血液彷彿被凝住。螢幕上的名字，讓我的心越跳越快，腦中一團亂，沒有勇氣接起電話，卻又害怕再不接聽，電話就會掛斷。

我深呼吸，緊咬下唇，最後決定接起，當手機貼近耳畔那一刻，我的呼吸彷彿就要停止。

「我是徐子杰。」他低沉的嗓音傳了過來。

「我知道。」我壓抑著內心的激動，鎭靜地問：「有事嗎？」

「明天中午，來美術教室後面。」他淡淡地說：「我有東西要給妳，妳的生日禮物。」

我呆了半晌，不禁結巴，「不、不用了，都過那麼久了，你不需要——」

「我很早就準備好了，只是來不及給妳，就在那裡碰面，可以吧？」

「……好。」怔了幾秒，我嚥了嚥口水，「那麼……」

再見。這兩個字我實在不願說出口，我還想再聽他的聲音，希望他能再跟我說些話，我努力想開口，卻不知道說什麼。

就這樣安靜了好久，我打破沉默：「我……明天會過去。」

他沒有回應。

「那就這樣了，晚安。」濃濃的失落，讓我決定結束通話。

「士緣。」

他的聲音使我的心猛地一跳，我脫口而出：「什麼事？」

他靜默，慢慢吐出四個字：「生日快樂。」

我愕然地睜大眼睛，最後忍不住緊抿了唇，忽然有想哭的衝動。

「謝謝。」我乾啞道。

「再見。」

「嗯……再見。」

通完電話，我閉上眼，深呼吸，雙手緊握手機，心底的激動讓我捨不得放下它……

隔天，我完全處於心神不寧的狀態，沒有一堂課能專心，不時盯著手中的鑰匙圈，直到現在仍覺得像是一場夢。一直以爲無法再將這份禮物交給他，沒想到竟然又有了機會，無論如何不能再錯過，我心裡有好多好多話想對他說。

被這股期待又不安的心情強烈驅使，中午鐘聲一響，我馬上奔出教室。

到了美術教室，徐子杰還沒來，我喘著氣，站在那兒靜候，只是時間一分一秒過去，卻始終不見半個人影。我對著白牆上的塗鴉發呆，心裡納悶，不曉得徐子杰是怎麼了。

想得正出神，忽然有人在我肩上一拍，嚇得我當場叫了一聲，立刻轉過頭去。

「幹麼叫這麼大聲，嚇死我了。」眼前這人拍拍胸口，一臉莫名其妙。

「士倫？」我錯愕，「你……怎麼會來這裡？」

他疑惑，「不是妳叫我來的嗎？」

「咦？」

「阿杰傳訊息跟我說的。」他偏頭，「他叫我中午來這裡，說妳有很重要的事要告訴我。」

士倫的話讓我全身一僵。有很重要的事要對士倫說，重要的事……

「明天中午，來美術教室後面，我有東西要給妳。」

「妳的生日禮物。」

我的腦袋一片空白，無法繼續思考。

「徐子杰在哪裡？」

「嗯？他走啦，應該已經到高雄了。」

「高雄？」

「我之前不是跟妳說過他要去比賽嗎？地點在高雄，今天早上就出發了，可能寒假才會回來。」

我說不出半句話，一直被我握在手心的鑰匙圈，隨著雙手鬆開，直直墜落在地。

我不記得自己是怎麼回到教室的。

我只記得同學照常聊天，上課鐘聲照常響起，老師照常講課，照常放學，所有一切都像平常那樣規律地進行，好像只有我身處在別的地方，不知道這個世界在做什麼。

回家後，我動也不動地躺在床上，手仍牢牢握著那個鑰匙圈，直到聽見媽在樓下喊，我才放下鑰匙圈，換了衣服下樓去。

「來把飯端過去。」媽對我說，此時爸也正好回來。

看著媽將盛好的飯放在電鍋前，我走過去準備把飯端到餐桌上時，忽然感到一陣暈眩，兩手瞬間失去力氣，托盤裡的碗當場掉落，碎了一地！

「士緣，怎麼了？」媽驚訝地從廚房跑出來，爸也連忙關心我：「緣緣，沒事吧？有沒有受傷？」

「對、對不起。」我嚇一跳，急忙蹲下來想撿拾碎片，卻被爸阻止。

「爸爸來就好，小心別割傷。」

媽拿了掃把過來，斥責道：「妳這孩子，怎麼這麼不小心？」

「沒關係，再拿就好了，去盛飯吧。」爸溫柔地說。

我趕緊再去盛飯，聽著媽清掃碎片的聲響，方才的驚愕與慌亂還沒退去，我的雙手不停發顫。

結果那一餐我完全沒了食欲，硬吞幾口飯就離開餐桌，面對爸媽狐疑的眼光，我解釋不出原因。

因爲連我都不知道自己是怎麼了……

回到房間，我坐在書桌前繼續發呆。手機突然響起，我一驚，迅速接起來：「喂？」

「士緣，妳怎麼了？聲音聽起來很慌張。」雁琳問。

我吶吶道：「抱歉，因爲我以爲是……」

「什麼？」

「沒、沒什麼，怎麼了？找我有事嗎？」

「喔，沒有啦，因爲妳今天中午不在教室，妳回來以後，看起來也怪怪的，沒什麼精神，所以才想問妳是不是發生什麼事了？」

雁琳的溫柔關心，使我喉嚨乾澀，雙唇微顫。

我的腦子混亂無比，失措惶恐，想要求助，「雁琳，我……」

「怎麼了？」

「我……」話在嘴邊，卻怎樣都說不出口，只能牽強地回：「沒什麼事，妳別擔心，我只是有些不舒服而已。」

「眞的嗎？那妳要好好照顧身體，早點睡喔。」

「好，晚安。」切掉通話後，我注視手機螢幕上的通話紀錄，從中午到現在，撥出去的電話不計其數，卻不見任何一通回電。

我打給徐子杰，想要問他話，想要聽他解釋，卻怎樣都聯繫不上他。我沒有告訴士倫任何事，一句話也沒有說。這段時間，只要士倫打電話來，我都不敢接，我害怕自己的異樣會被他發現，害怕面對他。

「好了，我們再複習一下這一課。」班導一邊說，一邊轉身寫黑板。

我打開課本，發現後面幾頁被黏在一塊，一轉頭，就瞄見那群八婆得意洋洋的表情。現在班上越來越多人加入她們的行列，面對她們的變本加厲，我無動於衷，選擇逆來順受，什麼都不想看，不想理，不想聽，失魂落魄得彷彿只剩一具軀殼。

雁琳終於受不了，某日約我放學後在美術教室碰面，一見到我，她馬上焦急地懇求：「十緣，拜託妳不要再忍氣吞聲了，難道妳要讓她們一直欺負妳嗎？我眞的看不下去了！」

面對她的擔憂，我回得平靜：「沒關係啦，我不在意。」

「妳不要這樣好不好？到底怎麼了？」

「我眞的沒事啊。」我失笑，「抱歉，雁琳，今天我想早點回去，有什麼話下次再說吧。」說完，我調頭就走。

「爲什麼徐子杰離開後妳就變成這個樣子了？」

我停下腳步，唇角笑意消失。

雁琳跑到我面前，「我都聽說了，徐子杰是在那天離開台北，去高雄比賽，所以妳才會變成這樣，對不對？」

「……不是。」我搖搖頭，禁不起再聽到他名字時心裡的波動，想要離開，卻再度被雁琳攔住。

「是不是妳自己最清楚！」雁琳說，「士緣，難道妳現在還沒發現嗎？」

我怔怔然，那一刻忽然開始害怕接下來她要說的話……

「記不記得妳曾問我，睡覺醒來第一個想到的人是他，無時無刻都想著他在哪裡？在做什麼？只要一個笑容就能讓妳覺得很開心很滿足，無法忍受他對妳冷言冷語，這些都代表什麼？」

我快步從她身邊走過。

「那代表妳喜歡他！」她喊道：「妳已經喜歡上徐子杰了，知不知道？」

「別說了！」我激動地摀住耳朵，崩潰尖叫，「妳不要再說了！」

我的大吼立刻讓雁琳安靜下來，她似乎被我嚇到了。

我直接衝回家，回到房間立即甩掉書包倒在床上，用枕頭緊緊覆住雙耳，可是雁琳的話卻仍在耳邊揮之不去，我緊咬下唇，忍不住發出一絲哽咽的悲鳴。

不要說，不要說，拜託不要說……

翌日，我騙媽說身體不舒服，不想去學校，媽見我臉色不佳，便讓我在家休息，就出門了。

躺在床上，我撥了徐子杰的電話，依然無法接通，我的視線漸漸模糊。

一直很想問他為什麼要這麼做？在我那樣傷害他之後，我寧可他恨我，也不要他這麼對待我，那比任何報復還來得殘忍。然而，對現在的我而言，眞正的殘忍是在失去他之後，才終於發現自己對他的感情。我害怕自己承受不了他的離開，負荷不了對他的愧疚，所以始終不敢承認，不敢面對。

拿起要送給他的鑰匙圈，原本潔白的雪人不知何時竟沾上了淡淡汙點，不再像之前那樣美麗。

看著看著，喉嚨再度哽住，不能呼吸。我知道，自己再也見不到他了。

「士緣姊姊！士緣姊姊！」

悅悅開心地從廣場那頭奔來，她衝進我懷裡，親密地抱住我的脖子，「士緣姊姊，妳怎麼隔這麼久才來，我好想妳喔！」

充滿童眞的稚嫩聲音，不知爲何竟讓我酸了鼻頭，「對不起，最近太忙了，沒有時間來。」

「大姊姊，妳今天沒吹笛子啊？」站在悅悅身旁的小男孩好奇地問。我看看他，覺得眼熟，「你是……」

「我是佑傑啦！」他喊道：「妳有吹過〈無敵鐵金剛〉給我聽！」

「對耶，我想起來了，對不起，因爲太久沒看到你了。」我失笑。

「士緣姊姊，我有東西要送妳。」悅悅拉開衣領，解下脖子上的項鍊放到我手心，項鍊上有一片顏色繽紛的小貝殼，「是老師教我們做的。」

我深深凝視著項鍊，感動地笑：「謝謝，好漂亮。」

「我做了兩條喔，另一條我已經拿給子杰哥哥了，他也說很漂亮！」她一臉開心。

我錯愕，「他……有來？」

「對啊，前幾天來的，我們都有看到他。」佑傑也點頭。

「這樣啊……」我不自然地笑著，「那他有跟你們說什麼嗎？」

「子杰哥哥說以後沒辦法來看我們了，」悅悅越說越難過，「因爲他要去一個離這裡很遠的地方。」

我的心劇烈地疼痛著，當下一個字都說不出來，隨後注意到佑傑的納悶目光。

「大姊姊，可不可以問妳一件事？」他開口。

「嗯，可以啊，你說。」

「大哥哥他都是怎麼叫妳的啊？」

「咦？」

「對呀對呀，叫什麼？不是『士緣』嗎？」悅悅也跟著追問。

我先是愣怔片刻，才笑：「你們爲什麼要問這個呢？」

聞言，悅悅和佑傑眨了眨眼睛，接著彼此對視一眼……

「不是不舒服嗎？怎麼還跑出去？」媽氣得大罵，「妳看妳，淋成這樣，不怕又感冒嗎？」

「……妳不是出去了嗎？」

「下雨了，我回來收衣服不行嗎？」媽把我推到樓梯口，「快上樓去換衣服，眞是會被妳氣死！」

從廣場回來的途中，忽然下起大雨，我沒帶傘，被淋成落湯雞。

腦袋昏沉的我打開衣櫃，一時過於用力，旁邊疊起來的衣服整堆倒下。我盯著散落一地的衣服，蹲下身開始收拾，卻發現有件不屬於自己的衣服混雜其中，是一件黑色外套。

瞬間，我渾身一顫，心跳加快。

這是徐子杰曾經爲我披上的外套，我居然忘了還給他。

我茫然地注視外套許久，最後慢慢將外套披在身上，有淡淡的洗衣精香味，還有屬於那個人的氣息，厚實的溫暖，彷彿現在正被他擁在懷裡。

披著外套，我忍不住悶聲哭了出來，無法壓抑，越哭越痛。

窗外大雨的聲音幾乎掩蓋住我的哭聲，所有在雨中的回憶，全都浮現腦海，那是我一直不願想起的回憶，和一年前同樣的雨聲，如今竟再度讓我潰堤。

那晚徐子杰輕輕喚我「士緣」的聲音，我拚命地回想，渴望能再聽一遍，最後卻只能聽見模糊，彷彿成了碎片般的話語。

我放聲痛哭，每一滴眼淚，每一聲哽咽，都在訴說對他無可救藥的思念。

「因爲……子杰哥哥說，他一直很想這樣叫妳的名字。」

大雨依舊不曾停歇。

課桌抽屜裡，有一張雁琳寫的紙條，希望我放學能再去老地方一趟，她想跟我道歉。

我並沒有生她的氣，只是心情很複雜，因爲她揭露了我一直不願面對的事實，阻止我繼續自欺欺人。如今一切攤開在眼前，不容我閃躲，這樣的結果對我會有什麼改變？我無法預測。

「士緣，對不起，前天我太衝動了。」放學後，雁琳一看到我，就拉住我急著解釋。

「沒事啦，我沒有怪妳。」

「可是我——」

「妳沒有錯，錯的是我。」我輕笑，「是我活該。」

雁琳的眼神充滿哀傷，我不懂她爲什麼要爲我難過？這本來就是我咎由自取，爲什麼要爲我這種人露出這麼悲傷的眼神呢？

「雁琳。」我看著她，「妳……會不會覺得我很差勁？在妳發現我喜歡徐子杰之後。」

「差勁？」她眨眨眼，一臉不解，「爲什麼？」

我沒有回答。

「跟他說吧，士緣，告訴徐子杰妳對他的心意，說出來讓他知道啊！」

我苦笑著搖頭，「我很清楚跟他就只能這樣，就算他離開，我還是可以繼續過我的日子，又不是非他不可。在認識他之前，我還不是過得好好的？」

「妳怎麼會這麼說？那不一樣，現在已經不一樣了！」

「我不覺得有什麼不一樣。」我又搖頭，「我現在……整個人很麻木，麻木得什麼都感覺不到，就算跟他這樣結束了，我也覺得自己可以撐過去。」

「士緣，妳不要——」

「當初對士倫，我就是這樣熬過來的，所以這次也一定可以。」我深呼吸，努力微笑，「妳眞的不用擔心我，我們不要再談論這件事了，好嗎？」

她靜靜地看著我，沒有再開口。

我知道這種想法很愚蠢，也太天眞，但無論如何，我就是不想在任何人面前流露出最脆弱的一面。

我一直這麼告訴自己，催眠自己，時間一久，我甚至眞的萌生可以撐過去的錯覺，被這種錯覺矇騙，相信自己已經沒事，不會有事。

直到某個夜裡，我接到某個人的電話。

「嗨，士緣，妳還記得我嗎？」手機那頭傳來一道開朗清亮的聲音，「我是子杰的姐姐，子伶。」

「子伶姊？」因爲太過驚訝，我登時呆掉，「爲什麼子伶姊妳會……」

「剛在整理手機電話簿，看見妳的號碼，就突然想打給妳，跟妳聊天，不方便嗎？」

「沒有，不會不方便，可是妳怎麼會知道我的號碼？」

「當然是跟阿杰要的嘍！」她呵呵笑，「對了，妳知道阿杰要離開台灣了嗎？」

我一頓，低聲應道：「嗯，知道。」

「那他有跟妳說什麼嗎？」

「說什麼……沒有啊。」

子伶姊「咦」了一聲，接著靜默，最後才說：「喔，對不起，因爲我一直以爲那個人是妳……」

「那個人？」

「沒有，只是想到一件事，但我一直不知道他說的那個人是誰。」她語帶笑意，「其實很早之前，阿杰就要回加拿大，不會在台灣唸高中。他國中一畢業，我爸就希望他回去，但我爸很尊重阿杰的意願，當時阿杰不想馬上離開台灣，說再待半年就回去。」

語畢，她一聲嘆息，「可是，等到半年過去，他卻跟我說還是想繼續留在台灣，不想走了。」

我想起徐子杰曾在廣場跟我聊過這件事，但他只說他最後還是沒回加拿大，卻沒告訴我原因。

「爲什麼？」我忍不住說。

「他不肯告訴我，我知道阿杰一直惦記著爸的期望，也以爲他一定會回加拿大，所以當他做出留在台灣的決定時，我很意外。他告訴我，他放心不下一個人，我問是不是他在台灣的朋友，阿杰居然說，那個人並不認識他。」

「咦？」我一愣。

「很驚訝吧？當時我也搞不懂我這個弟弟到底是怎麼了？我一直逼問他那個人是誰。」她又嘆，「他被我逼得受不了了，才說那個人是他一個好朋友的青梅竹馬。」

瞬間，我的眼前一片黑，子伶姊的聲音也忽然變得不清楚。

我嘴唇微顫，「好朋友……的……」

「對呀，那時我覺得很不可思議，我弟居然會爲了一個不認識的人做出這種決定，連他自己都說這大概是他這輩子做過最瘋狂的事了。我一直認爲，一定是阿杰喜歡上對方才會這樣，加上上次看他帶妳來我們家，我就以爲那個人是妳。可是，我不懂，當初他爲了妳留下來，現在卻又決定離開……」

子伶姊的聲音在我耳邊飄散，拿著手機的手，逐漸失去力氣，我癱坐在床上，再也無法思考。

「喂，小心一點，走路都不看路的啊？」八婆之一不悅地對我喊，其他人在旁竊笑。

我靜靜撿起掉在地上的作業，眼角餘光瞄到雁琳似乎快衝過來，我立刻使眼色阻止她，於是她又僵在原地，一臉不忍地看著我收拾東西。

我不知道自己現在是否清醒，身體也好像不是自己的，完全不聽使喚，就像失去靈魂的軀殼，這樣一天過一天……

「他叫徐子杰，今年跟我和薇薇同班，妳有印象嗎？去年也跟我同班。」

「請妳喝。」

「紅茶！」

「靠窗坐比較不會暈。」

「那裡很遠，所以我騎小路，但要花四十分鐘，沒問題吧？」

「妳騙人。」

「當時我不太想走，我爸就答應讓我留下，等讀高中再回加拿大，但最後我還是沒有回去。」

「對不起。」

「只是覺得很可愛。」

「生日快樂。」

「再見。」

「不要！」我從床上跳起，呼吸急促，額頭發冷。

環顧房間四周，一片漆黑，只聽得見外頭雨聲淅淅瀝瀝。

抓起手機撥號，另一頭響起再熟悉不過的回應：「您撥的電話未開機，請稍後再撥……」

已經好幾個夜晚被同樣的夢驚醒，白天反覆思量，就連入夢都躲不掉。徐子杰離開後，我每個夜晚都失眠，即便睡著也會馬上看見他，和他在夢裡上演那些回憶。

從頭到尾都是他在爲我付出，從一開始他就爲了我放棄最重要的東西。好想問他爲什麼？爲什麼要爲我做到這種地步？只要從那些夢醒來，我就再也無法入睡。每晚如此反覆折磨，終於使我無法承受，我衝到書桌前，開始在抽屜裡翻找。在哪裡……在哪裡？我記得是放在這兒的。

我瘋狂地來回搜索，總算找到我要的那罐東西，立刻打開蓋子將內容物放進嘴裡，在仰頭吞入的同時，我的眼淚跟著掉了下來，過去所有的努力，所有的堅持，全都在這一刻宣告破滅。

我癱坐在地，手裡還緊緊握著那罐東西，再也忍不住絕望地哭了出來……

隔天中午，下課鐘一響，一群人走向福利社和學校餐廳買午餐，其他人則留在教室，一邊吃便當一邊聊天。

我沒有食欲，還是把便當拿出來，剛打開便當蓋，身旁正好有女同學經過，她不經意地朝我便當一瞥，立即失聲尖叫，其他女生也神色驚恐地盯著我的便當，陸續發出驚叫。三隻死蟑螂，還有一隻毛毛蟲躺在白飯上，而媽特地準備的炸蝦，也被灑滿了泥土。

大家一臉作嘔，開始議論紛紛，其中一個八婆站在黑板前說：「之前是蜘蛛，這次是蟑螂跟毛毛蟲，還眞補耶，吃完後，記得告訴大家味道怎樣喔！」

說完，她們用力拍手，笑成一團。

我拿起便當離開座位走向她們，當我將便當移到那女生眼前，她們頓時止住笑聲。

「吃下去。」我說。

她笑容一僵，神情愕然。

「吃下去，我叫妳吃下去！」我直接將便當往她臉上砸，她放聲尖叫，重心不穩跌坐在地，我不知哪來這麼大的力氣，將對方整個人壓制在牆上，讓她無法脫逃。

「想知道是什麼味道就吃下去啊！」我抓起掉在地上的飯狠狠往她嘴裡塞，她死命抵抗，驚恐到眼淚都流了出來。其餘八婆想來救她，卻被我的眼神嚇得不敢輕舉妄動。

沒多久，雁琳衝過來抓住我，「士緣，妳快住手，不要這樣！」

我甩開雁琳，沒有放過那女生，完全無視她慘白的臉和眼淚，繼續將沾滿泥土的飯菜往她嘴裡塞，對方的尖叫聲幾乎被我堵住。

「士緣，拜託妳不要這樣，這樣會出事的！」雁琳再度抓緊我，接著大喊：「江政霖，你在幹麼？快點來把士緣拉開！」

江政霖趕緊過來抓住我的手，喊道：「方士緣，夠了，妳快點放開她！」力量較大的他一把我拉開，那群八婆立刻上前扶起那個女生不斷安撫，然後迅速把她帶離教室。

我站在原地好一會兒，才剛要舉步離開，雁琳以為我要追過去，又慌張地緊拉住我，「士緣，妳不要——」

「我只是去福利社。」我漠然回道，便轉頭步出教室。

到福利社後，我的喉嚨乾澀無比，想買瓶水喝，但人實在太多，只好轉去學生餐廳。

我拿起紙杯走到飲水機前裝水，找了空桌坐下，放下杯子，無力地以手撐著額，試圖讓自己冷靜下來。沒多久，我聽到有人叫我的名字，何利文跟薇薇兩人手裡端著餐盤朝我走過來。

「不介意我們坐這兒吧？」何利文笑吟吟地將餐盤放到桌上，「薇薇，我們坐吧。」

薇薇面露難色，看了我一眼，還是跟著何利文緩緩坐下。

「怎麼只喝水？肚子不餓嗎？」何利文好奇地問我。

我沒理她。

見我不答話，她神情愉悅地拿起筷子對薇薇說：「繼續剛才的話題吧，然後我就問徐子杰，等他比賽完回台北，在出國前能不能約出來一塊玩，他答應了耶，我原以爲他回來後就會直接離開的。」

我依舊沉默不語，只是就算告訴自己別受何利文影響，還是漸漸難以喝下口中的水。

何利文滔滔不絕說了一堆她跟徐子杰的事後，向薇薇說：「我去買飲料，妳要不要喝什麼？」

薇薇搖頭。

「那等我一下。」說完，她離開座位，留下我跟薇薇。

四周吵雜不休的喧譁聲，格外突顯出我們兩人之間的安靜。一分鐘後，薇薇出聲了。

「士緣。」薇薇的聲音輕輕的，「妳不吃點東西嗎？」

我沒有回應。

她安靜半晌，又開口：「剛才……利文說的那些話，妳不會在意吧？她不是……」

我面無表情地搖搖頭，想讓她知道我根本不在意，但是，難道她想告訴我何利文不是故意的嗎？她眞的會相信這種鬼話嗎？

「喔，那就好。」她尷尬地笑，「眞的……不會不高興吧？」

我直直望向她，她一觸及我的視線，立刻低頭閃躲。我注視著她許久，最後問：「讓我猜猜妳現在在想什麼好不好？」

聞言，她一愣。

「剛才何利文講那些話的時候，妳一直在偷偷注意我，就是想知道我會有什麼反應。」我淡淡地說，「其實妳希望我會生氣，會在意，甚至難過，對吧？」

她嚇一跳，臉色倏地蒼白，「不是——」

「妳心想，假如我眞的喜歡上徐子杰，那麼妳就可以好過一點，至少不必再那麼愧疚。只要我對士倫不再懷抱那種感情，或許有一天，我們兩個還可能有和好的機會也說不定。」我輕語，「好歹我也跟妳當過一年的『好朋友』，妳怎麼想的，我會不知道嗎？」

她驚恐地睜大眼睛，卻完全不敢正視我。

「妳希望能有兩全其美的結果，既能擁有士倫，我們之間也能恢復像從前一樣。」我冷冷一笑，「妳太貪心了，周戀薇。」

「不是的，士緣，我是……」她眼眶泛紅。

「早在一開始妳就該知道，一旦選擇其中一方，勢必就得放棄另一方。只是我不曉得，士倫在妳心中的地位早就超過我，所以讓妳不得不這麼做。既然我在妳心中已經沒那麼重要，爲什麼不坦白跟我說妳也喜歡他呢？非得用陷害的方式逼我放棄。」

語畢，我吁了一口氣，「不過，這並非妳的本意，是何利文要妳這麼做的吧？妳不可能想得出這種方法，這點我很清楚。」

她開始啜泣，頭也壓得越來越低。

我幾乎快看不見她的臉，一時之間，兩個人都沒再出聲。

「士緣，」良久，她哽咽開口，「對不……」

下一秒，從我們身旁經過的人，全都驚愕地看著我的舉動。

薇薇也震驚地瞪大眼睛，任憑水從她的臉和髮梢上一滴滴滑落……

我拿著杯子的手懸在半空中，我狠狠瞪著她，咬牙切齒，「不准對我說這三個字！」

她完全呆掉，似乎沒注意自己脖子以上幾乎全溼。

「我寧可聽妳說我活該，說他跟我這種人本來就不配，所以妳把他搶走是應該的。」我的聲音冰冷至極，「但妳現在跟我道歉，這算什麼？」

「我……」她語氣發顫。

「方士緣，妳在幹什麼啊？」何利文拿著飲料衝回來，其他女生也趕緊拿面紙幫薇薇擦拭。看到薇薇哭紅的雙眼，何利文氣得當場用力推我一把，「妳發什麼神經？幹麼亂潑人家水？妳是野蠻人嗎？」

餐廳裡的學生幾乎全都往這裡看過來，並且對我投以憤怒不屑的眼神。

我環視在四周圍觀的人，再看看何利文，最後目光才在薇薇身上停住。

「看，就像這樣，」我輕笑，「錯的人永遠是我，不是嗎？」

薇薇驚慌地抬頭，我卻沒再理她，直接甩頭離開。

這件事迅速被傳開，議論紛紛的人更多，有人說我瘋了，也有人說我已經被惡整到精神崩潰。在這種情況下，只有雁琳願意接近我，她不再顧忌別人的眼光，也沒問發生什麼事，就只是靜靜地陪著我。

「士緣，放學嘍。」

雁琳的聲音讓我回神，我們走出教室，外頭雨下得很大，她問：「妳有帶傘嗎？」

我搖搖頭。

「那我們一起撐吧。」

「沒差，反正出校門也是要淋……」

「我知道，所以要先送妳回家呀。」

「不用了，妳家很遠耶。」

「可是我不想讓妳淋雨回去，而且也想多陪陪妳。」她甜甜一笑。

我一時之間說不出話，雁琳的溫柔體貼，讓我在那一刻覺得十分溫暖。

我們共撐一把傘，正要走出校門前，突然有人從身後叫住我，對方的聲音讓我一怔，卻不想回頭，才打算繼續前進，下一秒卻被那人抓住了手。

「我在叫妳！」士倫臉色凝重，「為什麼不接我電話？」

「放開我，別這樣拉拉扯扯。」我掙開他的手，別過頭，「有什麼話就現在說吧。」

「妳今天真的在餐廳當眾潑薇薇水嗎？」

我回頭，同時也看到薇薇跟何利文，她們正站在後面，薇薇臉色難看，何利文則掛著得意的笑。

我面無表情，「對，是真的。」

「為什麼？」士倫大驚。

「跟你沒關係。」我一轉身，卻又馬上被他拉回來。

「妳幹麼這樣跟我說話？到底是什麼事讓妳們鬧成這樣？」

「不是說跟你沒關係了嗎？」我不耐煩道。

「夠了，我不喜歡妳這種態度。」他微慍道：「到底怎麼回事？一點都不像妳。」

「我就是這樣。」我冷聲，「若想為你的女友抱不平，我愛莫能助，抱歉。」

「方士緣！」

「別對我大吼大叫，也別再問我這件事，我不想提也不想聽，讓我安靜一點行不行？」

他愕然，加重抓著我的力道，「有什麼話是不能對我說的？我們不是無話不談嗎？」

「我們不過就是鄰居，有必要什麼事情都告訴你嗎？」

他瞠目，「妳再說一次。」

「你只是我的鄰居，沒有權利管我，管好你女友就夠了，別再干涉我的生活。」

聞言，他放開我的手。

「在妳心中……」他怔怔看著我，「我就只是一個鄰居？」

我不語。

「說話啊，對妳而言我眞的只是這樣？」

「不只不只，當然不只！」我朝他大吼，「從小到大，所有人都喜歡拿我跟你做比較，在別人眼裡，你永遠十全十美，而我不過是襯托你的一株雜草。大家都只喜歡你，只重視你，我痛恨這樣的你，一旦把我跟你擺在一起，我根本什麼都不是，什麼都不值。你跟周戀薇都是這樣讓我痛苦的存在，我恨你們，一直都恨！」

士倫被我的話給嚇到，不敢置信。

「妳說妳恨我？」

「對，而且恨不得可以擺脫你。」

他啞口無言。

「不過，這個願望很快就會實現了，只要離開這裡，我就不必再受這種苦了。」

「離開……什麼離開？」他終於出聲。

「你還眞以爲我會跟我爸留在這裡啊？」我哂笑，「好不容易有機會擺脫你，我當然選擇跟我媽走，幹麼還要留在這裡繼續折磨自己？」

「我眞的讓妳恨到這種地步？」從他的眼神裡，我看得出他被傷得很深。

「對，我很討厭你，討厭到根本不想跟你有任何關係，更不想當你的青梅竹馬——」

啪！

周遭霎時一片安靜。

士倫木然地盯著自己的右手，似乎也被自己衝動的行爲給嚇到。

我撫著被他甩了一巴掌的左臉，接著視線落向他的後方，薇薇整個人完全呆住，就連何利文也是一臉愕然。我走到她們面前，扯扯嘴角，笑了起來。

「這就是妳們最想看到的吧？」我用士倫聽不見的音量，帶著笑意說：「怎麼樣？這樣可以嗎？滿不滿意？」

她們沒有說話。

薇薇全身顫抖，臉色蒼白，彷彿快拿不住傘。我走回士倫身邊，他抬眸望向我。

我唇角再度一揚，就像以往那樣對他微笑，隨即頭也不回地步出學校。

第九章

「妳考的這是什麼分數？人家士倫不是考一百就是九十幾分，為什麼不能像他一樣？」

「雖然這孩子滿乖的，但似乎沒士倫那麼優秀。」

「要是妳有他的一半就好嘍……」

「士緣，妳怎麼了？」士倫拍拍趴在桌上的我。

「沒事。」我悶聲。

「妳在哭嗎？」他語帶訝異，「這張紙是什麼？」

「不要碰！」我大叫，他卻早一步搶走，他看著看著，最後擰起眉頭。

「還給我啦！」我用力搶回來，啜泣道：「反正……我就是笨，沒辦法考得跟你一樣好。」

他看著我好一會兒，又抽走我那張慘不忍睹的考卷，接著用筆把分數旁邊寫的「多跟士倫學學」那句話用力劃掉。

我呆呆地看著他的舉動，同時發現他的表情怪怪的，似乎在生氣。

「哪裡不會？我教妳。」

「不用了啦，我很笨，怎麼教都教不會的。」

「妳不笨，以後誰再這樣說妳，我絕不會放過他，就算是老師也一樣。」見我一臉呆愣，他笑了起來，伸手抹掉我臉上的淚，「不要哭了，眼睛都快跟青蛙一樣腫了。」

「張士倫，你很可惡耶！」我拍開他的手，拿起面紙擦眼淚。

「好啦好啦，趕快告訴我哪裡不懂，我還得帶妳到我家去吃飯，不然我媽又要罵我了。」

我關掉手機鬧鐘，躺在床上，凝視天花板。

從前的事又出現在昨晚的夢裡，醒來後，一時回不到現實，只能繼續靜靜回憶。

記得那時才國小，我常因爲考試考不好被罵，不光是媽，就連學校老師都要我向士倫看齊。即便我和士倫那麼要好，我還是常不自覺生他的氣，心想若不是他，我就不會被罵，更不會被這樣要求。只是沒想到，士倫也很討厭聽到別人對我這麼說，只要有人一拿我跟他比較，他就會明白表示不高興，甚至向對方發脾氣。士倫總是護著我，所以從小就有很多女生因爲嫉妒，而對我相當不友善。

雖然曾經埋怨過跟士倫青梅竹馬的關係，但每當他爲我挺身而出，我的心裡總是甜甜的，也很感動，我知道他是那樣在乎我，所以就算我被說得再難聽，也無所謂。

在我的世界裡，士倫早已是最重要的那個人。

「士緣，」雁琳拿著便當對我說：「一起吃飯吧？」

「美術教室？」我莞爾。

「嗯！」

一走出教室，站在走廊上的別班女生，立即投來好奇的目光，並且竊竊私語，但雁琳倒是處之泰然，始終挽著我的手，笑嘻嘻地與我交談。

現在我身邊只剩她一個朋友，這樣對她到底是好還是不好，我已經不願再去深思，我想雁琳也不希望我再有這種想法。

「妳不吃嗎？」雁琳發現我打開便當後，就停下動作，便開口問。

「沒胃口。」我搖頭。

「還是吃一點吧，妳越來越瘦了。」

我低笑，最後還是把便當蓋上。

「爲什麼要這麼做呢？」

「什麼？」

「我是指……昨天妳對張士倫說的那些話。」她面帶憂心，「妳這樣不就稱了何利文的意嗎？爲什麼要爲了她們……」

「我怎麼可能是爲了她們？我是爲了士倫。」我靠著牆，平靜地說：「我寧願他討厭我，也不要他對我的離開萬分不捨，無論如何我都不想讓他因爲我的離開而難過。」

「可是爲什麼非得用這種方式呢？」

「雁琳，妳不懂。我和士倫從來沒有分開過，感情比家人還要深，我很清楚他是什麼樣的人，他一定會想盡辦法留下我，絕不會讓我離開的。」說到這，我喉嚨微哽，深吸口氣，「我早就有心理準備了，就讓事情這樣結束吧。」

雁琳難過地看著我，不發一語。

那天之後，我就沒再見到士倫。偶爾遇見士倫的爸媽，我的應對表現一如過往，只是當他們邀我到家裡吃飯時，我只能找理由拒絕。

明明和士倫只隔著兩扇窗，卻覺得距離好遙遠。不知道這幾天他過得怎麼樣？在做些什麼？隨著日子一天天過去，沒有他的生活，還是很難適應。

現在的我，能做的只有等待，等待離開的那一天，將一切全部割捨的那一天……

「士緣。」

和雁琳前往美術教室途中，有人叫住我。

發現是薇薇時，我們都有些驚訝，她一個人站在後面，沒有何利文陪伴。

感覺薇薇有話想說，於是我望了雁琳一眼，她體貼地微笑點頭，獨自返回教室。

和薇薇面對面站著，我問：「什麼事？」

「可以跟妳談一下嗎？」她的聲音很輕。

「談什麼？」

她兩手交握，頭微微低垂，面有難色地瞄著走廊，「這裡……不好說話，我們去學校餐廳旁邊的公園，好嗎？」

我沒有應聲，默默地和她一起走到小公園。一來到這裡，我很快憶起何利文之前把我騙來這兒的事，於是冷笑：「連地點都沒變，這次又想怎麼陷害我了？」

「沒有，我沒那個意思，我只是有話想跟妳說。」薇薇慌張地否認。

「那妳快點說吧。」我冷然。

她抿著唇，低聲說：「士倫他……」

「士倫？」我一頓，不禁緊張，「他怎麼了？」

「他……最近變了個人，無論跟他說什麼，他都聽不進去，變得好沉默……」

我呆了一會兒，才道：「不就和我上次跟他鬧不愉快一樣？頂多悶悶不樂幾天，就沒事了吧。」

「不一樣，這次完全不一樣，而且只有妳才能讓士倫恢復精神——」說到這裡，她痛苦地低下頭。

我望著她，冷漠地說：「妳不是一直希望我跟他撇清關係嗎？我也已經讓妳如願以償，可是妳現在卻希望我能讓他恢復從前的樣子，這不是很矛盾嗎？」

她沒有說話，淚水一顆顆落了下來。

微微顫抖的瘦弱身軀，讓她看起來如此無助，想必是真的無計可施，不得已才來找我，而她應該也知道我會用什麼態度對她。只是，我卻沒有湧出以為會有的那些情緒，反而對眼前的她產生一絲同情。

她做的這些事，只因為她對士倫用情太深，我知道。

「對不起，」她哽咽，淚流滿面，「我知道自己很自私，為了士倫不惜這樣傷害妳，可是我……真的不是故意的，我不知道事情會變成這樣，也不知道到底該怎麼辦才好，真的對不起……」

「算了。」她的話語和眼淚，竟使我的胸口隱隱作痛，我稍稍別開視線，澀然地道：「雖說是妳的好朋友，但我當時完全沒發現妳的心情，還要妳幫我，仔細想想，我也好不到哪裡去，沒資格對妳興師問罪。」

她猛然抬頭，「不，是我的錯，是我活該，再怎樣也不該跟妳喜歡上同一個人，更不該從妳身邊奪走他。雖然一直告訴自己絕對不可以，但我還是騙了士倫，到最後關頭我還是騙了他——」

我被她的話嚇一跳，她越來越激動，情緒逐漸失控，「當妳告訴我妳喜歡士倫時，我很掙扎，也很痛苦，因為我也喜歡上他，可是我選擇為妳加油打氣，甚至假裝若無其事地祝福妳。」

「薇薇……」我閉上雙眼，忍著突然從太陽穴傳來的疼痛，想阻止她說下去。

「我跟士倫越來越熟後，有一天，我鼓起勇氣問他有沒有喜歡的人，其實我……當時很想跟他表白，告訴他我一直都很喜歡他。可是我一聽見他的回答，就覺得快要瘋掉了，也開始後悔為什麼要幫妳？為什麼我必須把他拱手讓人？我根本無法忍受他跟別人在一起，更不能接受他喜歡的人其實就是妳——」

「周戀薇！」我大吼。

她顫了下，清醒似地瞪大眼睛。

「不管怎樣，那都是過去的事了。」我喘一口氣，低語：「現在我只希望，妳能夠留在他身邊，從前的事我不會再追究，請妳代替我好好陪著他，可以嗎？」

「士——」當她抬起頭，瞬間停住話語，臉色倏地蒼白，神情驚恐地直盯著前方。

她的異樣反應，讓我不禁回頭一瞧，我震驚到呼吸幾乎停止，連聲音都發出不來，只能木然地望著站在後方不遠處，一臉愕然的士倫。

我感覺心臟跳動的頻率，隨著他接近的腳步聲越來越快。

士倫面無表情地走過我身旁，眼神緊盯著薇薇不放，他的逐步逼近讓薇薇不自覺踉蹌後退，直到沒有退路才停下。她的臉上沒有半點血色，全身不斷顫抖。

士倫停下腳步，仔細看著她好一會兒，才問：「妳在說什麼？」

薇薇摀住嘴，彷彿就要站不住。

「妳剛剛說什麼？」

薇薇呼吸急促，眼裡盡是驚慌與恐懼，不敢對上他的視線。

她的反應使士倫陷入沉默，過了好久，才聽他用出奇冷靜的聲音問：「妳當初是怎麼跟我說的？」

微薇將頭壓得更低，臉色難看到似乎快昏厥。

「因爲士緣已經有喜歡的人，所以沒辦法接受我。」他的語氣很低，「妳是這麼跟我說的，沒錯吧？」

她驚慌失措，臉上滿是恐懼。

「那妳剛才說的那些又是什麼？」

薇薇眼裡的淚水再度滾落，在士倫步步進逼的壓迫下，終於失去了支撐的力氣。

他靜靜地看著她片刻，簡短吐出三個字：「妳騙我？」

她又一顫，抬起眸，對上那雙冰冷得連我看了都打顫的眼睛。

「妳一直都在騙我？」士倫瞇著眼，「從頭到尾？」

薇薇無意識地搖頭，既無助又失措。士倫抓起她的手，「說話！」

「我……」她顫抖著，接不了半句話。

「因爲相信妳，我才把心裡的話告訴妳，結果妳做了什麼？爲了得到我，妳不惜背叛士緣？」

「不是的，士倫，我……」她哽咽。

「不要叫我！」他語氣一重，「只要告訴我，是不是這樣？」

她沒有答腔，只是再度垂下頭。士倫不敢置信地瞪大眼睛，放開了她。

「好啊……」他後退一步，一邊拍手，一邊笑了起來，眼裡卻沒半點笑意，「有妳的，周戀薇，居然可以把我耍得團團轉，妳眞的很厲害。」

薇薇一臉驚恐，連忙拉住他，「士倫，你聽我解釋，拜託你聽我說，我是因爲——」

「因爲什麼？因爲不能沒有我嗎？」他冷笑，「別拿這種理由當藉口，太好笑了！」

眼看他轉身要走，薇薇立即緊緊抓著他哭喊：「對不起，士倫，我不該騙你，可是我真的不能——」

「夠了！」他大吼，用力甩開她的手，「士緣是妳最好的朋友，妳卻這樣對她？這種事妳怎麼做得出來？」

薇薇掩面哭泣，仍不停搖頭，一句辯解的話都說不出。

「怪不得士緣會變這麼多。」士倫的字字句句都充滿憤恨與痛楚，「做了這種事，還敢正大光明跟我在一起，甚至在我面前假裝沒事般跟士緣說話，妳有沒有羞恥心？」

她沒回答，眼淚依然掉個不停。

「妳很可怕，真的。」士倫語氣陰沉，「妳讓我失去我最想珍惜的東西。」

語畢，他就離開公園，薇薇蹲在地上當場崩潰抱頭痛哭。

我驚愕地看著這一幕，下一秒就朝士倫追去，抓住他的手臂，「士倫，等一下！」

他停下腳步，慢慢轉過頭來。

「士緣，」他眼裡映著我從未見過的黯淡，「這些……都是真的嗎？」

我沒辦法回答。

他似乎從我的反應中得到答案，沒再繼續追問，只是說：「抱歉，讓我一個人靜一靜。」

當士倫走出視線，我依舊站在那兒動也不動，思緒停頓。

回到教室後，我茫然呆坐在位子上，久久無法回神。

一切發生得太過突然，也太過衝擊，久久我無法想像事情會變成這樣，我從未見士倫如此憤怒，更沒見他這麼激動地大聲咆哮……

「士緣，妳怎麼啦？」雁琳出聲關心，我才發現心臟仍在劇烈跳動著。

「沒、沒事。」我搖頭。

「可是妳的臉色好蒼白，是不是周戀薇跟妳說了什麼？」

薇薇來找我之前，一切都還沒事，現在卻……

一切在瞬間變得一發不可收拾，我完全不曉得該怎麼辦？也不曉得接下來事情會如何演變？

晚上，我在房間裡不時望向窗外，士倫的陽台窗戶緊閉，打了好幾通電話給他也沒回應，我煩憂地在房內來回踱步，不知如何是好。

當時士倫爲何會出現在那兒？又怎麼會聽到我們說話？原本打算永遠不讓他知道這個祕密，因爲我非常清楚一旦這件事被揭穿，士倫所受到的傷害，絕對會比我還重。

遲遲等不到士倫回電，隔天早上，我直接衝到他家，沒想到伯母說他已經出門了，不曉得去哪裡。

我的心亂成一團，只能安慰自己，不久他就會回來，出現在我面前。

沒想到，直到半夜一點，他都還沒回家。我心急如焚，持續撥打士倫的手機，腦袋裡一片混亂，無意間，視線落向擺在檯燈下的照片。

那是某年國小秋季遠足時，和士倫一起在風景區拍的照片，兩人搭著彼此的肩，笑得燦爛無比，無憂無慮。

我拿起照片先是深深凝視，再將它緊擁在懷，心裡生起一股懼意，我好害怕再也看不見他的笑容。

士倫，你到底在哪裡？

突然，手機響了，我立刻接起喊道：「喂？士倫？」

另一頭沉默，遲遲沒吭聲，我忍不住大吼：「張士倫，是你的話就回答我，不要不說話！」

「……是我。」他的聲音聽不出起伏。

「你是怎麼回事？爲什麼忽然不見蹤影！」我又氣又急，淚水與酸楚同時湧上，「你知不知道……知不知道我很擔心你？」

「對不起。」

「你現在在哪裡？」

「剛回到房間。」

聞言，我馬上衝到窗邊，果眞看到他的房間隔著窗簾透出的微弱燈光。

「開窗，我要見你！」

他安靜下來，很長一段時間沒有回應。

「抱歉，士緣，我沒辦法。」不知是否是錯覺，當他開口時，低沉的語氣下似乎帶著顫抖。

「士——」

「我現在誰也不想見。」他低啞地說：「尤其是妳，眞的……」

我再也開不了口，怔怔望著他的房間好一會兒，癱坐在床，難受得快喘不過氣。

直到隔日上課，我沒見到士倫，也沒碰到薇薇，卻在和雁琳去導師室的路上遇到何利文，她惡狠狠地瞪著我，站在她身旁的女生們的眼神也很怪異。我不在乎何利文是否已經知道發生了什麼事，腦子想的依舊只有士倫和薇薇兩個人。

想起士倫昨晚那通電話，我整顆心糾在一起。即便他在電話中拚命壓抑情緒，我卻還是從他的聲音裡感覺到他承受的傷很痛，真的很痛。

我和雁琳並肩站在走廊，眺望一群打籃球的學生，不自覺發出一聲嘆息，現在已經看不到士倫和徐子杰打球的身影，一切都變了。

不想這樣，我想回到過去，希望什麼事都沒發生過，只想回到過去重新開始……

「士緣？妳還好嗎？」雁琳關心地問。

我默默無語，緩緩將頭靠在她的肩上，不知該如何是好，也沒有力氣再去追究誰對誰錯，所有人都已經傷痕累累。

「我到底該怎麼辦才好……」我喃喃道，將昨天發生的事全部告訴雁琳。

她驚訝不已，沉默許久才開口：「果然是這樣。」

「咦？」

「我是指張士倫也喜歡妳的這件事。」她輕輕一笑，「我相信無論是誰，都不會覺得他對妳的好，只是對青梅竹馬的關心而已。即使他跟周戀薇交往，對妳的關心也從來沒變，所以這一點並不難猜測。」

我茫然。

「現在，一切眞相大白了，他一定不會原諒周戀薇。沒有人能夠容忍這種事的，如果妳是張士倫，妳會原諒她嗎？要不是因為那個謊言，你們早就已經在一起了。」雁琳一臉不平，冷冷地說：「我一點都不同情周戀薇，會變成這樣全是她自找的，從一開始她就不該這麼做。」

我的心隱隱抽痛，聲音乾啞，「其實……我也以為自己永遠都不可能原諒她，但是現在眞相大白，我居然不覺得高興，而且還發現……我好像早就不恨她了，只是我一直強迫自己，告訴自己必須要恨她。甚至還想過，即便她這麼對我，只要士倫跟她在一起是快樂的，那我心甘情願放棄，就算必須離開他也沒關係……」

「不可能，士緣。」雁琳立即搖頭，「這種建立在謊言上的感情，絕對不可能幸福長久！」

我沒有答話，此時上課鐘聲響起。

「……我要去找他。」

「誰？」雁琳問。

「士倫。我不想再這樣下去，就算他現在不想見我，我也要去找他。」

「什麼時候？」

「放學吧。」

「那我跟妳去！」她馬上接話，「讓我一起去吧，我怕被何利文看到，她又要跑來罵妳了。」

我看著她，點點頭。

一整天，士倫始終不肯接我的電話，忍耐到放學，我馬上背書包跟著雁琳走出教室。

到了士倫教室門口，我朝裡頭張望，沒看到他跟薇薇，雁琳隨後鬆了一口氣，「幸好，何利文不在，應該已經走了。」

話雖如此，卻還是有許多人對我投以異樣眼光，幾個女同學們更湊在一起竊竊私語。

雁琳直接上前問一名男生：「同學，請問一下，張士倫已經走了嗎？」

對方先是一愣，下意識瞄向站在她身後的我，「對啊，一下課他就走了。」

我緊接著問：「那周戀薇呢？她也走了嗎？」

「周戀薇？」他眨眨眼，搖頭，「她今天一整天都沒來啊！」

聞言，我驚訝地與雁琳互望一眼，凝聚在胸口的不安立即蔓延開來，心跳莫名加快。

隔天，士倫和薇薇分手的消息，傳遍了整個校園。

「眞不敢相信，怎麼會這樣啊？」

「不曉得，聽他們班的人說薇薇今天有來上課，但都沒和張士倫說話。」

「還說什麼張士倫完全變了個人，從頭到尾都沒有理過薇薇。」

「到底是發生什麼事了？怎麼會鬧到分手？」

「誰知道……」

聽見班上女生的對話，我在座位上動也不動。

或許眞如雁琳所說，士倫是不會原諒薇薇了，他連表面工夫都不做，直接用態度告訴大家他們分手的事實。這不是他一貫的作風，他這樣對待薇薇，就表示事情再也沒有轉圜的餘地了。

「妳在擔心周戀薇嗎？」雁琳問。

目光微微一動，我沉默半晌，「也許吧……」

「事情已經變成這樣，她也只能接受了。」雁琳淡淡地說。

「我就是怕她沒辦法接受這個打擊。」我輕聲說：「對她而言，最恐怖的事就是失去士倫，而我是她最大的威脅。這一年來，她一定時時刻刻都在害怕我會說出眞相，因爲要是我一說出來，她馬上就會失去士倫。現在想想，也許就是被這種壓力折磨到受不了，她才會來找我的吧。」

語落，我深深嘆一口氣，兩手相握，倚著額。

「我一直在想，這件事錯最多的人到底是誰？」我喃喃道，「因爲太喜歡一個人，爲了不讓自己受傷，所以不得不自私，算是罪過嗎？」

聞言，雁琳陷入一陣長長的沉默。

無論是我、士倫、薇薇，或是徐子杰，彼此的關係是那麼密不可分，卻都不知道如何在交錯的感情裡取得平衡，無論怎麼做，都會有人傷心落淚。誰都不知道怎麼做才是最好的，結果最後所有人都遍體鱗傷。

我懂得裝傻，懂得隱瞞，卻不懂怎麼欺騙自己的心……

「方士緣。」

與雁琳在校門口道別後，有三個女生叫住了我，她們與薇薇同班，每個人的臉色都很凝重。

我看著她們，納悶地問：「有事嗎？」

站在中間，個子較高的女生開口，「薇薇跟張士倫到底發生什麼事，妳應該知道吧？」

她一說完，右邊另一位短髮女生也問：「妳應該知道他們分手的原因吧？」

我沉默片刻，搖搖頭。

「怎麼可能？張士倫應該會告訴妳吧！」站在左邊的女生滿臉不悅，口氣衝了起來。

「就算知道，我有必要告訴妳嗎？」我的語調冰冷，她的態度惹惱了我。

「我們只是想知道原因，」高個子女生又說：「因爲無論怎麼問，薇薇都不肯說，我們也不能去問張士倫，只能看著她情況越來越糟。」

「越來越糟？」

「她今天課上到一半，就早退回家了。我們都很擔心她，也不希望他們分手，但不知道該怎麼做，不得已，只能來問妳他們分手的原因。」

我面無表情，淡淡地回應：「抱歉，我恐怕幫不了忙。」

「幫不了？我看就是妳害他們分手的吧？」那女生又開罵，「誰不知道妳一直在打張士倫的主意，一定是妳耍什麼手段陷害薇薇吧？不要臉！」

「妳說誰不要臉？」一陣清冷的男聲傳來，她們三人驚得立刻回頭，發現士倫就站在背後。

他走近她們，「誰准妳們多管閒事的？」

她們不敢說話，接著士倫望向剛才罵我的女生，神情冷若冰霜，「妳嘴巴最好放乾淨點，再讓我聽到，我對妳不客氣。」

三人訕訕地落荒而逃後，我定定地凝視著他。

「士倫。」

他直直望著她們離去的方向，沒有反應。

「看著我，張士倫！」

終於，他回眸對上我的目光，卻只有一下子。

「你爲什麼不理我？」

「我沒有。」

「沒有嗎？你一直在躲我！」我難過地喊：「你不要這樣好不好，一點都不像平常的你！」

「平常？」他嘴角一勾，眸光黯淡，「我該怎麼平常……妳告訴我。」

我抿唇。

「我先走了，再見。」

看著他逐漸步出視線，一股讓人無力的悲傷，再次朝我襲來。

我終日惶惶不安，尤其聽到薇薇早退的消息後，一股不好的預感就一直籠罩心頭。

到了第三天，看著雁琳焦急地朝我跑來，心中那股預感果然成真。

「住院？妳說薇薇？」我驚愕不已，「真的嗎？什麼時候的事？」

「好像是昨天，我剛從別人那兒聽到的。士緣，妳有什麼打算？」雁琳問。

這個時候，我還能做什麼呢？

放學鐘響，我仍失魂落魄地坐在座位上，直到雁琳走過來，我才緩緩抬頭，靜靜凝視著她。

「雁琳，」我說，「我想去一趟醫院。」

她先是微愣，無語片刻，「我可以跟妳一起去嗎？」

我意外，「但妳不是……」

「我只是想知道她現在的情況。」她微笑，「上次聽妳說了那些話，我也稍微能釋懷些了。」

我默然，最後點頭。

到了醫院，我向櫃檯詢問薇薇的病房號碼，才走到房門前，就發現有人坐在薇薇病房外的椅子上。

何利文和兩個女同學一看到我們，臉色驟然大變，尤其是何利文，二話不說直接走過來狠甩我一巴掌！

雁琳馬上用力推開她，又驚又氣地叫道：「何利文，妳發什麼瘋，幹麼亂打人？」

「妳來幹什麼？是來嘲笑薇薇的嗎？」何利文忿忿問我，雙頰漲紅，「看她變成這樣妳高興了？這就是妳最想看到的結果吧？妳的目的達成了，開心了吧？滿意了吧？」

雁琳不甘示弱地回道：「何利文，妳有什麼資格罵人？先想想妳們曾對士緣做過什麼吧，會有這種結果，也是妳們自找的！」

何利文不語，表情仍然凶狠，這時病房門被打開，一個女人走出來，是薇薇的母親。

「果然是妳，士緣，好久不見了。」她親切地微笑。

「阿姨……」我喉嚨一澀。以前我常去薇薇家玩，也和她媽媽很熟，沒想到再次見面，竟是這種時候，「薇薇她……還好嗎？現在怎麼樣了？」

我低下了頭。

「她沒事，妳放心，只是這陣子她都不吃不喝，晚上也睡不著，昨晚昏倒在家裡。」

「士緣，進來吧！戀薇想見妳，好像有話想對妳說。」阿姨又笑，「現在正在等妳呢。」

我愣怔，獨自一人走進病房。

薇薇動也不動地坐在床上，視線落在窗外遠處，像在思考，也像在發呆，看到我時，她扯扯唇角，蒼白的臉上漾出一抹悲傷的笑

她吊著點滴的手，讓我的心莫名一陣抽痛。這時她又望向窗外，用虛弱的聲音說：

「士緣，我覺得妳說的很對，妳懂我的想法，而且……也許沒人比妳更瞭解我。」

涼風讓窗簾微微飄盪，也輕輕吹起她的長髮。

「去年一認識妳……我們就成了好朋友，我很喜歡妳，因爲妳很善良，也很體貼，我眞的很喜歡跟妳在一起，也把妳當作我最重要的朋友，這點從來都沒有變過，眞的。」

語落，她嚥嚥口水，看著自己的手，聲音微顫，「可是……自從遇到士倫之後，我卻發現自己越來越怪，總是不自覺就會想起他，想要見他，看到你們感情好，那麼在乎對方的樣子，我就很難受，尤其發現原來你們互相喜歡……那個時候對我來說，每一天都過得很痛苦。我一直告訴自己絕對不可以喜歡上他，卻還是控制不了，甚至開始嫉妒妳、恨妳，但其實我最恨的，是我明明也喜歡他，卻還答應要促成你們在一起的那個虛僞的自

己。所以當士倫告訴我，他想跟妳告白時，我的世界頓時天崩地裂，我知道，如果你們兩個交往，我一定會瘋掉……」

我凝視著她，低聲問：「所以妳才會去找何利文嗎？」

她點頭，「因爲當時……就只有她知道我喜歡士倫，每當我爲你們的事而難過時，我就會去找她。」

我沒再回應。

「我從來沒有這麼喜歡過一個人，」她淒然一笑，淚水同時落下，滴在手背上，「所以我很害怕，每一天都很害怕。我知道這一切都是我自作自受，也知道自己已經永遠失去士倫……還有妳。從士倫那裡得到的幸福，還有背叛妳的罪惡感，這一年來，每天都在我心中撕扯拉鋸。我不奢望能得到妳的原諒，可是，我還是很想跟妳說這句話……」她哽咽，終究忍不住低頭啜泣，「對不起，士緣，對不起，眞的……對不起……」

看著她掩面哭泣，我一句話都沒辦法說，只能靜靜轉身，離開病房。

傍晚，我坐在書桌前思索許久，最後撥了士倫的手機。

手機一接通，我問：「士倫，你在家嗎？」

「不在。」

「你在哪裡？」

「……」

「跟我說話，士倫。」

「妳過來吧。」他低聲回應：「從前心情不好時，我都會去一個地方，只有妳知道，如果妳還記得就過來吧。」

我怔怔望著手機，想著他說的話，隨即起身，離開了家。

在公車上，我望著窗外，心情隨著車子的晃動而起伏不定。

二十分鐘後，我在一所小學門前下車，由於正門已關閉，我只能從後門溜進去。整棟教學大樓籠罩在路燈的橙色微光裡，我緩步走在走廊上，環顧每一間教室，最後停在其中一間。

首先是掛滿在布告欄上的獎狀，接著是黑板角落值日生的名字，之後當我將視線轉向座位中央，沒多久，就有兩個身影浮現在我的眼簾，原本昏暗的教室，彷彿也同時跟著明亮起來……

「喂，妳好了沒？」背著書包的男孩催促道。

「好了，快好了，等一下。」女孩匆忙收拾課本。

「快一點啦，大小姐！」他急跳腳。

「那家店又不會跑掉，那麼急幹麼啦？」

「因爲那球鞋只剩最後一雙，我求了我爸老半天，他才答應買給我，萬一被別人買走就糟了！」

「那你先去嘛，我等等就到。」

「管妳的，快點走！」看女孩終於整理完，他馬上拉著她衝出教室，嚇得女孩焦急大叫，「等一下，士倫，不要拉我，我東西掉出來了啦，張士倫！」

男孩拉著女孩的手不停奔跑，兩人的身影消失在走廊盡頭。

我又望了那個座位一眼，接著走過教室往樓上去，每踏上一階，過往回憶一幕一幕甦醒。

「我看到方士緣的內褲嘍！」一名胖男孩大喊。

「我也看到了，她的裙子飛起來了，哈哈！」其他男生跟著起鬨，女孩緊緊抓住剛被風吹起的裙子，又羞又窘，幾乎就快哭出來。

「喂，死大胖，你幹什麼？」有個人怒氣沖沖地衝過來。

「沒啊，就看到她的內褲而已，不過可惜只看到一點點，再讓我們看一次吧！」胖男孩嘻皮笑臉。

「你找死啊！」他立刻上前揮了對方一拳，胖男孩當場跌坐在地。

「張士倫，你居然敢打我，不要以爲你第一名就了不起，我一定要跟老師講，你死定了！」

「要講就去講，但我警告你，敢再欺負她，下次我就把你打到住院，信不信？」

踏上通往頂樓的最後一級階梯，鐵門沒關好，微弱的月光從門外竄進來。

一推開門，一陣沁涼的風迎面而來，從頂樓眺望出去的夜景，特別美麗，也特別引人感傷。

有個人靠著牆坐在地上，我凝視那個身影許久，最後走到他身邊，慢慢蹲下。

「士倫。」

他目光一動，卻沒看我，視線迅速落向地面。

「微薇住院的事，你知道了嗎？」

他沒回答，也沒有任何表情。

我胸口一揪，「士……」

「欸，士緣。」他開口，抬頭望向遠方，「國小畢業後，我們就沒有一起來過這裡了吧？」

我愣怔半晌，點點頭。

「妳還記得為什麼我喜歡這裡嗎？」

「嗯……因為很安靜，不會有人打擾，如果心情不好，來這兒就會比較輕鬆一點。」

「沒想到妳記得這麼清楚。」他莞爾。

我也微笑，帶點苦澀。

「以前我們常會站在這裡朝天空大叫，但上國中後我就沒再來過，直到那一次才回來。」

「那一次？」

「知道妳有喜歡的人那次。」

「……」

「也許這個謊言注定要被拆穿，即使妳一輩子都不打算告訴我。」他平靜地說：「那天看到妳和薇薇一起走進公園，覺得很擔心，決定跟過去……結果，就聽到了。」

我低頭，再度抿唇。

「我……不是在幫薇薇說話，」我看著他，「我知道，你沒辦法原諒她這樣欺騙你，但她是真的很在乎你，就算曾經說謊，這段時間以來，她都陪在你身邊，你現在對她也有了感情，不是嗎？」

聞言，他先是安靜一會兒，之後輕笑，起身走向前。

我跟上，來到他身邊，發現他雙手摀著眼，我愣然地看著從他指縫中流出來的眼淚，一滴一滴落在地上……

「我喜歡方士緣。」

當他手一落，我就看見他那盡是淚痕的臉。他又哭又笑，發出彷彿無法呼吸的微弱喘息聲，我第一次看見他這個樣子，當下呆愣得說不出話。

「我喜歡妳，眞的很喜歡妳，很久以前，我就喜歡妳了。」他聲音沙啞，笑著哭泣，壓不住濃濃哽咽：「從小，只要跟妳在一起，就是我最快樂的時候。我每天都想看到妳的臉，想聽見妳的聲音，我不想跟妳分開，因爲妳一直是我最重要的人，從來不敢想像沒有妳在身邊的日子。這種心情從以前到現在都沒有變過，我喜歡的人一直只有方士緣一個。我不想離開妳，更不想失去妳，沒有方士緣在身邊的張士倫就不是張士倫了。我喜歡妳，一直都很喜歡妳！」

我呆呆望著他，他的話，早已讓我淚流滿面。

「從小到大，每個人都說妳喜歡我，雖然我都笑著否認，但心裡其實很高興。因爲大家都這麼說，所以有時候，我也會忍不住猜測是不是眞的？想知道，卻又不敢知道，怕自己自作多情，更怕被妳拒絕，所以遲遲不敢告白，很膽小，也很窩囊。」他深呼吸，閉上眼，聲音微微顫抖著，「直到一年前，我告訴薇薇，說想跟妳表白，不想再只是當妳的青梅竹馬。她還笑著支持我，說會幫我，可是最後……當她告訴我，妳已經有喜歡的人之後，那陣子我眞的非常難過，不想說話，什麼事都不想做，也不想理。除了薇薇，知道我之所以會變成這樣的人，就只有阿杰。」

語落，他壓低聲音，也壓住哽咽，「後來，薇薇就跟我告白了，她說她想要留在我身邊，就算我喜歡妳也沒關係。爲了忘掉妳，我接受她的告白。我不想見到妳，因爲我很痛苦，更不想繼續去在乎妳的事，所以暑假薇薇邀妳去夏令營，妳沒去，老實說，我鬆了一口氣……」

濃濃酸楚哽在喉嚨，讓我幾乎快無法喘息。

「妳說得沒錯，在那段難熬的日子裡，確實是她陪在我身邊，我也承認這讓我很感動，但就算是這樣……我還是無法控制自己不去想妳、關心妳，十幾年來的習慣，怎麼可能說改就能改？」

我輕輕握住他的手。

「我希望妳可以跟眞正喜歡的人在一起，就算心裡再痛苦、再難受，也無所謂了，只要妳能開心就好，我眞的是這麼想的。」語畢，他又笑了起來，「可是現在……這麼荒謬的眞相……誰能告訴我該怎麼辦？又該怎麼接受？」

「士……」

「妳一直都知道對不對？爲什麼不說？爲什麼什麼都不說！」他激動大吼，「爲什麼要忍氣吞聲？爲什麼要任由她這樣對待妳？爲什麼？」

我伸出雙手抱住他，緊緊擁抱他。

「士倫，對不起。」我視線模糊，話聲哽咽：「不管事實和結果是怎樣……我們已經沒辦法重新來過了。就算傷害已經造成，但薇薇對你的感情也是眞的，我們只是不知道該怎麼做，才可以讓彼此都不會受到傷害，這些你應該也知道。」

他沒有回答。

「我也希望士倫你能夠快樂，雖然一開始的確會很痛苦很難受，但是你看，現在我還是熬過來了啊，所以我相信你一定也可以的。答應我，不要再自責了，一定要振作起來，好嗎？」他的目光一對上我，我懇求：「好嗎？」

他沉默，最後輕輕點頭。

我想拭去他臉上的眼淚，卻被他握住了手。

「我想問妳一件事。」

我不動。

「妳對我還有那種感情嗎？」他牢牢注視著我，「我現在只想知道這個問題的答案，請妳老實告訴我。」

我看著他許久，最後微笑，搖搖頭。

他也笑了，一滴眼淚再度滑下，「也對，像我這種沒用的人，本來就不該還期待這種事，抱歉。」

我又搖頭，再次抱住他，兩人緊緊相擁。

我的右手移到他身後，像安撫孩子般輕拍他的背，嘴裡也同時跟著輕輕唱起：

那只是一時的，你很難過我知道。

但那只是一時的，你會堅強的我知道。

不要怕眼前的荊棘，我會一直陪在你身邊。

所以請你不要哭，親愛的請你別哭泣。

我知道你可以，重新再拾起笑容。

聽見這首歌，士倫先是一僵，隨後將我擁得更緊，悶聲痛哭。

小時候，他總是唱這首歌給我聽，在我最難過的時候給我力量，給我重新振作的勇氣。

謝謝你，自始至終都在我的身邊。

謝謝你，願意這樣一直喜歡著我。

跟你在一起的每段回憶，我永遠不會忘記，就算無法再繼續留在你身邊，我也相信你可以過得更快樂、更幸福，因爲你很堅強，一定做得到的。

我閉上眼睛，伴隨著歌，擁著他，讓眼淚靜靜流淌而下……

再見了，我最愛的青梅竹馬。

已經不曉得是第幾次被惡夢驚醒，我坐在床上，兩眼直瞪前方，滿頭大汗。接著下床將抽屜裡的罐子打開，倒出裡頭的東西，配著水一起吞下肚。這個動作，已在無數個夜裡不停重複。我輕撫胸口，深呼吸，最後無力地趴在桌上，忍不住輕輕喘息……

早上，我背著書包離開家，正好看見士倫也從家裡走出來。

他看著我一會兒，笑了笑，「難得今天沒有睡過頭喔。」

他的笑容讓我一時答不出話，眼眶卻莫名一熱，過了許久才回以微笑。

後來我們走在一起，什麼話也沒說，就只是靜靜走著。

下課時，雁琳望著操場嘆氣：「快要放寒假了，好煩喔。」

「放假怎麼會煩？應該高興都來不及才對吧？」

「因爲到時候，妳不是就要走了嗎？」她咕噥，一臉難過。

「唉唷，又不是永遠都見不到面了，別這樣啦。」我笑著摟住她。

「可是……」她忽然止住口，有些訝異地望著前方，「士緣，妳看，看操場上！」

我目光一轉，發現士倫的身影，他正和班上同學打籃球，臉上掛著笑，就像往常那樣，是充滿朝氣的笑容。

「已經……沒事了嗎？」雁琳問。

我眼眶發酸，點頭，「嗯。」

雁琳輕輕嘆息，接著揚起唇角，呢喃道：「你們眞的很堅強呢。」

聞言，我腦中陷入一片空白，彷彿掉進另一個思緒裡，久久回不了神。

放學時，我的手機傳來一封訊息。

和雁琳說一聲後，我背起書包離開教室，一跨出校門，就看見薇薇站在一旁。

她穿著一襲米色洋裝，長髮隨風飄逸，清新美麗的模樣，很快吸引許多人的目光。

她緩步走到我面前，輕語：「抱歉，突然跑來找妳……」

「沒關係。」我看著她，發現她的氣色好多了，「今天出院的嗎？身體好些了沒？」

薇薇微怔，似乎沒想到我會這麼關心她，靜默片刻，紅著眼眶點點頭。

我們到小楓姊打工的店裡，她帶兩份菜單走過來，親切微笑道：「歡迎光臨，要點些什麼呢？」

「我要紅茶。」我笑著說。

「還是蜂蜜嗎？」

我頓了半晌，搖搖頭，「薄荷好了，我最近突然很喜歡喝薄荷紅茶。」

語落，我發現薇薇似乎抬眸望了我一下。

「這位小姐呢？」

「啊……我要一杯卡布奇諾，謝謝。」

當小楓姊離開，面對薇薇好奇的目光，我說：「之前偶爾會來，漸漸就跟她熟了。」

聞言，她點點頭，表示明白。

我問：「妳不是有事想跟我說嗎？什麼事？」

她沒有立刻回答，卻慢慢斂下了眼眸。

「我一直在考慮到底該不該告訴妳。」她輕輕地說：「也許沒有意義，但……我還是想把當時他對我說過的話，讓妳知道。」

「誰？」

「徐子杰。」

我一愣。

「妳知道我曾經跟他吵過架嗎？」

我沒回答，只是默認。

「那天，他約我在學校餐廳旁邊的公園談一談，他要我讓士倫回到妳身邊，把他還給妳。他說不能再這樣下去，士倫喜歡的人是妳，而妳喜歡的人也是士倫，我不該用這種方式把士倫留在身邊，這樣對妳太不公平，因爲你們本來就屬於彼此。」

我完全呆掉。

「當時的我，完全不能接受他說的話，只能像瘋子般一直哭，我因爲太害怕他會把眞相告訴士倫，結果一時情緒失控，對他說了很殘忍的話。」

她閉上眼睛，嘴唇微顫，「我罵他沒用，是個膽小鬼，明明喜歡妳，卻不敢主動爭取，就只會在背地裡當濫好人，默默犧牲裝偉大，從頭到尾最虛僞的人根本就是他……」

說著說著，薇薇的眼淚掉了下來，「他雖然沒有生氣，也沒有反駁，但我知道，自己說的話深深傷到了他。看他這樣爲妳付出，我眞的很嫉妒，嫉妒他跟士倫都只在乎妳的感受，只關心妳，完全沒考慮到他是用怎麼樣的心情做出這個決定，明知道他一定也很痛苦……」

此刻的我，已做不出任何反應，只覺得腦袋昏沉，耳邊也不時聽見嗡嗡作響的聲音。

「我之所以把這些事告訴妳，並不是有什麼企圖，只是，他告訴我士倫有知道眞相的權利，若眞是這樣的話，那麼他對妳的心意，我認爲，妳也有權利知道。」薇薇輕吁一口氣，「我知道這麼做是多管閒事，我會告訴妳，或許也是出自於我的私心，畢竟我跟他都爲了同一件事所苦。」

她看著我，意味深長地說：「可是現在，我忽然發現徐子杰對妳的影響，也已經變得很深了。」

我擰眉不解，「……妳在說什麼？」

「我覺得，士緣妳現在給我的感覺，跟徐子杰有點像。」她認眞地說。

我怔怔然，完全聽不懂她在說什麼。

「我想士倫或許也有發現，從前的妳，總是對一樣東西執著很久，不會輕易改變，可是到了現在，我才發現，原來一個人的習慣，也可以影響另一個人，哪怕只是一件微不足道的小事……」

當她說完，小楓姊就端著兩杯熱飲走來。

看到她放在我面前的薄荷紅茶，驀然間，我愣住了。

「你們還眞有默契，要什麼紅茶？」

「薄荷。」

「我要蜂蜜。」

我再也說不出半句話。

夜晚，在綠色廣場。

我站在廣場中央，仰頭望著滿天星斗，想起徐子杰騎著腳踏車，在深夜帶我來這裡的那一天，同樣的景色，同樣的寧靜，就連寒風中的冷冽感，都沒有改變。

「記得，眼睛別張開。」

「爲什麼要這樣做啊？」

「等一下就知道了。」

我閉上眼睛。

「就這樣，開始往前走。」

我踏出右腳，然後左腳，走得越久，走得越遠，強烈的酸楚感漸漸湧上，嗆得我不禁輕喘一口氣。

我停下來，一回首，發現面對的不再是溫柔微笑的他，而是冰冷的空氣時，淚水頓時傾洩而出。

「他跟我說，讓士倫回到妳身邊，把他還給妳。」

「他說不能再這樣下去，士倫喜歡的人是妳，而妳喜歡的人也是士倫，我不該用這種方式把士倫留在身邊，這樣對妳太不公平，因爲你們本來就屬於彼此。」

「徐子杰！」我朝他當時站的位置，聲嘶力竭地哭吼：「你以爲你是誰，誰要你雞婆？我給了你什麼好處讓你這麼做？以爲這樣我會感激你嗎？你憑什麼擅自爲我作決定，你憑什麼！」

語畢，我全身虛脫，無力地癱坐在地。

他早就知道士倫對我的心意，也知道士倫依舊喜歡我，所以才這麼做的嗎？

他是經過無數次的掙扎與痛苦，才做出這樣的決定嗎？

已經不記得究竟爲他哭過多少次，也不記得到底夢見過他多少次，想要忘記他，內心卻不自覺尋找那些回憶，我承受不住，心很痛很痛。

「徐子杰！」思念已久的那個名字，此刻因哽咽而含糊不清，「你在哪裡……」

已經沒有人可以回答我。

最後，我只能蒙住雙眼，對著那片沒有盡頭的星空痛哭失聲。

學期結束，寒假正式來臨，在我要去雲林前的這段期間，雁琳幾乎每天都會來家裡找我，因爲她經常造訪，漸漸地她也與爸媽熟稔起來。

「外面很冷吧？」我問她。

「還好啦，不過士緣，妳的聲音怎麼了？」她訝異。

「感冒了，所以有點難聽。」我吐吐舌。

「因爲她睡覺沒關窗戶才會不小心著涼。」媽端著兩杯熱飲過來，「雁琳，這杯熱可可給妳。」

「謝謝阿姨。」她小心接過杯子，等媽離開，便小聲問我：「身體還好嗎？」

「沒事，不嚴重。」我望了眼正在交談的爸媽，「到我房裡聊吧。」

注意到我視線的雁琳，跟著回頭一瞧，然後點點頭。

「我覺得……叔叔和阿姨看起來不像感情不好啊，常看到他們笑著說話。」在房間裡，雁琳坐在書桌前，若有所思地說。

「不只是這樣，」我坐在床邊，「他們對我也比從前溫柔多了，尤其是我爸，這幾天都會開車載我出去玩，買一堆我喜歡的東西，跟我說很多很多事。」

「很多事？」

「要我好好照顧媽，別讓她太累，自己也要顧好身體，有什麼事，隨時都可以打電話給他，還說我很懂事，相信我不會讓他擔心之類的……」

「那日期確定了嗎？」

「嗯，下個禮拜天。」

「……我只是在想，妳跟徐子杰眞的就這樣算了嗎？」她看著我，「妳打算什麼都不跟他說就離開嗎？難道妳都不會想念他，也不想見到他了？」

我沉默，盯著手中杯子片刻，「我不知道，我很想他……眞的很想他，每天晚上也都會夢見他，有一段時間，我甚至還以爲自己快發瘋了。但是好奇怪，現在我卻什麼都感覺不到，就算想起他，也不會那麼難過了，對他的感覺和印象，突然間變得好模糊，也好陌生。」

「所以妳眞的要放棄了？」雁琳難過地說。

「不然，我該怎麼辦？」我的笑充滿苦澀，「我們根本就不可能在一起，即使他不出國、我不去雲林，結果也是一樣。」

雁琳一聽，既訝異又不解，「爲什麼？」

我正要說下去，卻忽然咳嗽起來，她趕緊過來拍拍我的背，「好了，妳不要說話了，好好休息，先照顧好身體再說。」等到我的咳嗽稍微止住，她又說：「今天我就先回去好了，妳專心養病。」

我點點頭。

雁琳離開後，我獨自躺在床上，凝望著天花板。忽然，我想到還沒跟Anna說一聲，也還沒跟她好好道別……等病稍微好一點再去找她吧，她現在應該也很忙。

想到要離開，有好多情緒都慢慢消失了，就連對何利文，還有那些八婆的厭惡，也都煙消雲散，什麼都感覺不到。

爲什麼呢……

「伯母，這是我媽做給士緣吃的，對喉嚨很好。」

「好，麻煩你幫我跟她說聲謝謝。」媽語帶笑意。

「嗯。」士倫點頭，同時他看到我走進玄關。

我用仍帶微啞的聲音說：「媽，我可以出去一下嗎？」

「妳病還沒好怎麼能出去？不行！」媽很擔心我的身體。

「拜託啦，媽，我想去附近散散步，很快就回來，眞的。」我拉著媽撒嬌，她還在猶豫，我就走到士倫身邊，「士倫，你陪我去好不好？」

士倫還來不及回答，就被我推出家門口，他馬上抓住我，眉頭一擰，「回去吧，妳還在生病。」

「不要。」我挽住他的手，他又是一怔，我笑了笑，「我們去散步。」

他注視我半晌，沒再說什麼，只是牽住我的手。

此時天色已暗，路燈也一盞盞亮了起來，散步途中，他面無表情，不發一語，卻從未鬆開我的手，始終緊緊握著。

「欸，怎麼了？笑一個嘛。我都快離開了，你還擺這張苦瓜臉給我看。」我嘟嘴。

他慢慢停下腳步，眼神黯淡，「……抱歉。」

「喂，不可以，你答應過我會振作起來的耶！」我拍拍他的臉。

他看著我，然後扯扯嘴角，露出一抹極淡的笑。

我靠著他的肩，說：「以後我不在，你也要保持這種笑容喔。」

「嗯。」

「不可以愁眉苦臉，要天天保持好心情喔。」

「嗯。」

「不要被班聯會和課業的事弄得太累，該休息的時候還是要休息喔。」

「嗯。」

「不要再生薇薇的氣了喔。」

「……嗯。」

「不要覺得寂寞喔。」

他沒再回應。

我抬眸，「答應我。」

他仍直視著前方，我卻在燈光的照耀下，發現他眼裡的淚光。

「嗯。」

「說好了喔。」我莞爾。

「那妳也要答應我，」他認真地凝視我，「不准再一個人默默承受任何事，一定要說出來讓我知道，聽到沒？」

「嗯。」

他伸手將我擁入懷中，當他將溫熱的唇輕輕印在我的額頭上，他的淚也同時滴落在我的臉龐。

我閉上眼睛，緊緊回擁著他，直到頭頂上的天空開始飄下毛毛細雨。

當時的我，以為自己終於可以放心地離開這裡，也以為在這裡的一切悲傷、痛苦，都將隨著明天結束，而劃下句點。

若我沒有在離開的前一天到那裡去的話。

若沒有那一天，也許現在，我都還是這麼深信著。

「您的電話將轉接到語音信箱，嘟聲後開始計費……」

走在街上，打了一通又一通的電話，Anna卻遲遲未接，我失望地切斷手機。

明天就要離開台北了，到現在還聯絡不上她。我嘆一口氣，準備回家，只是走沒幾步，雙腳就倏地停下。

對了，還有一個人，我也該去跟她道別。

「歡迎光臨！」站在櫃檯的小楓姊看到我進來，臉上立刻漾起笑容，「士緣！」

等我坐下，她把菜單拿給我，「外面很冷吧？想喝些什麼？」

「我要熱可可。妳寒假還在打工呀？」

「是啊，不過再五分鐘我就換班了，可以過來跟妳聊天。我先幫妳準備可可，等一下唷。」

不到五分鐘，她就端了杯熱可可過來，並換下店員制服，在我面前坐下，「來，這杯請妳喝。」

「不要啦，怎麼能讓妳請我？」

「沒關係，就別跟我客氣了。」她小聲對我說：「下次我還可以再偷偷請妳喝飲料喔。」

「謝謝妳，小楓姊。」我笑了笑，接著語氣漸緩：「只可惜……恐怕沒有下次了。」

「爲什麼？」她眨眨眼。

將原因告訴她後，她頗爲驚訝，然後輕輕嘆息。

「好突然……沒想到會變成這樣。」她語帶失望，「妳明天就要走了？」

「嗯。」

「有跟阿杰說嗎？」

我一愣。

她見到我的反應，恬淡一笑：「其實我早就猜到，妳可能就是阿杰喜歡的那個人，而且上次妳帶朋友來這裡時，我也有聽見妳們談起他。我想，妳應該也是喜歡他的吧？」

我不知道該怎麼回答。

「之前我曾聽他說，他要到高雄比賽，還沒回來嗎？」

「我不清楚，應該還沒吧。」我小聲地說。

「不跟他說嗎？」

「……」

「阿杰一向不會將情緒表露在臉上，只會用行動表示。陪伴一個人，就是他表達情感的一種方式，若你們曾在一起，妳應該感受得到吧？」

我沒回應。

「這就是屬於徐子杰的溫柔喔。」她微笑，接著從放在包包裡的皮夾抽出一張東西，放在桌上，「而當事人，總是在最後才發現，原來他是這樣珍惜著自己。」

我低頭一看，那是一張照片。

小楓姊說：「這是一位同學偷拍後拿給我的，連阿杰都不知道。」

我慢慢拿起那張照片。

公車上，一對年輕男女坐在一起，女孩靠在男孩的肩上，男孩的目光落在女孩臉上，兩人都穿著國中制服。女孩是小楓姊。

我把視線轉向那男孩，目光再也沒移開，雖然只是側面，但還是可以清楚看出他凝視對方的眼神裡，所流露出的專注與溫柔。

我不自覺伸手輕撫著照片上的他，從頭髮、眼睛、雙頰，一直到下巴，熟悉的輪廓就這麼一片一片在腦海中重新拼湊起來。

「士緣，妳怎麼了？」

直到聽見小楓姊吃驚的聲音，我才發現自己流淚了。

在夢裡已經看不清他的樣子，在現實中也幾乎快遺忘他的長相。我不停催眠自己，告訴自己一定要忘記，因爲我不想再傷心，不想再掉淚，不想再被思念折磨。

只要忘掉他，只要能夠忘掉他……

離開店裡之後，我沒回家，而是來到學校的美術教室後面。

我站在白牆前，望著上面的塗鴉，從包包裡掏出一枝筆，在其中一小塊空白處寫下「徐子杰」三個字，寫完後，我的唇角再度嘗到一絲苦澀的鹹……

徐子杰，你知道嗎？雁琳曾經說我很堅強，可是我眞的堅強嗎？

原以爲可以習慣沒有你的日子，卻在這一刻才終於醒悟，自己在撒謊，逃避，自我欺騙，天眞的以爲這樣就能忘記你。

如果那天士倫沒有介紹你我相識，如果我沒有去晨跑，如果我沒有和你去廣場，如果爸媽吵架那晚我沒有打電話給你，如果我沒有和你一起過聖誕節……

太多太多的如果，讓我無法再回到過去，回到喜歡上你之前。

這次，眞的已經不行了，已經到了極限……

我不停地哭泣，哭了好久，好久。

良久，當我正要轉身離開時，胸口卻突然一緊，喘不過氣來，幾乎就要窒息。

我靠著牆，慌忙地想要打開包包，意識卻越來越模糊，身子失去重心，跌落在地。最後的意識，只有從包包裡掉出來的吸入劑，滾落在我眼前的畫面……

什麼也沒有。

我不曉得自己身在何處，四周一片黑，伸手不見五指。

我不知道該怎麼辦，只能一步步往前走，沒多久，前方傳來一陣微弱的啜泣聲，越是往前走，聲音就越清楚，視線也逐漸亮起。

一名小女孩蹲在地上哭泣，我走到她面前，問：「妳怎麼了？」

女孩低著頭，身子不停抽搐，哽咽著說：「被搶走了。」

「什麼被搶走了？」

「士倫……」她揉著眼睛，不停地哭，「我看到隔壁班的小雯和他走在一起，她好漂亮……兩個人看起來好相配。」

女孩說完，人就消失了，下一秒前方又出現一道身影，一個穿制服、戴眼鏡的女生，也在哭泣。

「妳怎麼了？」我問。

她不語。

「妳爲什麼要哭呢？」

「……我不甘心。」

「不甘心？」

「太不公平了！」她崩潰哭吼著：「爲什麼我的家會變成這樣？爲什麼她們要這樣對我？爲什麼其他人可以這麼幸福？爲什麼我的世界會變成這個樣子！」

她掩面哭泣，接著也突然消失了。然後又有個女孩出現，但沒有哭，只是面無表情地癱坐在地。

我在她面前蹲下，「妳怎麼了？」

她抬起頭，眼神空洞：「……我背叛了他。」

「背叛誰？」

「我背叛了士倫！」她激動地抓住我，淚水湧入眼眶，「怎麼辦？爲什麼？我怎麼可以這樣？怎麼可以這麼差勁？我不要這樣，我不能這樣，我不要我不要——」

霎時，前方又出現一個人。

那個人，長得和我一模一樣，對著我笑，笑得既冷酷，又殘忍。

我認出了她，早在一年前，在無數個夜裡，我都會在夢中看見她，聽她不斷問我同樣的問題。

「妳的堅持，就只有這點程度嗎？方士緣。」

我呆住。

「不想傷害他只是藉口，妳本來就習慣因爲害怕所以主動放棄，不是嗎？」她呵呵笑，「妳對張士倫的喜歡，原來不過如此而已。」

她的話讓我啞口無言，她說完話就消失了。

有好多顏色出現在我的眼前，混在一起不停旋轉。我感到一陣暈眩，聽見一片吵雜聲，那是好多人的嘻笑聲、咆哮聲、哭泣聲。

我頭痛欲裂，摀住耳朵想隔絕那些聲音，卻沒有用……

「喂，方士緣！」

有人大聲叫了我的名字，一睜開眼，就看到一張驚慌的面孔。

「醒了，羅雁琳，方士緣醒了！」江政霖急促道，眼前又多了好幾張面孔。

「緣緣，妳還好嗎？」爸很慌張。雁琳緊握住我的手，媽跟士倫也在，個個臉色蒼白。

我有些不知所措，「我……怎麼了？」

「妳氣喘病發，在學校昏倒了，被工友送來醫院，已經三天了。」

「三天？」我吃驚。

「嗯，不過幸好沒事，幸好沒事……」爸的聲音突然哽咽，媽這時也轉身快步走出病房。

我不安地問：「爸，媽怎麼了？」

「沒事，妳先好好休息，爸出去看一下媽媽。」

他們接連離開，我又問士倫：「士倫，怎麼了？」

他深深看了我一眼，眼裡映著疲憊與憔悴，他搖搖頭，扯扯唇角，「對不起。」

我怔怔地看著他離去，忍不住追問雁琳和江政霖：「到底怎麼了？爲什麼大家都怪怪的。」

雁琳伸手擁住我，哽咽道：「士緣，妳爲什麼要這麼傻呢？」

看到江政霖黯淡的神情，我一頭霧水，「妳在說什麼，我怎麼一個字也聽不懂？」

「叔叔他們都知道了。」她哭著說，「妳曾經自殺的事，他們都知道了。妳昏睡這段期間，他們發現妳左手上的疤痕，醫生還檢查出妳有服用某些藥物的習慣……」

我渾身一僵，一股寒意瞬間從腳底竄升至頭頂。

「前兩天，有個女人來看妳，她和叔叔談了很多妳的事，也有找張士倫說話。」

「女人？」

「嗯，她說她曾經是妳的心理醫師。」

我再度僵住。是Anna。

「醫生說，妳現在的身體狀況不太好，最好先住院幾天，等情況好一點……」

我沒再注意雁琳說什麼，只覺得頭很昏，很暈，沒多久，意識又漸漸遠去。

不知怎麼的，突然覺得好累，好累。

再次醒來時，我感覺到有人在撫摸我的臉。

「醒了嗎？」她輕語。

我望著她，露出微笑。

「眞的很對不起，前陣子實在太忙，沒接到妳的電話，沒想到一打給妳，就聽到妳住院的消息。」Anna說。

我搖頭，「沒關係啦，能看到妳我就很高興了。」

「傻孩子，」她嘆息，眼神含著悲傷，「爲什麼要壓抑自己呢？不是說好要一起分擔？妳也曾對我發過誓，不會再碰那些藥的，不是嗎？」

「對不起，」我鼻頭一酸，「對不起……」

「我不希望妳再把所有事都壓在自己身上，也不要什麼話都往心裡吞。如今事情演變成這樣，妳父母都有知道的必要和權利，這是需要家人共同解決的問題，不該再隱瞞他們。」

「我爸媽呢？」

「妳父親公司有事先離開，妳母親現在坐在外面。」

我停頓半晌，「我……想去看看我媽。」

她點頭，爲我披上外套後便帶我下床。一踏出病房，就見媽低頭坐在椅子上動也不動。

我望著她瘦弱的身軀，忍不住脫下外套披在她身上，「媽，妳穿太少了，這樣會感冒。」

媽抬起頭，面色蒼白，疲憊萬分。她慢慢站起來，撫著我的手臂，淚水盈滿眼眶。

「從那時開始就這樣了嗎？」她眼淚止不住滑落，聲音沙啞，「一年前開始……妳就這樣了嗎？」

「媽……」

媽伸手抱住我，傷心欲絕地哭了出來。「我可憐的女兒……媽對不起妳，媽對不起妳——」

「媽，妳不要這樣！」我手足無措，哽咽地喊：「我已經沒事了，眞的沒事了，妳不要這樣！」

我們緊緊相擁。媽不停地哭泣，我可以感覺到她的每一聲哭喊，每一滴眼淚，都溢滿著濃濃的心疼與歉疚，每個人此刻都因爲我而受到了傷害。

不應該，我眞的眞的不應該……

「好多了嗎？」

隔天上午，士倫來看我，還帶了不少東西過來給我吃。

「嗯，沒事了，謝謝。」我微笑地望著他，「你的臉色好難看，昨晚沒睡好嗎？」

他沒有回答，只是坐在我身邊，握住我沒吊點滴的那隻手，貼在他的額頭。

「士緣，」他聲音低啞，「對不起。」

「咦？」

「對不起。」他的眼淚一滴一滴落在床單上，「對不起，對不起，對不起。」

「怎麼啦？幹麼一直跟我道歉？」我嚇一跳。

他始終壓低著頭，嘴裡不斷重複：「對不起……」

我愕然看著這樣的他，不自覺回想起雁琳昨天跟我提過，Anna有找士倫說了些話，這麼說，他可能已經知道了？什麼都知道了……

「士倫，你別道歉！」我趕緊回握住他的手，「那個時候……是我一時想不開，才會不小心做出傻事。你不要自責，從頭到尾我不認爲你有錯！」

「那天之後……」他渾身都在劇烈顫抖，「是在我對妳說了那些話之後，妳就傷害自己了吧？」

「士倫！」我喊道：「我說了，這不是你的錯。而且我不怪你，從來都沒有怪過你！」

然而不管我怎麼安慰，他依舊不斷搖頭，哭得不能自已。

待Anna、雁琳和江政霖一起來到病房後，Anna便先帶士倫離開。我憂心不已，深怕士倫會一直這樣下去。

「我相信Anna姊會好好跟他說的，妳別太擔心。」雁琳說。

我頷首，接著將視線轉向江政霖，他不好意思地抓抓頭，歉然道：「那個……羅雁琳都把事情跟我說了，是我誤會妳了，抱歉。」

「沒關係，你會生氣很正常。」我笑了笑，「抱歉，害你們擔心了，謝謝你們這幾天都來看我。」

「不用客氣啦，看到妳好起來我才能放心。至於那個笨蛋，士緣妳就不用謝了，他只會在醫院製造噪音而已。」她指指江政霖。

「喂，什麼製造噪音？也不想是誰每天騎車載妳來醫院的，妳居然這麼說！」

看到他們開始鬥嘴，我忍不住又笑了，然而沒多久，忽然有件事跳進我的腦海，讓我嘴角一凝，出聲喚：「雁琳……」

「怎麼了？」

「之前士倫說，我是在學校被發現的，是嗎？」

「對……在美術教室後面。」她坐了下來，「妳怎麼會突然跑到那裡去？」

我低下頭，沒有說話。

雁琳便問：「是因爲……想念徐子杰嗎？」

「徐子杰？爲什麼會突然提到他？」江政霖一頭霧水。

「你安靜啦，又不是在問你！」

我聽著他們的對話，有些不解。

「徐子杰……」我抬眸，疑惑地問：「是誰啊？」

他們的話語聲瞬間停住，兩雙眼睛直直看著我。

「士緣，妳說什麼？」雁琳的語氣滿是訝異。

「你們剛剛說的徐子杰，是什麼人？」

他們倆僵在原地，面面相覷。雁琳表情很奇怪，「士緣，妳怎麼會突然開這種玩笑？妳別嚇我，妳說妳不知道徐子杰是誰？」

「我不知道。」我搖搖頭，一片茫然，「我也不記得我怎麼會在學校，又怎麼會跑去美術教室……一點印象也沒有。」

聞言，雁琳瞪大雙眼盯著我，發現我不是在開玩笑，再也掩不住驚慌，當場激動地喊了出來：「怎……爲什麼？怎麼會這樣？妳怎麼會不記得徐子杰了？」

Anna跟士倫聽到雁琳的驚呼聲，連忙衝進病房，Anna立刻問：「雁琳，怎麼啦，突然叫得這麼大聲？」

「Anna姊，怎麼辦？士緣居然說她沒有昏倒當天的記憶，連徐子杰都不記得了！」

「阿杰？這是怎麼一回事？」士倫一愣，趕緊走到病床前。

「士緣說，她不記得徐子杰這個人，不曉得他是誰……」雁琳眼眶泛紅。

士倫一臉驚愕，「士緣，妳說眞的嗎？妳不知道阿杰是誰？」

「我……」我不懂他們爲何會這麼緊張？更不懂雁琳爲什麼會這麼難過？於是，我低頭努力回想這個名字，沒多久兩手一拍，高興地喊：「啊，我知道了！」

「妳想起來了嗎？」士倫問。

「嗯，他個子很高，開學那天士倫你有向我介紹他，說他游泳很厲害，每次比賽都會得獎……」

「對，然後呢？其他的呢？」

我呆了一會兒，納悶地說：「不就這樣而已嗎？我跟他沒說過話，根本就不熟啊。」

士倫完全傻掉。

Anna隨後又問雁琳：「她還忘記了什麼事嗎？」

「她說不記得自己那天怎麼會到學校去，其他的我就不曉得了。」雁琳聲音裡帶著哭音。

「爲什麼……妳對阿杰的記憶就只有這些？」士倫滿是困惑。

「一定是再也承受不了才會這樣，一定是……」雁琳緊緊抱住我，無法抑止地大哭。

「她喜歡他，她喜歡徐子杰！一直以來她都在壓抑自己，一定是再也沒辦法繼續忍受下去，才會變成這樣的！」

此話一出，所有人全都被嚇到了，連我也不例外。

士倫呆若木雞，不敢置信，「士緣……喜歡阿杰？」

我陷入愕然，直到耳邊傳來一陣悶悶的雷聲，我的視線才慢慢移至窗邊。

剛剛還晴朗無比的天空，不知何時已變得一片灰，開始下起傾盆大雨……

第十章

「薇薇，妳是說眞的嗎？」

「當然，我親耳聽見的！」

「不……不會吧？」我不敢置信，連聲音都在發抖，「士倫眞的這麼說嗎？」

「眞的，他說他喜歡的人就是妳，不會錯的。」

「這不是作夢吧？士倫居然喜歡我……」我幾乎要尖叫出來，不禁用力捏自己的臉頰。

好痛，這眞的不是夢。

「太好了，你們是兩情相悅。」

我欣喜地笑了，緊握薇薇的手，感激不已，「薇薇，謝謝妳，我不知道該說什麼才好……眞的眞的謝謝妳！」

她微笑不語，搖搖頭，唇角笑意卻比剛才淡了一些。

那天，我滿心雀躍，覺得自己是世上最幸福的人！我背著書包，一邊哼歌，一邊腳步輕快地走回家，只是這份愉悅的心情，卻在打開家門的那一刻瞬間消失。

我握著門把，愣愣地聽著從屋內傳來的咆哮聲。

「不能等我回來再說嗎？幹麼跑到我公司去？」

「當然是去逮你們這對狗男女，怎樣？做賊心虛，怕了嗎？」

「妳眞的很不可理喻，這樣逼人到底夠了沒？」

我不知道該如何反應，這是我第一次聽見爸這樣對媽大吼。開門進去，他們見我回來，立刻停止爭吵。

「緣緣回來了，有話晚點再說。」語畢，爸轉身就要上樓。

「想逃？有種就在孩子面前把話說清楚，讓她看清你這個爸爸！」

「好了！妳有完沒完？」爸再度大吼：「一定要把事情弄得那麼難堪嗎？」

我回到房間後，樓下的爭吵聲仍未消停。我放下書包，回想他們剛才的對話。

對於媽之前私底下的怪異行徑，包括偷看爸的手機、緊盯爸的行程等，讓我很不安，但我萬萬沒想到，爸竟然眞的有外遇。

我不知道該怎麼辦才好，完全不知道……

「薇薇最近好像跟張士倫走得很近耶。」

「妳也覺得嗎？經常看他們在一塊。」

「他們兩個該不會……」

「有可能喔，他們兩個看起來很登對啊！」

「沒錯！」在我前面聊天的兩個女同學，忽然興奮地轉過頭來，「喂，士緣，妳知道些什麼嗎？」

「咦？」我一愣。

「就我們剛才說的呀，妳跟薇薇那麼好，又是張士倫的青梅竹馬，應該知道什麼吧？」

我呆了好久，最後搖頭，「……沒有。」

「眞的嗎？」她們的語氣帶著懷疑。

我點頭。

「什麼嘛，眞無趣，不過士緣，妳也這麼覺得吧？有沒有想過要撮合他們？」

「對呀對呀，乾脆我們一起來推他們一把，怎樣？」

對於她們的提議，我淺笑不答，就在這時，其中一個女同學指著窗外喊：「快看，是他們耶！」我也不禁跟著望去，果眞看到薇薇和士倫兩人手裡拿著東西，一起走過穿堂，相談甚歡。

「哇哈，我就知道，等等薇薇回來，我一定要拷問她！」

「會不會是因爲他們都擔任幹部的關係啊，早知道我也要當幹部，說不定還有機會接近徐子杰呢。」

「妳想太多了吧？徐子杰耶，怎麼可能？」

「不試試看怎麼知道？」

我沒再注意她們的嬉鬧，目光依舊停留在遠處那兩人身上，胸口隱隱作痛。剛剛那些話不是我第一次聽到，士倫和薇薇的八卦，早已在校園內如火如荼地傳開來，還有不少人給予祝福。

稍後薇薇回到教室，馬上被她們抓去拷問，直到快上課才放人。薇薇一走回座位，我笑問：「還好吧？」

她無奈失笑，在我隔壁坐下後，開始整理東西。

「剛剛我也有看到妳跟士倫走在一起。」我喃喃地說：「就連我……都覺得你們很登對呢。」

聞言，薇薇的神情突然變得有些僵硬，她看向我，「妳怎麼啦？爲什麼要這麼說？」

「沒事啦，開玩笑的，妳不要理我。」我連忙搖頭，笑得尷尬。

薇薇轉身拉起我的手，「士緣，妳別誤會，我們只是偶爾會被叫去辦事情而已，妳也知道他跟我們班上的老師都很囉唆。再說……士倫喜歡的人是妳。」

「唉唷，我眞的沒有別的意思啦，只是開玩笑而已，妳別在意！」聽完薇薇的話，我忍不住在心裡罵自己。她這麼費心幫我，我怎麼還對她說這種話，眞是差勁到了極點。

我爲自己的胡思亂想自責，並向她道歉，薇薇卻緩緩低下頭，目光沒有再對上我。

我相信薇薇，我當然相信她，她是我最好的朋友，就是因爲信任她，我才會把心裡的祕密告訴她，所以儘管她和士倫的緋聞越傳越凶，我還是相信她。即使那些謠言，讓我忍不住心痛，甚至會難過得掉眼淚，我仍然選擇相信。薇薇爲我做了那麼多，我對她只有感激，不應該有任何不滿才對。

然而，爲何自己卻漸漸快樂不起來？

每當看著薇薇和士倫走在一起，我就不禁自卑，心想像我這種醜小鴨怎麼配得上士倫這樣的人？但如果是薇薇……

不知不覺，我控制不了自己產生這樣的想法。就算知道士倫喜歡我，我還是沒有自信，也提不起勇氣跟他告白，這全是自卑感在作祟。

此外，我也變得不喜歡回家，不想面對家裡令人窒息的氣氛。爸媽的事已經鬧得附近鄰居都知道，連士倫的父母也很關心，每當士倫向我問起家裡的情況，我總是笑笑的沒說什麼，心裡卻很難過，不願讓他看到爸媽這個樣子，不想讓他看到這樣的醜態……

漸漸地，放學後我不會直接回家，幾乎天天在一間下午茶店逗留，也慢慢和老闆熟了起來。老闆是位聲音很好聽的親切大叔，笑起來有點傻氣，卻讓人覺得很溫暖。

爸媽的事、士倫跟薇薇的事，不知何時已經成了我心上抹滅不去的陰影。白天永不止息的謠言，夜晚夢裡夾雜的爭吵聲，無時無刻都在折磨著我，無處可躲。

某日，外頭下著雨，我一如往常，坐在下午茶店裡望著窗外發呆，忽然有人輕輕拍了我的肩。

一名長髮女子手裡端著飲料，笑容可掬地問我：「我可以坐這兒嗎？」

我一怔，望望四周，明明還有很多空位啊。雖然覺得納悶，但我還是點了頭。

「謝謝。」她坐下，「抱歉，一定嚇到妳了。」

「……」

「這家店的老闆，是我的大學同學，」她的笑容很親切，「他跟我說，最近有個可愛的女孩天天都來光顧，卻總是一臉憂愁地坐在窗邊角落，不曉得是不是有什麼煩惱。今天來喝茶，他希望我能來跟妳聊聊天。」語畢，她將手中的飲料移到我面前，「這是他特製的桂圓茶，因為今天天氣有點涼，所以特別弄熱的給妳喝。」

我訝異地往櫃檯看去，老闆正笑著幫客人結帳。

當我將視線轉回桌上的茶，鼻頭一酸，眼眶一熱，沒多久視線就一片模糊。累積在心中的痛苦，沒有人可以傾訴，只能默默流淚，但此刻在溫暖的包圍下，我再也忍不住放聲哭泣。對方靜靜地陪著我，還溫柔地輕撫我的頭，給予安慰。

那個人，就是Anna。她是一位心理醫生，從那天起，我們就成了好朋友，經常在這家店碰面，我心裡有什麼悲傷的事都會對她說。

因爲有人陪伴，聽我說話，漸漸讓我有了支撐下去的力量。

「好漂亮的手鍊喔。」Anna說。

我往右手腕一瞧，「喔……妳說這個呀？這是士倫送我的生日禮物。」

「妳不時就會摸著這條手鍊，看得出來妳很珍惜它。」

我點頭微笑，卻沉默了。

「怎麼了？」

「這幾天，班上那些女生又開始對我做一些事。」我盯著手鍊，「其中一個叫何利文的，最近跟薇薇走得很近，雖然我跟她不熟，但感覺得出來她似乎不喜歡我。」

「她們又開始對妳惡作劇了嗎？」

我點頭，「那些女生，都是常和何利文在一塊的，我不知道自己到底哪裡得罪她了……」

我不敢告訴Anna，這已經不是我第一次被班上同學的惡意玩鬧嚇得哭出來。不敢告訴Anna，我已經連學校都不敢去。

而我也沒有告訴薇薇，因爲最近她毫無預警地一直躲著我，不再跟我說話。我很錯愕，但無論怎麼想都想不出原因。

眼看校慶就要來臨，學期也快要結束，爸媽雖不再爭吵，卻還在冷戰，情況並沒有多大好轉。那段時間，我很難過，很想見士倫，然而不知爲何，他忽然間好像變了個人，對我的態度十分冷漠，他從來沒有這樣過，我又驚又慌，六神無主，完全不知道到底發生什麼事。

就這樣，我被心中的重擔壓得喘不過氣，每天都吃不下睡不著，身體一天比一天差，我不再去大叔的店裡，因爲我不想讓他和Anna看到我這個樣子。

到了薇薇生日那天，有不少同學相約放學後去KTV唱歌，爲她慶生。

雖然已經有好一段時間不曾跟薇薇說話，但我還是爲她準備了生日禮物，打算明天送給她，同時也想問她，爲何忽然改變對我的態度？是不是我做了什麼讓她生氣的事？

放學後，我在教室呆坐著，直到聽見雨聲才回過神來，周圍已經人去樓空。雨勢很大，我忘了帶傘，冒著大雨經過穿堂時，有三個士倫班上的女生撐著傘迎面走來。

「方士緣，妳還在學校？」其中一人朝我喊，「沒一起去唱歌嗎？」

我沒答話。

「我們現在正要過去，妳不一起來嗎？張士倫也有去喔。」

聞言，我立刻傻住，她們一見我的反應，全都笑了。

「喂，方士緣，妳該不會還不知道吧？妳的青梅竹馬跟好朋友已經在一起嘍！」

瞬間，我恍如被雷擊中，腦袋一片空白。

「不會吧？大家都知道了，妳居然還不曉得啊？」

我說不出話，只能睜大眼睛看著她們，懷疑這只是一場醒不過來的夢。

這時另一個女生貼近我耳邊說：「方士緣，妳跟張士倫明明一點都不配，怎麼還想從薇薇身邊搶走他呀？不知羞恥也該有個限度吧。」

她的話在我腦子裡反覆響起。

從薇薇身邊搶走士倫……我？

「也不回去照照鏡子，妳哪裡比得上薇薇？真噁心。」第三個女生也走近，朝我肩膀用力一推，「別再繼續做白日夢啦，醒醒吧！」

我被她推倒在地，怎麼都爬不起來，雨落在我的身上。

「喂，搞什麼，她該不會暈倒了吧？」

「我看是打擊太大嘍。」

「哈哈哈，應該是這樣沒錯！」

她們的話語聲漸漸飄散在雨中，被雨淋得溼透的我，只能怔怔盯著手腕上的銀鍊子，心中空盪盪的。直到一陣腳步聲接近，我的意識越來越模糊，眼睛閉上前，我只記得看見了一雙大手，之後就什麼都不知道了……

等我再度張開眼，發現自己躺在學校保健室的床上。

保健老師對我微笑，「妳醒啦？剛剛同學把妳送過來時，嚇了我一跳，妳衣服全都溼了，我去拿件衣服給妳換，等等喔。」

我呆了半晌，老師一離開，我馬上奔下床，衝出保健室。

那晚我瘋狂地打電話給士倫，他卻始終不接。打給薇薇，也同樣沒回應。

我不相信，這不是真的，薇薇不可能這麼對我的！

我要跟士倫說，我要告訴他我喜歡他，我一定要讓他知道……

隔天，我在家門口碰到士倫，他對我依舊十分冷漠，我想跟他說話，他卻完全不理我，直接甩頭就走。我萬念俱灰，難過得幾乎就快哭出來。

那天，第二堂下課，班上忽然發生了一件事。

昨天士倫送給薇薇的一串水晶手機吊飾，突然不見蹤影，怎麼找都找不到，薇薇急得像熱鍋上的螞蟻。

就在這時，何利文站上講台，對全班同學宣布：「各位同學，薇薇有樣很貴重的東西不見了，剛才有人告訴我，看到班上某人偷走這樣東西，所以我們來問問那個人，到底東西是不是她拿的？」

說完，何利文就走下講台，在我面前停下，冷冷地說：「方士緣，可以讓我看一下妳的書包嗎？」

全班同學訝異地朝我望來。

「如果妳不想被冤枉，建議妳還是讓我看一下，妳也不想一直被大家懷疑吧？」她睨著我，「當然，要是妳沒有偷，我會馬上在大家面前向妳道歉，妳覺得如何？」

我愣然片刻，抿抿唇，起身將書包放到她面前。

何利文打開我的書包，往裡頭翻翻看看，手慢慢停了下來，頭也不抬地問：「方士緣，麻煩請妳告訴我，妳有沒有偷薇薇的東西？」

「我沒有。」我想也沒想，立刻回答。

她的唇角漾起一抹極淡的笑，「是嗎？」她隨即從書包裡掏出一條亮晶晶的東西，「那能不能再請妳解釋一下，爲什麼薇薇不見的手機吊飾，會在妳的書包裡呢？」

看到何利文手中的水晶吊飾，我的呼吸驟然停止。

同學們臉上的表情又是驚愕又是鄙夷，連薇薇看向我的眼神也非常複雜。

「不是……我不知道，不是我偷的。」我搖搖頭，聲音發顫，「我沒有偷！」

「方士緣，」何利文直直地看著我，態度依舊淡然，「如果妳現在肯在全班同學面前向薇薇道歉，我相信大家都會原諒妳，妳最好想清楚，現在道歉還來得及。」

「我沒有偷，眞的沒有偷，我根本不知道薇薇的東西爲什麼會在我的書包裡！」我激動地喊道。

何利文深深嘆一口氣，滿是無奈。

「方士緣，」她再次叫我的名字，只是語氣跟眼神卻變得無比冰冷，「妳嫉妒薇薇跟張士倫在一起，所以想要破壞他們也就算了，但不能因爲這樣，就把張士倫送薇薇的東西給偷走啊，妳這樣對得起薇薇嗎？她曾經是妳最好的朋友，妳卻因爲她和張士倫在一起，不僅狠心跟她決裂，還做出這種事，會不會太過分了。」

我永遠忘不了那一天，全班同學看著我的眼神。

從那天起，我成了全班公敵，原本就不好過的日子，如今更是形同煉獄，每天都受人欺凌，沒人願意對我伸出援手。

幾天後，薇薇終於看不下去，對班上同學喊說：「不要再這樣了，東西不是士緣偷的，那吊飾是我之前借給她，但我忘記了，所以……所以……」

只是，當她這麼說完後，全班不但沒人怪她，反而還對她說：「薇薇，妳幹麼幫這種人解釋啊？這麼不要臉的人不值得妳袒護啦！」

「就是啊，連好朋友的東西都敢偷，得到報應是應該的啦！」

「我不是袒護，眞的不是她偷的，那是我借她的，絕對不是她偷走的！」薇薇拚命解釋，此時，何利文投給她一記責備的眼神，薇薇見了急忙搖頭。

瞬間，我立刻明白這是怎麼一回事。

何利文偷偷把薇薇的吊飾放進我的書包裡，當著全班的面嫁禍給我，就是爲了引起公憤，讓全班同學排擠我，這才是她眞正的目的。

放學後，天空又下起大雨。

我失魂落魄地往校門口走去，沒多久，發現士倫、薇薇及何利文站在前方不遠處。

何利文臉色凝重，不知道在跟士倫說些什麼，我心中一驚，以爲她要告訴他偷竊的事，立刻衝過去抓住他，「士倫，你聽我解釋，拜託你聽我解釋！」

我突然出現讓士倫愣了一下，隨即他又轉回冷漠，「妳在說什麼？」

「不是我做的，眞的不是我做的，你一定要相信我，拜託你一定要相信我！」

薇薇她們都沒出聲，過了半晌，士倫的視線從我眼前移開。

「我不知道，」他面無表情，「跟我無關。」

語畢，他轉身就走，薇薇立刻跟上，何利文和其他女生全都笑看著我。

「連張士倫都不相信妳了。」何利文輕嘆，惋惜地，「眞是可憐啊。」

所有人都離開了，我依舊杵在原地，動也不動。

耳邊除了越來越清晰的雨聲，什麼都聽不見……

「怎麼會被雨淋成這樣？」大叔臉上寫滿驚訝。

我不發一語，望向櫃檯，發現那兒擺著壁報紙、麥克筆、剪刀、膠帶等東西。

「我在做海報，店裡剛推出新飲料，想打個廣告。」他笑了笑，隨即說：「妳等等，我去拿乾毛巾給妳。」

大叔離開櫃檯，我盯著那些工具好一會兒，最後拿起一樣東西，步出店裡。

我漫無目的地走在街上，任憑雨水打在身上，神思恍然，看不清前方的路，我慢慢在某條暗巷中坐了下來。

我看著右手上的手鍊，不禁笑了出來，嘴角嘗到一絲淡淡的鹹……

這一刻，我已經不知道活下去是爲了什麼。

連士倫都離開我，唯一可以支撐我的力量，也不在了。

我拿起剛才從櫃檯處帶走的東西，盯著它看，直到視線再度模糊，然後，接下來發生了什麼事，我已經不清楚了。

只意識到自己躺在地上，冷冽的雨依舊用力打在身上，從左手腕傳來的灼熱刺痛，驅使我的目光緩緩移動……奇怪，爲什麼有血？爲什麼我在流血……

頭越來越昏，眼皮也越來越沉重，之後我完全失去意識。

等到我再度睜開眼睛，眼前仍是一片模糊，什麼都看不清楚。

「士緣！妳終於醒了！」

我只能憑聲音辨認，「Anna……」

「這裡是我家，剛剛阿勇說妳去他那兒，卻突然不見蹤影。後來，他發現桌上的美工刀不見了，他心想不妙，通知我後，馬上跑出去找妳。」她溫柔輕撫著我的頭，難過地斥責道：「幸好割得不深……妳爲什麼要做這種傻事呢？」

我面無表情地盯著天花板，直到外頭響起一陣雷聲，雨下得更激烈，我嚇得瞬間坐起來，摀耳喊道：「不要……我不要聽，我不要聽到那個聲音！」

「士緣，妳怎麼了？」她連忙拉住我。

「還在下雨，還在下雨。我不要聽，我不要聽！」我瘋狂大叫：「不要讓我聽到那個聲音。我好怕，我好怕，我不要！」

「士——」

「不要下雨，拜託不要再下雨！求求妳們放過我，求求妳們，求求妳們！」

Anna緊緊擁住我，語帶哽咽地說：「沒事了，士緣，已經沒事了。妳不要怕，我就在這裡。」

在她懷裡，我繼續聲嘶力竭地哭喊，直到再也喊不出聲音。

而被牢牢包紮起來的左手腕，始終隱隱作痛……

當我醒來後，聽見耳邊傳來交談聲。

「醒了嗎？有沒有哪裡不舒服？」媽走到床邊，雁琳則站在一旁。

「沒有，妳們這麼早就過來啦？」

「是啊，吃完早餐，妳下床跟雁琳去走走吧，別一直悶在病房裡。」媽將一袋東西放到我手上，「這拿去吧。」

「這是什麼？」

「昨天幫妳拿換洗衣服時找到的，從前媽對妳的限制太多，以後妳可以盡情做妳想做的事，不用再顧慮我了。」媽溫婉一笑，「去吃早餐吧，媽去找一下醫生，順便打個電話給妳爸。」

「好。」媽離開後，我打開袋子一看，不禁訝異。

雁琳端了一碗食物過來，「士緣，吃早餐吧，是皮蛋瘦肉粥喔。」

「謝謝。」我將袋子放在一旁，拿起湯匙，停頓了一會兒，「雁琳，我有事想問妳。」

「什麼事？」

「昨天，妳跟我說的那個人……」我看著她，「是徐子杰，對吧？」

她睜大眼，似乎沒想到我會提起他，她面露喜悅地喊：「對！」

「爲什麼妳會說我喜歡他？」

「咦？」她愣住，「因爲……」

「就算我眞的像你們所說的……忘了什麼，我也絕不可能會對士倫以外的人有這種感情，所以妳一定是搞錯了。」

「不是，士緣，妳聽我說——」

「我只喜歡士倫一個人，」我語氣堅定，「除了他，我不會，也不可能，更不應該。」

「不應該？」她怔怔。

「哈囉，兩位，我來了！」江政霖踏進病房，一臉開心，「終於出太陽了，這陣子老是在下雨，都快悶死了。」

「今天怎麼不是和雁琳一起來？」我笑問。

「拜託，他每次都賴床，等他要等多久？」雁琳翻翻白眼，見我吃得差不多了，便笑道：「士緣，走吧，我們出去散散步！」

三人離開病房時，我也將媽剛剛給我的東西帶了出去。我們坐在花圃前的石椅上聊天，不時有幾個小孩從眼前嬉鬧著跑過。

「江政霖，你去幫我們買飲料好不好？我要熱奶茶！」雁琳說。

「我也是！」我舉手。

「喂，妳們很欺負人耶。」他雖抱怨，卻還是乖乖去買，我跟雁琳同時笑了起來。

「好舒服喔，這種好天氣，會讓人心情跟著變好呢！」雁琳伸伸懶腰，她看著我正專注望著天空中的白雲，動也不動，便好奇問：「妳在想什麼？想得那麼認眞。」

「沒有，只是……」我緩緩地說，「昨晚忽然夢見一年前的事。」

當時的我，必須藉由藥物的幫忙，讓情緒不至於崩潰，我不得不承認自己的確病了，眞的病了。從此，我只要聽見雨聲，整個人便會陷入極度恐懼，怕得想躲，想逃，想死。

因爲生病，理所當然必須接受治療，在Anna的協助下，我努力克服恐懼，這件事我死也不想讓爸媽知道。那段時間，我幾乎每天都到Anna家報到，只有和她在一起，我才能感到安心。

高一學期末，我意外收到薇薇的簡訊，她問我暑假要不要和她一起去夏令營。我一看就知道，這封簡訊不過是盡個義務，好讓她對士倫有交代，所以我笑了，冷冷地笑了。

從此，我變了，從前那個單純天眞的方士緣，已經不在了。我用恨來讓自己忘記恐懼，用恨來支撐自己，不會再有「信任」這種東西，因爲那太醜陋，也太虛僞。

「妳知道嗎？升上高二後，妳的改變讓人很心疼。」雁琳輕靠著我的肩，「所以，當妳願意跟我說話，甚至對我微笑的時候，我很想哭，我本來以爲妳不會再像從前那樣了。」

「我也以爲我不會。」我的視線落至手中的提袋。

雁琳好奇地看向那提袋，「這裡面裝的是什麼？」

我一笑，把袋子裡的東西拿出來，雁琳驚喜地說：「排笛！士緣，妳會吹排笛？」

「妳喜歡什麼歌？」

「咦？」她抬頭想了一會兒，「我喜歡……王菲的〈我願意〉。」

我又笑，將排笛吹口移至唇邊，試了幾個音後，我閉上眼睛，開始吹奏。

笛聲乘著微涼的風迴盪在耳邊，我的心情變得平靜，如此平淡卻又深刻的愉悅，令我留戀其中。

我是什麼時候對這一切感到釋懷？又是什麼時候學會原諒？懂得看開？

當我吹奏到最後一段時，聽見雁琳在我旁邊輕輕唱著：「什麼都願意，我什麼都願意，爲你……」

我唇角再次一揚，睜開眼睛，卻見幾個人立在眼前。

他們不斷地鼓掌，剛才在附近的幾個小孩，也都開心地朝我喊：「好厲害，姊姊妳好厲害！」

一股強烈的熟悉感驀地湧上心頭，我只能愣愣地看著催促我吹下一首的小孩們……

「哇，士緣妳超屌的，想不到妳這麼厲害！」當人群散去，江政霖拿著奶茶走來。

「眞的，超好聽的，根本就是專業級的嘛！」雁琳雀躍不已。

我再度陷入恍惚，不知爲何，總覺得這句話似乎有些耳熟。

彷彿很久以前，有人也曾這麼對我說過……

雁琳和江政霖回去後，下午士倫也來探望我。

他異常沉默，人也心不在焉，我問：「怎麼啦？」

「……只是在想昨天的事。」他撇撇嘴角，接著目光對上我，「士緣，妳喜歡的人是阿杰？」

我急忙道：「我跟他根本就不熟，怎麼可能會喜歡他。」

「那妳爲什麼會忘記他？是因爲他要走了，不回來了，所以妳才——」

「我不知道你在說什麼，我不會喜歡別人，我只喜歡你，一直都是！」我大聲打斷他的話，卻也馬上噤口，我沒料到這些藏在心裡的話會脫口而出，雙頰瞬間紅熱了起來。

士倫錯愕地盯著我半晌，猛地伸手將我緊緊擁住。我的身子僵硬，一會兒才緩緩伸手回抱他。

我現在應該要高興的，不是嗎？

終於讓士倫知道我長久以來的心意，這不是我從小到大唯一的心願嗎？爲何心裡卻還是有種空虛感，明明就在他懷裡，爲什麼仍覺得寂寞？

「昨天我聽雁琳說了很多。」Anna看著我，「徐子杰是士倫的好朋友，對嗎？」

我點點頭。

「妳眞的對他沒印象嗎？」

「我只記得開學的時候，士倫跟我介紹他，但他的態度很冷漠，似乎對我很反感。」

「反感？」

「對啊，一副愛理不理的，看我的眼神也很冷淡。」

Anna沉默，然後輕輕握起我的手。

「士緣，我問妳，」她溫柔地說：「假如，眞如雁琳所說的，妳和徐子杰之間曾經有過什麼，妳會希望能想起來嗎？」

「咦？」

「或許他並不討厭妳，反而很關心妳；或許，之後你們成了好朋友，會談心、吵架、和好，也會爲彼此感到快樂、悲傷……」

我呆了好久，怎麼想都覺得不可能，我怎麼可能會跟徐子杰成爲好朋友呢？

想到無數個不可能的理由，卻想不出爲何每次聽到他的名字，心總是會微微一揪……

「有快樂，就一定會有痛苦。如果因爲某件事讓妳太痛苦，所以連曾有過的快樂都一併放棄，這樣會比較好嗎？」

我回答不出來。

「遺忘了……」她凝視我，「眞的比較好嗎？」

我只是盯著手腕上的疤痕，一動也不動。

「江政霖又爬不起來了？」士倫看著走進病房的雁琳，笑著問。

「唉，我已經懶得管他了。」

「你們感情眞的不錯呢，很可愛的一對。」Anna也跟著笑。

「Anna姊，我跟他才不是一對！」雁琳連忙澄清，臉卻紅了，我們三人都笑了起來。

一分鐘後，江政霖神色緊張地衝進來，「羅雁琳、羅雁琳，妳在不在啊？」

「叫這麼大聲幹麼啦？安靜一點，不怕吵到別人嗎？」雁琳立刻教訓他。

「歹勢歹勢，可是眞的有要緊的事，所以……」
「是什麼事？」Anna問。
「那個……」他氣喘吁吁地道：「我剛剛在路上碰到體育老師，我以爲他還在高雄，所以立刻問他校隊比賽的事，結果他說比賽早在兩個禮拜前就提前結束了！」
聞言，雁琳先是一愣，接著道：「等等，你說比賽已經結束了？那——」
「對，隊員全都回來了，也就是說……徐子杰早就回到台北，而且還沒有離開台灣！」
雁琳旋即就要往門邊衝，士倫立刻抓住她，「妳要去哪裡？」
「當然是去找徐子杰，我要叫他來見士緣！」
「叫他來又能怎樣？他又不會留在台灣！」
「那就跟他說士緣需要他，叫他不要走啊！」
「事情哪有這麼簡單，他都要走了，就算士緣想起來也只會更難過而已！」
「少說得這麼好聽，」雁琳甩開士倫的手，「你只是想把士緣留在身邊才這麼說！」
士倫神色一僵，卻沒有辯駁。
這時Anna走到雁琳身邊，「雁琳，妳冷靜點，不要這麼激動。」
「一年前，在士緣最需要幫助的時候，你沒有伸出援手，還跟著周戀薇一起疏遠她。暑假你們兩個開開心心去夏令營，士緣呢？那兩個月她在哪裡？過的是怎樣的生活？你們知道嗎？有關心過嗎？她每天晚上失眠，作惡夢，只能靠藥物過日子。在眾人齊聲祝福下，你們幸福甜蜜，她卻是生不如死！」

士倫臉色慘白，啞口無言。

「是你們把士緣逼到這個地步，爲了保護自己不惜傷害她。」雁琳渾身發抖，眼淚紛紛落下，「看著你跟周戀薇在一起……在那段最痛苦的時候，是徐子杰陪她走過來的。她被你們折磨了這麼久，現在好不容易終於可以走出來，結果你們還不肯放過她，又想剝奪她的快樂。你們爲什麼要這麼殘忍？士緣還不夠可憐嗎？如果我是她，早就不想活了！」

「雁琳，別再說了！」Anna厲聲道。

我不禁呆了好一會兒，最後下床走到雁琳身邊，爲她擦掉眼淚，抱住她。

「雁琳，妳不要生氣。」我心慌意亂地安撫她，「對不起，妳不要哭好嗎？對不起，對不起……」

她在我懷中失聲痛哭，士倫則是別過頭，沒有再說一句話。

這天以後，雁琳沒有再來過醫院。

我向江政霖問起雁琳，他只是嘆氣，「我也不曉得，她手機這幾天都打不通……」

好幾次我睡覺醒來，都會看到士倫一個人坐在床邊，低頭靜靜地流著淚。

我好討厭總是讓他們哭泣的自己，爲什麼每次都讓他們難過？爲什麼我這麼沒用？

對不起，對不起，你們快回來。

我不會再難過，也不會再任性，更不會再讓你們操心。

我會乖乖的，所以請你們快點回到我身邊來，好嗎……

「我好想雁琳。」我看著自己的手，滿是失落，「她是不是還在生氣？」

「當然不是，」Anna微笑，「她比任何人都關心妳，所以才會控制不住情緒。」

「我想出院……找她。」我很沮喪。

她輕輕摸了我的頭，沒多久就聽到有人在病房走道奔跑的腳步聲，當門被撞開，我開心地叫道：「雁琳！」

雁琳馬上衝過來抱住我，江政霖跟士倫也隨後進來。

江政霖促狹地說：「小姐，先前是誰說在醫院要安靜的啊？」

「吵死了，現在不是管這個的時候啦！」雁琳回頭一瞪，隨即眼眶含淚地朝我興奮尖叫：「士緣，他來了，他來了！」

「誰？誰來了？」我很是困惑，只是還沒聽見她回答，就看到另一個人走進病房。

高眺的身材，黑色的頭髮，端正的五官……

當我目光對上那雙深黑色的眼睛時，不知為何，心臟好像有一瞬間停止了跳動。

我愣愣地盯著那個人，視線移不開，而他的目光從頭到尾也沒離開過我。

Anna出聲：「我們先出去吧。」

他們都離開後，病房突然就只剩我跟他兩個人，我一時有些尷尬，只能說：「……你好。」

那雙深黑色眼睛流露出些許疑惑，他走近病床，微微俯身，伸手輕輕觸碰了我的臉……

「妳怎麼了？」他深深地凝視著我，低聲問。

我傻傻地望著他的臉。

忽然間，不曉得爲什麼，從聽見他聲音的那一刻起，有種快不能呼吸的感覺漸漸襲來，鼻頭也莫名一酸，一滴眼淚毫無預警地從眼眶裡滾了下來。

我拍開他的手，往床的另一邊縮，承受不了他的靠近，只能躲開，「你是誰，我又不認識你，爲什麼……」

聞言，他瞬間呆住，接著又抓住我的手，「方士緣，妳在說什——」

「不要碰我！」我用力掙脫，驚慌大叫：「你別靠近我，我不認識你，我根本就不認識你！」

士倫他們聽見聲音，立刻衝進病房，Anna跑到我身邊，「士緣，怎麼了？」

我緊緊抓住Anna的衣角，「我不要看到他，叫他出去，叫他出去！」

「好，好，士緣，妳先別激動！」Anna安撫我，接著朝徐子杰一望。

「阿杰，」士倫拉住他，說：「先出來吧。」

他沒再說話，一臉茫然，我的反應似乎同樣讓他錯愕不已。等他跟士倫一離開病房，Anna關心地問：「士緣，怎麼回事？」

我控制不住地全身顫抖，甚至啜泣出聲，面對她的問題，一個字都答不出來。

胸口很痛，莫名的痛，痛到淚水就這麼奪眶而出，內心彷彿有什麼在大聲吶喊，整個人幾乎要被那個聲音呑噬。

「妳怎麼了？」

我緊緊摀住耳朵，哭得不能自已。

只是聽見那個人的聲音，整顆心好像就要碎裂了……

「徐子杰回去了。」

意識模糊中，我依稀聽見雁琳的聲音，然而眼皮卻重得無法完全睜開，也疲倦得發不出聲音，只能勉強看清床邊站著四個人影。

「好奇怪，怎麼會這樣？方士緣不是不記得他了嗎，爲什麼一看到他就這麼激動？」江政霖納悶。

「大概是不想想起他吧。」士倫語氣平淡，一臉漠然。

大家陷入沉默，Anna開口：「士倫，你覺得很生氣嗎？」

士倫神色微微一僵，隨後閉上眼睛，低聲說：「我一直把他當作我最好的朋友，所有心事都會跟他說，包括我喜歡士緣。就算我和薇薇交往，也只有他知道我依舊喜歡士緣。」他深呼吸，「他一直都很了解我。」

「那……」江政霖愣然。

「後來，當我發現他跟士緣日漸熟稔，也不覺得有什麼，直到那一次，看見士緣爲了找回他送的手鍊，不顧危險衝下河堤，那也是我第一次看見阿杰為了一個人這麼激動……現在，發現他們竟然都喜歡著對方，在我完全不知情的狀況下。」說著說著，他的聲音忽而有些沙啞，「我知道自己沒資格說這些話，畢竟當初我選擇的是薇薇，但我還是有種……被背叛的感覺……」

士倫的話語聲停住，Anna走到他的身邊。

「你會有這種想法是難免的，而且不只有你一個人這麼想，士緣跟子杰也是。」Anna的聲音很溫柔，「士緣為什麼會忘記子杰？子杰又為什麼選擇離開？你有想過嗎？」

聞言，士倫愣愣地抬起頭。

「因為，他們太在乎你。」Anna說道：「即使你已經跟薇薇在一起，士緣卻還是認為自己只能喜歡你，不能喜歡上別人，所以當她發現自己對子杰的感情，就覺得自己背叛了你，甚至認為自己很差勁、很輕浮。她一直不斷自責，也許就是因為這樣，才會選擇忘記，選擇回到過去，回到自己還喜歡張士倫的時候。」

看到士倫一臉震驚，Anna繼續解釋：「至於子杰，我想他應該也沒想到自己竟然會喜歡上士緣，只是就算他再怎樣喜歡，再怎麼想擁有士緣，他也會馬上阻止自己，因為他知道你還忘不了士緣，所以不想傷害你，更不想背叛你。」

語落，Anna輕撫士倫的肩，「也許到最後……子杰認為你們依舊是喜歡彼此的，所以，為了士緣也為了你，他才會選擇退出離開。」

雁琳跟江政霖聽得出神，士倫的臉上滿是震驚。

「他們兩個最不願傷害的人就是你，」Anna微笑，「因爲在他們心中，你比誰都還要重要。」

聽完Anna的話，士倫茫然地垂頭不語。

雁琳的口氣帶著不確定，「所以……士緣才會堅決地說她不會喜歡上張士倫以外的人，是因爲她覺得這麼做不應該？」

「我也是在妳跟我提過這些以後，才察覺到士緣隱藏在心底的眞正想法。」Anna再度望向士倫，「也許就是這樣，士緣才不敢告訴我，可能是怕我會覺得她很差勁吧？畢竟她曾不只一次告訴我，她只喜歡你。」

士倫木然地呆看著Anna許久，最後慢慢將臉埋入手心，忍不住喘了一口氣。

之後，我就再也聽不見他們說什麼，雙眼闔上，意識也逐漸遠去……

溫暖陽光，藍天白雲，翠綠草地，那是一座相當遼闊的廣場。

風，很涼。

有戀人在拍婚紗照，圍繞在他們身邊的上百顆氣球隨後飄上天空。

我著迷地望著這個畫面，直到氣球全都消失在天際，我才繼續看向四周。攜手散步的老夫婦，甜蜜拍照的情侶，蹓狗嬉戲的小孩，瀰漫著一股寧靜祥和的氣息，我看著看著，眼眶溼潤了起來。

明明是充滿幸福的畫面，我卻感到無比寂寞，眼淚止不住地滑落。

忽然間，我聽見有人叫我的名字，一個，兩個，三個……越來越多人的聲音，讓我一時忘了哭泣。

前方有一群小孩朝我招手，其中一個穿著白色洋裝的小女孩，手裡還拿著氣球，有一個人坐在那群小孩中對著我微笑，但我看不清楚那個人的臉，只知道他跟我穿著相同的制服。最後我邁開步伐，想看清那個人的臉，可是畫面卻忽然消失……

「士緣，妳醒了嗎？」雁琳對我露出微笑。

我看看她，接著坐起來，忍不住往窗邊看去。

「雁琳。」我開口：「我們去外面走走，好嗎？」

「嗯，好呀。」她不假思索地答應。

我帶著排笛步出醫院，坐在石椅上，先是對著天空發呆，接著舉起排笛，輕輕吹了起來。

剛才那些熟悉的畫面，已經不是第一次在夢裡出現，曾有幾次，夢裡的後續，是我用排笛吹一首曲子給那些小孩聽，和他們在一塊時，我很開心、很快樂，沒有煩惱，也沒有悲傷。

「這首曲子好美喔。」雁琳閉眼聆聽，「是什麼歌呀？」

我盯著排笛，呆愣片刻，最後說：「我也不曉得這是什麼歌，只是腦中突然響起這個旋律，很耳熟，總覺得之前好像曾在哪裡吹過。」

雁琳的眼裡似乎有著悲傷，「士緣，妳眞的……沒有想起有關徐子杰的任何記憶嗎？」

面對她的問題，我沒回答，臉色卻沉了下來。

「再見一次面吧？說不定……」

「不要！」我立刻說，「我不要見他。」

聞言，雁琳便不再勸我。

只要一想起那個人，我就覺得難受，不敢面對他，深怕自己又會像上次一樣莫名其妙地失控，因此無論Anna和雁琳怎麼出言相勸，我都拒絕再見他。其實我心裡很清楚，也許是我自己還沒有足夠的勇氣，去驗證他們所說的——我對那個人存在著某種感情。

直到有一天，氣溫驟降好幾度，我穿上媽昨天特地帶來的外套，離開病房想去買杯熱飲，將手放進口袋時，不經意摸到了一樣東西。

我掏出來一看，是一個鑰匙圈，上頭掛著一個雪人娃娃，但似乎被什麼東西弄髒了顏色。

盯著鑰匙圈好一會兒，我決定先去買東西。

在走廊上，有個人迎面走來，我停下腳步，那人和我四目相對，我立刻轉身就跑，卻在踏進病房前一刻被那人抓住了手，他把我壓制在牆邊，我不斷掙扎，他吼出聲：「妳還想躲到什麼時候？」

我僵住，慢慢抬頭，迎上那雙我始終不敢直視的眼睛。

徐子杰牢牢抓著我的手臂，聲音乾啞：「妳眞的不記得我了？」

「我……」他帶來的強烈壓迫感，頓時讓我喘不過氣，想逃卻又無處可逃，那份莫名的恐懼令我發顫，眼眶也漸漸熱了起來。

他凝視我許久，最後身子慢慢向前，環著我，將頭靠在牆邊。

「對不起，嚇到妳了。」他深呼吸，聲音好低，「我不是故意的，對不起……」

他的道歉讓我一愣，雖然不是被他擁著，但彼此的距離卻近到幾乎能感受到他懷裡的溫度。那股熟悉的溫暖與氣息，使我一時忘記掙扎，也忘記恐懼。

我看不見他的眼睛，也看不見他的表情，只能聽著他不平穩的呼吸。他抓著我的手逐漸放鬆力道，我沒有逃，反而專注地望著他，望著望著，眼淚掉下，但並不是因為害怕，我甚至慢慢伸出手，就要碰上他的臉……

當他察覺到我的舉動，轉頭看向我時，我心中一驚，想推開他，「走開，讓我離開，你快點放開我！」

只是無論我怎麼喊，他的手仍然輕輕抓著我，我再也受不了了，忍不住蹲下哭了起來，「拜託你……放開我，求求你放開我……」

他沉默半晌，終於放開手，我立刻起身衝回病房，癱坐在床邊不斷啜泣。

那雙手的力道，像是烙印般深深刻在我身上，怎樣都抹滅不去。

「妳果然在這裡。」雁琳在我身旁坐下，「在病房沒看到妳，嚇我一跳。」

「突然想出來曬曬太陽。」我笑笑。

「這樣也好。」她看著我手上的排笛，「妳好像很喜歡那首曲子，最近很常聽妳吹。」

「我也覺得很奇怪，但不曉得爲什麼，只要吹那首曲子，心情就會輕鬆許多，煩惱也會不見。」

「這麼神奇？」她眨眨眼，「不過妳在煩惱什麼呢？」

我沒回應，思緒一下子又被拉回前天晚上。

那次之後，我更不想再見到徐子杰，甚至只要聽到他的名字就覺得心裡一陣發慌。然而當時的我，雖然一心只想逃開，但是看到他痛苦的樣子之後，心裡竟湧起好多複雜的感覺，想哭、心痛、不捨，以及連自己都不敢置信的……心疼。

「妳還是不肯見徐子杰？」江政霖在病房又問了我一次。

雁琳立刻小聲吩咐他：「欸，現在先不要說這個啦，士緣還沒有……」

「可是，他每天都來，每天都見不到士緣，好像也太可憐了點。」江政霖蹙眉。

「他今天也來了嗎？」

「嗯，但他剛剛只跟我打聽一下士緣的狀況就走了，應該知道她還不想見他吧？徐子杰心情好像很不好，表情怪恐怖的。看他這樣，我就安慰他，士緣一定很快就會想起他的，叫他不要急，再等一等，可是他說他已經沒時間了。」

「什麼意思？」雁琳微愕。

「妳忘了嗎？他要離開台灣了，再這樣下去，他們兩個就眞的再也見不到面了！」

聞言，雁琳不禁憂心地看了我一眼，我依舊沒半點反應。

然而江政霖的話，卻讓我心中萌生一股熟悉的失落感，彷彿喚醒了一段似曾相識的悲傷記憶。

是誰要離開了？爲什麼覺得害怕？是誰將不在我身邊了？

不安、恐懼、痛苦……種種情緒占據了我，就像那場夢境即將結束的那一刻，想要追，想要抓住，它卻還是離我越來越遠……

「醫生說妳這個禮拜就可以出院了，恭喜嘍。」下午，士倫跟我說。

「太好了，終於可以出院了，一直悶在這裡超痛苦的！」我忍不住伸個懶腰。

他微笑凝視我一會兒，喚：「士緣。」

「嗯？」

「不要再逃避了。」

「士倫？」

「妳喜歡的人已經不是我了，所以，別再繼續欺騙妳自己了。」

我怔怔然，語氣忍不住衝了起來，「爲什麼連你都這麼說？」

「士緣……」

「爲什麼你們都要這樣？我喜歡的人明明是你，爲什麼你們每個人都要這樣逼我？我根本什麼都不知道，你就這麼希望我想起來嗎？」

他定定地望著我，「妳喜歡我？」

我緊抿唇，然後點頭，接著他在床沿坐下，與我近距離對望。

「那我可以吻妳嗎？」

我呆愣，還來不及反應，他的臉就逐漸靠近。

我聽見自己的心跳越來越快，內心的緊張，讓我不自覺閉上眼睛。

「沒事喝那麼多，難怪會暈。」

腦中突然響起的某個聲音，讓我瞬間睜開雙眼，映入視線的，是一雙深黑色的美麗瞳孔。

「就算知道妳喜歡他，我也沒打算要放棄妳。」

我整個人一驚，反射性低下頭，卻立即被自己的舉動給嚇到。

「我……」我頓時不知如何是好，「對不起，我……」

士倫抬起我的臉，「妳是在想著我嗎？」

我傻住。

「妳剛才心裡想到的人，是我嗎？」他又問。

我呆了許久，漸漸無法直視他的眼睛。他伸手擁住了我，輕輕地說：「不是吧？」

我顫抖著，嘴裡發不出一絲聲音。

「其實妳一直都在想著他，腦子忘記，可是心還記得。」他低嘆，「妳被我束縛住了，所以才不肯接受事實。」

我木然。

「我當然不希望妳想起來，甚至好幾次都希望妳永遠不要恢復記憶。可是……這樣對妳太不公平了，我只想到自己，沒有考慮過妳的感受，因爲我的沒用，傷害到妳跟阿杰，對不起。」

緊咬下唇，我眼眶發酸，視線模糊。

「妳不必覺得對不起我，或是對我感到愧疚，感情這種東西本來就不能隨心所欲。而且我想……妳會喜歡上阿杰也不是沒有原因，因爲他比我還要珍惜妳，甚至比我瞭解妳。」他深吸口氣，語帶笑意，「雖然很不甘心，但如果是他，我願意放手，你們兩個我誰都不想失去，更不希望你們因爲我而壓抑自己。」語畢，他擁住我的力道同時加重。

「我只有這個心願。」他在我耳邊低喃，聲音哽咽，「我希望妳能過得快樂，能再一次笑得很開心，除此之外什麼都無所謂了，只要能夠讓從前的方士緣回來……」

我忍不住哭了出來。

原先那黑暗看不見四周的空間，漸漸出現一絲曙光。

就連我耳邊經常聽見的嗡嗡聲，也在這一刻，全部消失不見……

我坐在床上，面對窗外，看著外頭不知何時又下起的大雨。

我拿起手中的排笛，開始輕輕吹了起來。

一直都不明白，爲什麼自己會對那首沒有名字的曲子情有獨鍾？爲什麼在吹奏那首曲子時會覺得快樂？爲什麼每個晚上都不想從那場夢裡醒來？

終於，我有了答案，因爲心中所渴求的，一直都在那裡。

悅悅、佑傑……還有其他孩子們，和他們一同嬉戲玩鬧，沒有難過，沒有不安，只有快樂。而在吹這首曲子的時候，我的身旁一直有個人會靜靜聆聽，對我露出溫柔的微笑。

我的心早已乾涸，不願接受任何一滴水的滋潤。

但那個人，卻無聲無息地在我心裡下了一場雨，那麼輕，那麼溫柔，伴隨著痛楚緩緩流出我心中。

那場甘霖帶走我內心的荒蕪，讓我有勇氣重新仰望那片藍，幸福再次降臨的地方。

是的，宛如來自天堂……

「喂，等等，你先不要進去，冷靜一下啦！」門外傳來的急促腳步聲和喧鬧聲，拉回了我的思緒，下一秒門就被用力打開。

我一回頭就發現徐子杰站在門邊，雁琳跟江政霖則跟在他身後。

那一刻，我沒有躲也沒有逃，只是坐在床上靜靜看著他。

他的頭髮和肩膀都被淋溼了，他快步走到我面前，雙手捧住我的臉，我下意識一縮，他不讓我逃，厲聲命令：「看著我，方士緣！」

我顫了一下，抬起目光。他牢牢地盯著我，低啞道：「我不管妳現在是失憶還是怎麼樣，我只要妳回答我三個問題，問完我就走，若妳還是不想見到我，我就從此在妳眼前消失，妳也不必再躲！」

我一怔，他的話竟讓我覺得鼻酸。

「我是誰？」

目光離不開他，我只能鈍鈍地答道：「……徐子杰。」

他從口袋裡掏出一樣東西放在我面前。

「這個鑰匙圈，妳是要給誰的？」

當我看到那髒兮兮的雪人鑰匙圈，先是一陣愕然，沒多久眼眶就熱了。那是我一直想送給他的禮物，是我為他精挑細選的聖誕禮物，一直想要親手送給他，希望他會高興，會喜歡，我帶著這樣的心情買下了它，沒想到之後卻失去機會，這份禮物永遠沒辦法送到他的手上……

我望著鑰匙圈，眼淚掉了下來，聲音沙啞：「徐子杰。」

雁琳他們都詫異地張大眼，而徐子杰在沉默了一會兒後，緩緩收起鑰匙圈，眼神也逐漸變了。

「……最後一個問題。」他深呼吸，「妳喜歡的人是誰？」

我握住他放在我臉上的手，低頭啜泣，顫抖不止。

「徐……」我抽噎，再也壓不住哽咽，「徐子……杰……」

我感覺到他的手猛地用力，我控制不住地痛哭，直到感覺有東西滴落在膝蓋上，我才抬起眸來。

他雙手顫抖，頭低垂著，看不見臉上的表情，然而淚水卻一滴一滴落了下來……

我驚慌，趕緊伸手笨拙地試圖擦掉那些淚，「不要……不要哭，對不起，是我的錯。對不起，你不要哭……」

他用力將我擁進懷裡，我也緊緊回抱他，深怕這只是一場夢，怎樣都不敢再放開！

熟悉的味道，強而有力的擁抱，那些讓我思念到幾乎瘋狂的一切，再也忘不了。

窗外的雨聲依舊，我卻已經不再感到悲傷和恐懼。

屬於我的陽光，已經再次降臨。

三天後，爸媽來接我出院，雁琳和江政霖也跟著到我家裡拜訪。

「謝謝你，這段時間經常和雁琳來醫院看我。」我對江政霖說。

「沒什麼啦，反正我待在家也沒啥事。」

「沒事？到時候可別急得跟我借寒假作業來抄啊。」雁琳涼涼地瞥了他一眼。

「好不容易忘記作業的事，妳又讓我想起來幹麼啦？」

我拉住江政霖，在他耳邊小聲地說：「這幾天記得多找雁琳出去玩，我離開後，她就拜託你嘍。」

「幹麼突然這樣說？」他蹙起眉頭。

「我說眞的，我知道你喜歡雁琳，所以要好好加油，知道嗎？」

「啥？」

「別裝了，我早就看出來了，總之你要好好珍惜她，要是你讓她哭的話，我可是不會放過你的！」

他一臉尷尬，頓時吐不出辯解的話。

「你們在說什麼？」雁琳轉頭看到江政霖滿臉通紅，納悶地問。

「我在跟他道謝啦。雁琳，我也要謝謝妳，謝謝妳爲我做了這麼多。」她還來不及反應，我就搶先抱住她，「謝謝，我最好的朋友！」

「等、等一下，這時候妳跟我說這些話，我會想哭耶！」她慌亂了起來。

「就因爲是這時候才要說呀，謝謝妳爲我做的一切，妳永遠是我最好的朋友。」

「唉唷，不要再說啦……」她哽咽起來。

「哇塞，眞的哭了，三秒落淚，妳可以去演連續劇了，超強！」江政霖驚歎。

「你找死啊，欠揍！」

我笑嘻嘻地看著他們打鬧，希望他們能一直這樣充滿朝氣，不會改變。

「不過幸好士緣妳沒事了，這樣徐子杰也會留在這裡了。」雁琳開心地說。

聞言，我望著她半晌，最後笑著搖了搖頭。

她錯愕，「什麼……他還是要走嗎？怎麼可以——」

「沒關係，因爲我也希望他去。」

他們聽了都嚇一跳，江政霖不解地問：「妳在說什麼啊？你們好不容易……」

「已經夠了。」我低下頭，淡淡地說：「從一開始他就爲我放棄了很多東西，我不該再這麼自私，而且我也希望他能完成夢想，他沒有理由再爲任何人放棄夢想。」

「可是……」雁琳難過。

「喜歡一個人，不一定要將他留在身邊，不是嗎？」我問。

她不語，江政霖接著問：「那他什麼時候走？」

「月底。」

「什麼？那根本沒剩幾天啦！」

「所以我媽答應，等他離開後，再帶我回雲林，這樣我已經很高興了。」我又笑。

聞言，他們便不再多說什麼。

到了晚上，我跟士倫在窗邊聊天，我們已經很久沒有這樣了，有種說不出的懷念。

「妳住院的這段期間，好像眞的發福嘍！」他不客氣地指指我。

「啊？不會吧？」我嚇一跳，趕緊低頭檢視自己的腰。

「開玩笑的啦，看妳緊張得跟什麼似的。」他大笑。

「張士倫，別拿女孩子的身材開玩笑，當心哪天被宰！」

「知道了。」他止住笑，然後嘆息，「一想到以後沒辦法再這樣跟妳聊天，覺得挺難過的。」

「『挺』難過的？」我瞥了他一眼。

「喔，是非常，非常！」他又笑。

「只要有空我就會回來玩啦，到時一定會去你家找你！」

「OK，妳說的喔。」

「那當然。」

「這段時間，妳就多陪陪阿杰吧。」他低語：「你們在一起的時間沒剩多少，要好好把握。」

「……」

「幹麼那種表情？我早就已經沒事了，妳以爲我會一直消沉下去嗎？我可是張士倫耶。如果阿杰那傢伙虧待妳，記得告訴我，我再幫妳找他算帳。」語落，他摸摸下巴，擰眉，「不過能不能打得贏他，就不曉得了。」

「你很沒用耶！」我笑罵，抓起娃娃丟過去。

像往常一樣親密談笑，從前覺得再普通不過的事，此時此刻變得格外珍貴。現在的我，只想把握和他們在一起的時光，不留後悔，不留遺憾。

隔天上午九點，我搭上公車，大概十分鐘就到達目的地。

我走到一扇門前，門竟是敞開的，按門鈴沒人回應，我轉動門把，發現內門也沒鎖。我輕輕開門，朝裡頭喊了聲，還是沒人回應。走進客廳，四周幾乎已經空無一物，只有一些紙箱擱在一旁。走上二樓，我在其中一間房門口停下，有個人正躺在床上。走近一瞧，那人連外套都沒脫就這樣沉沉入睡，似乎是東西整理到一半就睡著了。

「徐子杰。」我喚道。

他沒有反應。我把手裡的東西放在一旁，準備幫他蓋上被子，但才一伸出手，整個人就瞬間被壓倒在床上，嚇得我立刻驚叫出聲！

「喂……喂，徐子杰！」我使勁推他，卻還是動不了，「你在幹麼？快起來啦！」

「不要。」他沉沉地回應，聲音聽來還有幾分睡意。

「你這樣睡會感冒啦，門也不鎖，不怕遭小偷嗎？」

「又沒什麼東西好偷。」

「好啦，快起來，我有買早餐，要不要吃？」

「在哪？」他立刻睜眼。我忍不住噗嗤一笑，想不到他一聽到有吃的就清醒了。

「嗯。」

兩人一起在他房間吃早餐時，我問：「東西都整理好了嗎？」

我望向四周，房裡幾乎空蕩蕩，有種莫名的空虛。

喝完最後一口豆漿後，他站起來：「走吧。」

「走？走去哪裡？」

「妳想去哪裡？」他似笑非笑。

「咦？」

「難道妳想一整天都待在我家嗎？出去晃晃吧。」

我愣了愣，最後被他拉了出去。

那一天，我們逛了許多地方。我們決定先到西門町，兩人手牽著手，一起逛街，吃東西，看電影，就像一般情侶那樣，這樣的轉變仍讓我感到不可思議，也沒什麼眞實感。想要待在他身邊，這一刻我只想這麼做。

只不過跟他走在一起時，我留意到有不少女生偷偷注意他，從前我並不在意，現在卻明顯不悅。

「幹麼？」他問。

「沒事啊，大帥哥。」我喝了口飲料。

他看了看，笑了起來。

「笑什麼呀……」我咕噥，他卻俯身就著吸管喝起我手中的飲料。

我睜大眼，隨即就見他抬眸對我一笑，「剛才應該跟妳點一樣的。」

我霎時說不出話，臉熱了起來。怎麼一眼就被他看出來我在吃醋，眞是的。

看完電影以後，我們又去動物園，就這樣從白天玩到晚上，他仍然神采奕奕，我的腿卻早就痠了。

「撐不住啦？」他聲音充滿笑意。

「……有點。」

「這樣走一整天，當然累。」

「那你怎麼都沒事，眞奇怪？」

他只是勾勾唇角，就在這時，掛在行道樹上的一串串彩色小燈泡，突然成片亮了起來，如彩虹般美麗，延伸至街道盡頭。

「好漂亮喔！」我爲之驚豔。

「妳還是一樣，一點小事就會興奮不已。」

「沒辦法，我只要看到漂亮的東西就會這樣。」我的眼睛始終離不開那些璀璨燈光。

「這樣的話，明天去山上看夜景好了。」

「耶，太好了，我喜歡山，從山上看夜景最棒了！」我雀躍不已，甚至開心到有點過了頭，等到回過神來，才發現自己居然一直抱著徐子杰。

「抱歉，我太激動了！」我尷尬地鬆手，卻被他反手抓住，他微笑著捧住我的臉，直接低頭覆上我的唇。我當下腦袋空白，等他移開了唇，才發現自己的心跳快得不得了。

那個吻很輕，也很溫柔，我雙頰發燙，完全不敢看他，喉嚨乾澀，「徐……」

他深深地凝視著我，低喃：「不要說話。」

語畢，他再度吻了我，將我整個人擁進懷裡。和剛才的吻不同，深刻的，眷戀的，讓人什麼都忘了。我情不自禁地拉住他的衣服。他的吻和擁抱，漸漸讓我陷入迷失狀態。

我獨自坐在小楓姊打工的店裡，用茶匙攪拌熱飲，聽見大門懸掛的鈴鐺響起，兩個女孩走了進來。

她們來到我面前，其中一個冷冷地問：「沒事把我們找出來幹什麼？吃飽太閒嗎？」

「利文！」薇薇不禁喊了聲。

「反正不是來找妳吵架的，坐吧。」我淡淡地問：「要喝什麼嗎？」

「不必，有話就快說，我可沒那麼多時間浪費。」

「……好吧。」我輕嘆，「既然如此，我就長話短說，過幾天，我就要轉學到雲林的學校了。」

聞言，薇薇一臉震驚，何利文則是沉默片刻，之後笑：「是嗎？這表示終於可以不用再看到妳了吧？謝謝妳告訴我這個好消息。」

「我知道，所以我才告訴妳，不過走之前，有件事無論如何我都想問妳。」我直直地看著她，「妳到底為什麼這麼討厭我？」

她微愣，笑容消失。

「我想不出自己到底哪裡惹到妳，妳為什麼一定要這樣處處針對我？」

聽到我的問話，薇薇也忍不住望向她，何利文瞪著我，冷應：「沒為什麼，就是很討厭妳，討厭到根本不想看見妳，妳就是十分礙我的眼。」

「利文！」薇薇有些慌張，然後對我說：「抱歉，士緣，她不是——」

「妳幹麼跟她道歉？」她憤怒地看向薇薇，「妳忘了她曾經把害妳成什麼樣子嗎？她害張士倫離開妳，又害妳住院，這些妳都忘了嗎？」

薇薇緊抿雙唇，臉色一白，「這不是士緣的錯，是我自作自受，是我太懦弱，才會把事情弄成這樣，也害士緣跟士倫吃那麼多苦。」

「妳說什麼啊！」何利文當場大罵，「她害妳痛苦這麼久，只顧著成全自己，根本沒想過妳的感受，妳為什麼還要幫這種自私自利的人說話？」

「是我拆散了他們！」薇薇聲音也大了起來，「若不是因為我的私心，她跟士倫早就在一起了，是我利用他們對我的信任欺騙他們，事情會變成這樣，本來就是我自找的。」

語落，薇薇拉住她，「所以利文，妳不要再……」

「爲什麼？」何利文甩開薇薇的手，激動大吼，「結果妳還是只向著她，無論我怎麼做，怎麼幫妳，妳最擔心最在乎的還是她！」

「利文？」薇薇愕然。

「她到底哪裡好？爲什麼你們關心的就只有她？」何利文的眼眶紅了，「我做那麼多，就是爲了讓妳跟張士倫在一起，但爲什麼不管我怎麼做，你們的心都還是只在方士緣身上，就連徐子杰都是——」

「利文，我……」薇薇驚慌失措。

「我到底爲什麼要做這麼多？你們讓我覺得自己從頭到尾就像個白痴！」

何利文直接衝出店裡，我倍感錯愕，不禁朝薇薇一望，她的反應跟我一樣。

我說：「妳趕快去追她吧。」

「咦？」

「她之所以這麼做，都是爲了妳，希望妳能夠注意到她。」我緩緩地說：「希望……能像從前的我們一樣。」

薇薇愣了好一會兒，正準備追出去，卻又停下腳步，她眼眶含淚，彷彿下一秒淚水就會滿溢出來，「士緣，我們以後……還能再見面嗎？」

我望著她，微微一笑，點點頭，「當然。」

薇薇破涕爲笑，迅速離開這裡。沒多久，另外一個人在我面前坐下。

「沒事了？」Anna問。

「嗯。」

「還討厭那女孩嗎？」

我搖頭，「不過……我想以後都會這個樣子吧，因爲她眞的討厭我到了極點。」

Anna牽動了一下嘴角，輕輕握了握我的手。

和Anna、小楓姊道別後，我走出店裡，朝天空深深吸一口氣。我走到學校，看著在操場打球的人，雖然已經放寒假了，但還是有不少學生因社團活動而在校園出沒。

正當我看球賽看得出神，忽然有人從身後輕輕擁住我，低問：「發什麼呆？」

「嚇我一跳。」我眨眨眼，「沒有發呆呀，只是在看別人打球。」

聞言，徐子杰也往操場望去，看到他微溼的頭髮，我問：「練習結束了嗎？」

「嗯。」

「那你現在想去哪裡？」

「明天我就不會來了……」他對我一笑，「繞學校一圈吧？」

我微笑頷首，兩人便握著彼此的手，愜意地在校園裡漫步，直至夕陽西下。

我們在這個地方相遇，一起走過痛苦傷悲，也一起分享喜悅甜蜜，雖然我們即將離開這裡，朝各自的方向前進，然而那些回憶都會留在心裡，陪著我一路向前。

隨著與徐子杰離別的時刻接近，每次看見他的笑，我越覺得心痛不捨，明明是我自己決定的，心裡卻還是覺得難受……轉眼間，他就要走了。

兩人從此就要分隔兩地，這一天，終究還是來了。

「怎麼了？不是要出門嗎？」媽看到我還在客廳，納悶地問。

「嗯，要出去了。」

我站在日曆前不動，媽只是溫柔叮嚀：「記得帶條圍巾出去。」

「好。」

離開家後，我裹緊圍巾快步在街上走著。

來到公園後，我很快就發現徐子杰坐在椅子上的身影，想當初我們還曾在晨跑後坐在那兒聊天呢。

我悄悄溜到他身後，然後摀住他的眼睛，俏皮地問：「我是誰？」

他輕聲笑著，沒有回答。

我凝視他的背影許久，漸漸一陣酸楚湧上，視線也慢慢模糊。

發現我動也不動，他握住我的手，「怎麼了？」

「嗯？沒有哇。」我努力讓自己的聲音聽起來開朗，「走吧，我們去玩吧！」

當他起身回頭面向我，我立刻緊緊挽住他的手，彷彿他下一秒就會消失。

他低頭望著我，「妳真的沒事嗎？」

我沒有勇氣迎上他的視線，只能躲進他的懷裡，忍住快奪眶而出的眼淚。

好喜歡他……喜歡到連胸口都在發疼。

我能繼續這樣保持自然到最後一刻嗎？我能嗎？

那一天，我們去遊樂園，又去逛夜市，要回家時已經很晚了，沒想到，天空突然下起大雨，還好徐子杰家就在附近，於是他拉著我快步跑回去，但兩人還是被淋成了落湯雞。

一回到家，徐子杰立刻找出浴巾和幾件衣服，交到我手上，「這些是我姊之前留下的衣服，妳先拿去穿，快去洗澡吧。」

「我回家再洗就好啦。」我訝異。

「等妳到家都感冒了，記得烘衣機在哪裡吧？先把衣服弄乾，晚點我再送妳回去。」

徐子杰先步上二樓的房間，我低頭注視著手中的衣物，心頭一緊。

洗好澡後，我走到徐子杰房門口，已經在另一間浴室洗好澡的他，正在整理東西。

我望著他許久，最後拿出手機。

幾分鐘後，他終於發現我站在門口，問：「衣服都烘乾了嗎？」

「嗯。」

「那妳先到樓下等我，我馬上下去。」他回頭繼續整理衣物。

我沒有下樓，反而走進房間，從背後擁住他，他手上動作一停。

「徐子杰，我可不可以……」我嚥嚥口水，低問：「留在你家？」

他先是不動，接著說：「當然不行，妳爸媽會擔心的。」

我加重擁抱他的力道，雙頰發燙，「我剛打電話給我媽，說我今晚要睡雁琳家。」

聞言，他再度停住動作，卻還是說：「還是不行，要是之後被發現——」

「我只是想跟你在一起！」我忍不住喊：「只是想陪你到最後，這樣都不行嗎？」

他轉過身來。

「其實我……真的很不安，明天分開後，不知道什麼時候才能再見到你。一想到或許要好幾年後，就覺得快受不了，可是我不敢說出來，我沒有辦法像你那樣冷靜，像你那樣不在乎！」

他直直盯著我，語氣冷然，「妳說我不在乎？」

我一怔，趕緊搖頭，「不是，我不是那個意思，我只是——」還沒說完，他用力將我壓在床上，我嚇得瞪大眼睛，他卻面無表情。

「我並沒有比妳好過。」他開口，「離開妳的心情，我之前就已經受夠了。」

我愣然。

「這次能坦然面對，是因爲妳讓我有自信可以撐下去，就算沒辦法經常見面，但我一定會回來。我好不容易才終於抓住妳，絕不會再讓妳從我身邊逃開！」

我呆呆望著他，最後伸手繞至他的頸後。

「對不起，」我眼淚湧了出來，「是我無理取鬧，你不要生氣。」

他靜靜地靠在我身上。

「眞的對不起啦……我不會再這樣了，但就這一次，到你上飛機，都讓我陪你好不好？拜託。」

他靜默許久，最後只能嘆氣：「妳都這樣了，我能說不嗎？」

我破涕爲笑。

「不過……」他沉著嗓子，「妳最好不要再誘惑我。」

直到這時我才發現我還緊抱著他，他幾乎壓在我身上，我當場驚得收回雙手。

他站了起來，「那妳就睡這裡吧，我就在旁邊，不會走。」我幾乎是反射性動作，馬上抓住他。

「我……沒關係。」我直望著他，「你可以碰我。」

當我意識到自己說了什麼時，整張臉的溫度迅速飆升，差點就想當場挖地洞跳下去。

「哇，對不起，我亂講的，我胡說的，我是開玩——」我急忙想逃進被窩裡，這次換他拉住我，然後朝我逼近，吻了我的額頭。

我怔怔然，心臟越跳越快，隨著他的吻循序漸進地從我的眼、鼻尖，緩慢地落到嘴唇，我的思緒逐漸空白。

他使力讓我再度躺下，我看不見他的臉，只感覺到他落在我頸間的氣息，溫溫熱熱的。我完全不知道要怎麼辦，心臟幾乎就要跳出胸口，緊張得彷彿下一秒就會死掉了。

然而，身上突然一輕，一睁開眼，見他笑盈盈地躺在我旁邊。我一時搞不懂怎麼回事，只能疑惑地看著他。

「妳全身都在發抖，」他笑了起來，「我怕再繼續下去，妳會斷氣。」

我的臉再度發燙，羞到拉起棉被緊緊摀住臉，不敢再看他。他忽地將我拉進懷裡，在我耳邊輕輕說：「這樣就可以了。」

我靜靜聽著他的心跳聲，淚水很快湧了上來，我伸手緊緊回抱著他。

「到雲林要好好照顧自己，別讓自己生病了，聽到沒？」

「嗯。」

「只要有時間，我就會回來，不用等到一年這麼久，因爲我也受不了。」

「眞的嗎？」

「嗯。」

我不禁喜悅地笑了，接著喃喃地說：「我不會再逃避了。」

他的臉上有著鼓勵的讚賞。

「到了新環境，我不會再把自己封閉起來，就算碰到再難過的事，也會勇敢面對。我會努力考上台北的大學，再回來這裡。」深吸口氣，我繼續道：「不管將來還會面臨什麼事……我相信一定還是有像你、雁琳與Anna這樣的人，所以我一點都不怕。直到現在，我才發現原來自己擁有的有好多好多，原來有這麼多人都在關心我。」

「嗯。」

「我……」我眼淚淌下，「眞的好幸福喔。」

他微笑，再度輕吻我的額頭。不去羨慕別人，就能發現自己其實擁有很多。

不需要有多完美，平凡也可以很好，或許在別人眼中顯得微不足道，但對我來說，可能就是自己想要的幸福。因爲知足，所以才懂得珍惜。陪伴在身邊的人事物，就是我快樂的來源，讓我知道自己並不是一個人，也絕不是孤獨的。

不比較，不計較，做獨一無二的自己。追尋自己想要的，就是活著最快樂的證明。

「哎唷，你怎麼不早點叫我起床啦！」我忍不住抱怨。

「看妳睡得那麼熟就不想叫妳啊。」徐子杰一臉輕鬆。

「這樣時間都沒了，你是晚上的班機吧？士倫要我跟你確定時間，然後跟雁琳他們一起去送你。」

「還有六個小時，不急。」瞧了眼手錶後，他望向前方，「悅悅他們在那邊了，妳不是要吹排笛給他們聽？」

「啊，對唷！」我吐吐舌。

「快過去吧。」他往廣場中央走，我忽然想起一件事，「徐子杰！」

他回過頭。

「你還記得之前我吹的那首曲子嗎？」我說道：「我已經想好要取什麼名字嘍！」

「叫什麼？」他唇角揚起，朝我伸手。

我也笑了，輕快地小跑步上前握住他的手。

頭頂上的陽光，照亮了藍天白雲，也照亮那群不斷朝我們揮手的小朋友。

美麗的畫面，熟悉的呼喚，彷彿也讓我的生命從此明亮……

「來自天堂的雨。」

（全文完）

番外
來自天堂的雪

窗外的天空，染上一片淡淡的灰。

被琴聲喚醒的徐子杰，起床下樓，對正在客廳彈琴的人說：「媽，早安。」

「早，阿杰。」徐母在他臉上一吻，「有沒有做好夢呢？」

「有，我夢到游泳比賽得第一名，爸爸還很開心地抱著我又叫又跳！」

「又叫又跳？」她噗嗤一笑。

「對啊，叫得好大聲，然後我就醒了。」

他一說完，徐子伶就神色慌張地從樓上衝下來，「媽，妳有沒有看到我的手帕？」

「手帕？妳昨天不是放進包包裡了嗎？」

「對啊，可是我就是找不到！」

「包包給我，我幫妳找找看。」徐母在包包裡東摸西摸，沒多久便掏出一樣東西，「這包裹成一團的是什麼？」

「啊！」她叫道：「我想起來了，我昨天就是怕它會皺掉，才會把它包起來啦！」

徐子伶匆忙離開家後，徐母無奈哂笑，「受不了你姊姊，老是這樣糊裡糊塗的！」

「沒錯。」他贊同，之後走到浴室洗臉。

白皚皚的雪，將門外的景色，變成一片銀色世界。

從厚厚雲層破繭而出的陽光，緩緩照亮四周，卻一點也不溫暖，空氣依舊冷冽，徐子杰喜歡這樣的天氣，居住在多倫多這四季分明的城市，就只有冬季最令他滿意。

上學途中，他經過一座公園，看見一名父親和兩個年幼的兒子正在堆雪人。兩個兒子攜手合作，仍比不上爸爸的速度，最後三人開開心心地爲雪人裝上眼睛、鼻子、嘴巴，以及四肢，如此和樂融融的畫面，比此刻灑在他們身上的陽光還要溫暖。

徐子杰站在原地注視他們好一會兒，才拉拉書包，前去搭公車。

「很好，阿杰！」徐父按下馬錶，讚賞道：「速度變快嘍！」

「眞的嗎？」徐子杰脫下蛙鏡，喘吁吁地說。

「那當然，果然是我的兒子！」徐父得意大笑。

「那我什麼時候可以游得跟你一樣快？」

「兒子，這種事是急不來的，只要繼續努力，你總有一天會超越我的！」

「我可以超越爸嗎？」他吃驚。

「那當然，就算爸爸沒辦法經常陪你練習，但我相信你一個人也沒問題，連Michael叔叔都說你很棒呢！」

「因爲我是爸爸的兒子啊。」

聞言，徐父又大笑起來。徐子杰知道爸爸最喜歡聽這句話。

徐子杰九歲那一年，全家移民到加拿大，徐父在當地大學擔任游泳教練；而身爲鋼琴家的徐母，經常跟著樂團在世界各地巡迴演出。雖然工作忙碌，夫婦倆並未因此疏於照顧孩子，反而花費更多心力在他們身上。

對當時的徐子杰而言，家人、游泳，就是他的一切，沒有其他。

某日晚上，洗完澡從浴室走出來的他，發現媽正坐在客廳沙發講電話，神色凝重，語氣也有些激動。

徐子伶走到他身邊，他正要開口，卻見她食指貼唇，示意他什麼都不要說，接著帶他回到房裡。

「姊，媽怎麼了？」

她輕嘆一聲，「在和外婆說話。」

「又是因爲外公？」

「是啊，好像又發脾氣了，一直逼媽回台灣。」她躺在床上，「唉，眞不曉得媽該怎麼辦才好。」

他看著姊姊一會兒，突然回自己房間拿了一樣東西過來。

「姊，手伸出來。」

「幹麼？」她眨眨眼，伸出右手。

他將一條銀色手鍊放在她的手心，她驚喜不已，「好漂亮，你怎麼會有這條手鍊？」

「上禮拜的總決賽我拿到冠軍，這就是獎品。」他摸摸鼻子，「送給妳。」

「送給我？」她張大眼，盯著手鍊半晌，卻又笑笑地還給他，「阿杰，我不能收。」

「爲什麼？」

「這對你來說是很重要的東西，若眞要送給別人，也應該送給對你最重要的女生，而不是送給我唷。」

徐子伶的話，讓他先是愣在原地，隨即冷冷地問：「可是我就是想給妳，不行嗎？」

徐子伶一怔，然後大笑，親暱地抱住他，「哇，阿杰，原來你這麼愛我啊？」

「放開啦，不要就不要，當我沒說過。」他掙脫她的懷抱，一臉不悅。

「別生氣啦，這麼貴重的東西，我真的不能收嘛。」

「就只是單純送妳一條手鍊，想那麼多幹麼？」

「我希望等你以後碰到喜歡的人，再把這條手鍊送給她，會更有意義呀，想想看，你未來喜歡的人如果收到這個意義深重的禮物，會有多開心？」

「我只想游泳。」

「怎麼滿腦子只有游泳，跟老爸一樣。你以後總要娶老婆的吧？」

「姊，我才十一歲耶。」

「那再過七年就沒問題啦，我弟弟長這麼帥，一定很多人搶著要！」

徐子杰不想理她了。

離開姊姊的房間後，徐子杰回房途中，正好碰到神情疲憊的徐父，他摸摸兒子的頭，「怎麼還沒睡？」

「正要睡，媽媽呢？」

「在洗澡，你媽媽今天有點累，等等和她說晚安後就去睡吧。」

「外公又罵她了對吧？」

徐父愣住，俯身叮嚀：「不要去問媽媽這件事喔。」

「外公到底怎麼搞的，你跟媽媽都已經結婚這麼久了，他爲什麼還反對你們在一起？」長年下來的困惑，終於讓他忍不住抱怨。

爸一時無語，帶著他走進房裡，語重心長地說：「阿杰，不要生你外公的氣，他只是太愛你媽媽了，所以……」

「可是你們都結婚生小孩了，而且也過得很幸福啊，爲什麼他就是不能接受？」

徐父輕嘆一聲，「你媽媽當年嫁給我的時候，爸爸還是個窮學生，什麼也沒有。雖然你姊姊出生後，爸爸有了正當工作，成爲一個游泳教練，但你外公覺得這行業沒出息，認爲以你媽媽的條件，絕對可以跟更好的人在一起，畢竟你媽媽從小就是他最疼愛的女兒，他花了很多心力栽培她，對她有很多期望……」

「爸才不會沒出息呢！」他憤然。

徐父笑了笑，接著從自己房間搬了一本相簿過來。

「來，兒子，給你看看我跟你媽還在唸書時的照片。你媽媽她啊，從以前就是個很優秀的人，既漂亮又有才華，當時爸爸十分迷戀她，每天放學都會在校門口等她呢！」

徐子杰跟父親一起坐在地上，看著那張有些泛黃的照片。徐母穿著高中制服，既恬靜又有氣質地微笑，而理了個小平頭的徐父則站在她身旁，笑得傻氣。

「爸，你以前好胖。」

「會嗎？」徐父擰眉，還特地拿近照片仔細端詳。

「媽媽怎麼會喜歡上你啊？」

「不知道，你媽媽以前就有很多人追，而且每一個都比爸爸帥，我也搞不懂她爲什麼最後會選擇我……」看到父親同樣不解的表情，徐子杰忍不住哈哈笑。

相簿翻到一半，他指著其中一張問：「爸，這是哪裡？」

「喔，這裡是離市區比較遠的一座廣場，很漂亮，以前我跟你媽常去那兒約會。」

「在台灣啊……」徐子杰看得目不轉睛。

「是啊，不過不曉得那座廣場現在還在不在？」

發現父親也專心盯著那張照片，徐子杰問：「爸，你想念台灣嗎？」

「當然，」徐父若有所思，「雖然在那裡爸爸吃了不少苦，也碰到很多事，但我還是很喜歡那裡，畢竟是自己的家鄉，而且……我也是在那兒遇見你媽媽的啊。」徐父露出淺淺的笑，「你也喜歡那座廣場嗎？」

「嗯。」

「等哪天回台灣，爸爸就帶你去那座廣場，好不好？」

「眞的？」徐子杰眼睛發亮。

「眞的。」

「說好了喔，不准騙我，一定要帶我去喔！」

「男子漢大丈夫說話算話！」

就在這時，一陣敲門聲傳來，徐母探頭進來問：「你們父子倆這麼晚了在做什麼？」

「這是祕密，對吧，兒子？」徐父眨眨眼。

「對！」

「好了，阿杰明天還要上課呢，你也趕快去洗澡吧。」徐母立刻將丈夫推出房門。

看見父親離開前朝自己做了個鬼臉，徐子杰又笑了起來，等到被母親趕上床時，他問：「媽，妳爲什麼會嫁給爸爸？」

「怎麼忽然問這個？」她莞爾。

「就是想知道啊。」

「這個嘛……」她思忖片刻，「你爸爸人很老實，雖然經常糊裡糊塗的，但無論做什麼事都很認眞很努力，不怕辛苦，媽媽就是被他這點吸引的。」

「原來如此。」

「你爸剛剛是不是跟你說了什麼？」徐母有點不好意思。

「沒有啊，只是沒想到原來媽這麼愛爸耶。」他又呵呵笑。

聞言，徐母也忍俊不禁，俯身擁住他，溫柔地說：「我愛你爸，也很愛你跟姊姊，你們都是我生命裡最重要的寶貝。」

語畢，她摸摸兒子的頭，「好了，快睡吧，不然明天爬不起來嘍。」

「嗯，媽晚安。」

「晚安。」徐母親了親他的臉頰，開啓夜燈後就離開房間，徐子杰馬上又拿出剛剛從相簿裡抽出來的那張廣場的照片，專注地看了好一會兒。

「耶，我砸中了！」發現正中目標，徐子杰放聲歡呼。

「哼，這算什麼？別囂張，看我的絕地大反攻！」徐父不甘示弱，一拍掉身上的雪，馬上又從地上挖起一團雪球。

前日深夜多倫多下起一場暴風雪，翌日，徐子杰與父親用雪鏟清除門口的積雪，剷著剷著，兩人玩心大起，開始比賽堆雪人，還打起雪仗，本來只是出來叫他們吃飯的徐子伶也慘遭波及，被砸了滿身雪，氣得加入戰局，三人不斷互砸雪球，直到徐母出來才停止。

一家人圍著餐桌準備用餐，徐母問：「有義大利肉醬麵跟起司麵，你們要哪一種？」

「肉醬麵！」父女倆同時舉手。

「我想吃起司。」徐子杰說。

「嗯，果然兒子比較像我，喜歡的東西都和媽媽一樣。」徐母笑了笑。

一家人在加拿大生活的這幾年，徐子杰覺得很幸福很快樂，不過，雖然當時年紀還小，但是在那兒還是讓他深刻體會到所謂的人情冷暖。

不知為何，除了徐父的好朋友Michael叔叔，大部分和徐父一起工作的教練都對徐子杰不怎麼友善，甚至有些教練的小孩，在看完徐子杰游泳後，不是嗤之以鼻，就是強迫他和他們比賽，如果徐子杰贏了，就會惹來更多的冷嘲熱諷。

不知道原因，卻遭受到這種對待，即使憤怒，徐子杰也不敢表現出來讓父親難過，因此他學會沉默，學會隱藏情緒，用冷靜來面對所有的不平等對待。

三年後，徐父決定舉家搬回台灣。

雖說是回去故鄉，徐子杰卻覺得陌生，小時候在台灣生活的記憶早已有些模糊，因此這次「回家」對他而言，反而是新的開始。

然而，徐子伶沒有跟著一起回來，她選擇和男朋友一同到法國唸書。

徐子伶的男友彬彬有禮，談吐幽默，十分體貼，深得徐家父母的欣賞，唯獨徐子杰對他沒什麼好感，因爲嫉妒。

這樣的戀姊情結從小就深深影響著徐子杰。媽媽、姊姊，是他生命中最重要的兩個女人，怎麼樣都不想讓她們離自己遠去。

回到台灣，踏入國中生活的第一天，徐子杰馬上成爲周遭同學注目的焦點。

他的身高比一般同年齡的同學高出許多，加上一時無法改掉英文脫口而出的習慣，讓他格外引人注目，短短幾天，便收到一堆情書。

自從徐子杰明白姊姊不再屬於他一個人，他不由自主地開始鬧起彆扭，對身邊異性的所有示好皆不予理會，選擇用冷漠表達失去姊姊的無言抗議，雖然他也會對這樣的自己深感無奈與無力，卻不曉得該如何抽離這種情緒。

某天中午，徐子杰在校園裡閒逛，停在體育館門口，看著幾個三年級的學長打籃球。看得正專心，他的後肩卻遭到一下撞擊，一個女孩抱著一箱礦泉水跑過來，不愼撞到他，箱子一時沒拿穩，裡頭的礦泉水全掉了出來。

「哇，對不起！」女孩驚慌道。

「沒關係。」他蹲下幫忙撿起那些水瓶。

「抱歉抱歉，剛才跑太急了，不好意思。」女孩抬起眸來，正好與他視線交會。

徐子杰愣住了。眼前這女孩的神韻，以及帶點稚氣的笑容，竟與徐子伶如此神似。

她從他手中接過最後一瓶水，兩人站起來，她訝異道：「你好高喔，你是新生嗎？」

他點點頭。

「難怪沒看過你，你對籃球有沒有興趣？要不要參加籃球社？」語畢，她又想到什麼似地接著說：「啊，還沒自我介紹，我叫——」

「小楓！」一名學長跑到她身旁，眼睛同時掃向徐子杰，「妳在幹麼？」

「他是一年級的，我覺得他很適合打籃球，讓他加入好不好？」女孩說。

學長淡淡瞥了他一眼，「他不是游泳社的嗎？」

「咦？」她張大眼望向徐子杰，「你已經參加社團了嗎？」

「對啊，還挺有名氣的。」學長撇撇嘴角，「備受矚目的感覺應該不錯吧，學弟？」

徐子杰沒答腔，下一秒就見學長搭住女孩的肩，「好啦，小楓，水買到了吧？大家都快渴死了！」

女孩被帶走時，不時回頭看徐子杰，他不打算久留，望著她的身影幾秒後便離開了。

徐子杰再次見到那女孩，是隔天練完游泳，正要離開學校時。

她遠遠叫了聲「學弟」，就跑到他身邊，主動閒聊起來：「昨天中午很抱歉，我叫成楓，三年級，是籃球社的經理。」

他點頭。

「你看起來好安靜喔，學弟。」她莞爾，「可以告訴我你的名字嗎？」

「徐子杰。」

「你好，徐子杰學弟，你剛剛在游泳嗎？頭髮溼溼的，這樣很容易感冒唷。」她從書包裡拿出一包面紙，徐子杰接過時不小心碰觸到她的手。

那是一雙很美的手，也很柔軟。

從那天起，他的腦海中就經常出現她的影子。

可是究竟是在想她，還是在想著姊？這個問題，他沒有仔細深思。

成楓是個很開朗的學姊，個性傻呼呼的。後來徐子杰得知，之前在體育館遇到的那位學長，是她的男友，兩人已經交往快半年。

成楓喜歡跟徐子杰聊天，有時還會跑去看他游泳。徐子杰不介意讓她陪著，也會聽她滔滔不絕地說著自己的事，反觀他願意坦白的部分卻少之又少。他沒辦法像她一樣，很多事情都不介意讓對方知道。

他沒辦法告訴她，也許在他內心深處，是因爲眷戀徐子伶，才會願意讓她親近，也沒辦法告訴她，他其實希望每天都能見到她。

直到某一天，成楓突然不再像往常一樣，到學校游泳池去找他。

他原先以爲成楓只是恰巧有事，沒想到，過了一星期後，還是連繫不上她。徐子杰難掩擔心，放學直接到體育館，想看看她在不在那裡，還沒進去，卻先聽到體育館後面傳來一對男女的爭執聲，其中一人的聲音，非常耳熟。

「我眞沒想到妳是這麼隨便的女人耶，一天到晚去找他，妳就那麼喜歡那傢伙嗎？」

成楓的男友朝著她罵，「妳知不知道我現在怎樣被大家嘲笑？大家都說我女朋友跟學弟在背後搞曖昧，妳還不准我去找他算帳，他媽的妳到底想怎樣？」

「跟他無關……這跟阿杰無關！」成楓淚流滿面，不斷啜泣。

「『阿杰』？都叫得這麼親密了，還敢說跟他無關，妳當我是白痴啊？」

「你別說了！」她吼道：「你知不知道我的壓力有多大？除了準備考試，還得聽你的話當籃球經理，每天忙得不可開交。偶爾要你陪我，你卻只重視籃球，還不准我抱怨，那段時間我真的很難受也很寂寞，你卻只想到自己，根本就不管我！」

他冷哼，「所以妳就去找那學弟？這麼不甘寂寞，非要別人陪妳才開心？也對啦……那學弟長得帥，又關心妳，所以妳就迷上他了？」

成楓猛地搧了他一巴掌，學長先是一愣，氣得正要揮掌打回去，徐子杰迅速上前抓住他，「你別動她！」

「哇，幹麼？來救你的寶貝學姊啦？」學長哈哈笑了幾聲，下一秒卻朝徐子杰臉上揮了一拳，反應不及的徐子杰當場跌坐在地。

「那麼寶貝你學姊的話，就給你啊，我無所謂，但我警告你們，以後不准出現在我面前！」學長狠狠拋下這句話，頭也不回地離開。

成楓蹲在徐子杰身邊，不斷哭泣，「你為什麼要來？」

她抽抽噎噎，哽咽地說：「我已經不知道該怎麼面對你了，也不知道該怎麼回到之前那樣，所以才不敢再去找你，很怕再面對你，真的很怕……」

徐子杰將她擁入懷中。

他知道自己不能推開她，因爲她需要他。

也許這也是他想要的，讓她心裡只有他一人，其他怎樣都無所謂。

這天過後，他們在一起的事，很快就傳遍校園。

面對許多人的異樣眼光，他並不在乎，反而擔心成楓能否承受這樣的壓力？

「沒關係，我沒事。」某日，兩人放學一起回去，她淡淡回答，似乎眞的不在意，「只要你在我身邊，就夠了。」

她始終緊緊握著他的手，直到走進她住處的巷子。

「阿杰，我喜歡你。」她深深看著他，眞摯地說：「眞的，很喜歡……」

他們靜靜對視，直到成楓閉上眼睛。

徐子杰的思緒停頓片刻，最後緩緩俯身，輕輕吻了她的唇。

交往後的幾天下來，這是他第一次吻她，沒有波濤洶湧，只有出奇的平靜。

一直以來，他始終在乎著她、惦記她，想珍惜她。

這就是愛情嗎？

他對她的喜歡，有比她喜歡他還要來得深嗎？

無數個問號，在那一刻，占據了他整個心思……

「阿杰，媽呢？」徐子伶在電話那頭問。

「講電話。」他坐在書桌前翻著參考書，準備隔日的考試。

「怪不得，家裡電話一直打不通，外公又打來鬧了？」

「嗯。」

「眞是的。」她嘆一口氣，隨即問：「對了，聽說你有女朋友啦？」

徐子杰眉頭微擰，「妳聽誰講的？」

「媽說的呀，她說妳女友長得有點像我……」

「我要掛了。」

「唉唷，姊姊關心一下有什麼關係？不想說就算了，我有個好消息要告訴你。」

「什麼好消息？」

「我要結婚了！」她興奮叫著：「啊哈哈，講太快了，是我前陣子跟我男朋友的父母見面，他們很喜歡我唷，甚至還說希望我一畢業，就直接嫁到他們家去呢。眞的太好了，我一直很擔心他們會不喜歡我……」

徐子佾滔滔不絕地說個不停，他卻無法再專心聽下去，覺得胸口像被重重搗了一拳。

「喂，笨弟弟，有沒有在聽？都不恭喜姊姊的啊？」她抱怨。

「喔，恭喜。」

「很沒誠意耶，好啦好啦，不吵你了。下次我回台灣，記得讓我見見你的女友喔！」

通完電話後，他靠著椅背，深深吸一口氣，仰頭盯著天花板，久久沒有移動。

回台灣生活已經一年，和成楓也交往一年了，但身爲國三考生的成楓，能夠與徐子杰相處的時間並不多。

他不曉得自己能爲她做些什麼，也不知道所謂的男朋友究竟該做些什麼？那晚接到徐子倫的電話後，從前那些刻意忽略的事，又再度湧上心頭。

他很難受，更對這樣的自己厭惡到極點。明明知道這麼做根本是在傷害成楓，也在自欺欺人，把她當作某個人的影子，他無法心安，更無法繼續隱藏這樣的罪惡感。

六月，成楓畢業了。

她考上台北的一所名校，即將進入高中生活。

而他，依舊是個國中小鬼。

這樣的差距，讓徐子杰不由自主地覺得自己離她好遠。畢業典禮當天晚上，他們坐在校園操場望著星空，在那一晚，他向她提出了分手。

他向她坦白一切，不想再讓她對自己仍有所期盼，因爲他的自私而受到更大的傷害。

成楓聽完，先是沉默，最後微笑了。

「對不起喔，阿杰。」她吸吸鼻子，眼眶紅了，「每一次，我都讓你這樣自責。」

他愕然。

「我知道，雖然是你主動提分手，但其實你心裡比我還難受。交往的這段期間，我就知道你不會把心裡的話全部跟我說，可是你卻肯聽我說話。不管我做什麼，或是提出多任性的要求，你都會答應，不生氣也不抱怨。你對我太好了，好到有時連我都覺得自己根本不配得到這些。我也不知道你跟我在一起，到底開不開心？好幾次想問你，卻又不敢問。」

「……」

「這是我一次聽你說出這麼多心裡的話，我很高興。跟你在一起的這一年，我很開心，能夠遇見你，是件很幸福的事。」她眼眸泛淚，「我不是個貼心的女朋友，對不起。」

徐子杰想要開口，她卻已溫柔地吻住了他。

她的話語和眼淚，讓他心裡的罪惡感變得更深、更重。

無法原諒自己，卻連「對不起」三個字都說不出口。

「阿杰，你願不願意和我們一起回多倫多？」

當天晚上，徐父這麼問他，徐子杰頓時呆住。

「雖然，我們回台灣才一年，但你媽媽的工作主要還是在國外，剛好前幾個月，又有人請我回去擔任游泳教練，所以我們討論後，還是認為搬回去會比較方便。」

雖然徐父這麼說，但其實徐子杰很清楚真正的理由是什麼。

這一年來，面對外公及其他親戚的百般刁難與騷擾，都讓原本想努力緩和關係的父母不斷受挫碰壁，也終於精疲力盡。

也許在他們心裡，都很後悔回台灣吧？

只是面對父親的提議，徐子杰卻一時答不出話，徐父歉然：「兒子，對不起，你好不容易習慣這裡的生活，現在又要你離開，請你原諒爸爸媽媽。」

他搖頭。他從來沒怪過他們，也不可能怪他們。

「好好考慮一下，考慮好了，再告訴我你的決定。」

徐子杰知道，父親以為他是因為成楓才會猶豫，他並沒有告訴家人他們已經分手。

徐子杰原以為自己會很乾脆地答應回多倫多，但為何突然下不了決定，他也不解。他回到房間，沒來由地心情浮躁，輾轉難眠，最後起身走到書櫃前整理東西，隨手拿一本書，一張照片從書頁裡滑了出來。

定睛一看，是那座綠色廣場的照片。

回到台灣，他和父親都沒想起這件事，也忘記他們曾約好要一起去那個廣場，如今想起來，他卻要離開了。

他很清楚，這次一走，或許就再也不會回來了。

徐子杰看著照片許久，終於在當晚下了決定：他要留下。

雖然他很懷念在多倫多的一切，也想念那兒的冬天、那兒的雪，但他也很喜歡這裡。父母相遇的地方，他出生的地方，他還想多看看、多瞭解一些，而且，他也是在這裡遇見成楓的。

他將決定告訴父母後，他們沒有反對，只是徐父說，希望他國中畢業後就回多倫多，繼續接受父親爲他規劃的專業游泳訓練。爲了不辜負父親的期望，徐子杰答應了。

兩個禮拜後，徐父徐母返回多倫多，留他一個人。

徐子杰一向獨立也懂得照顧自己，從不需要父母擔心，但畢竟一人隻身在台北，父母還是會時常打電話來關心，兩人搶著要跟他講電話，因此就算父母不在身邊，他仍然能夠時時感受到家人的溫暖。

上高中的成楓，偶爾會與他聯絡，在電話裡分享一些生活的大小事，還告訴徐子杰，她已經交了新男友，對方跟他一樣是個游泳狂。

縱使沒再見過面，但知道成楓生活過得充實、快樂，徐子杰也爲她感到欣慰與喜悅。

徐子杰升上國三後的某一天，徐父打電話來，說下個月會回台灣一趟。

「爸爸眞是老糊塗了！」徐父笑得無奈，「昨天晚上，我跟你媽在看以前的照片時，忽然想到，爸爸以前曾答應你要一起去那座綠色廣場看看的。」

聞言，徐子杰心裡一陣意外，繼續聽父親說：「爸爸不是故意忘記的，你已經去過了嗎？」

「還沒，我不曉得在哪裡，還沒去找。」

「那好，下個月爸爸就帶你去！」

「你該不會就是爲這件事特地回來吧？」

「是啊，既然想起來了，爸爸怎麼可以繼續食言呢？而且我也想念我的寶貝兒子！」

徐子杰笑了。

「還有，下個禮拜爸爸要去倫敦看一場比賽，很多有名的選手都有參賽。」

「爸，你別把自己弄得太累了。」只要和游泳有關，徐父就很容易興奮過頭。

「放心，你媽媽也會一起去，有她在，我也不敢亂來。」徐父哈哈笑，「你早點睡吧，我很快就會回去，等爸爸啊！」

「知道了。」他莞爾。

徐子杰原以爲父親早就忘記那個約定，想不到他不但記得，還特地爲此回來，這讓他不禁開始期待下個月的來臨。

期待與父親一同到那座廣場……

某個午後，上課上到一半，徐子杰的班導突然出現在教室門口。

「徐子杰，來一下辦公室，快來！」

注意到導師說話的語氣急促，臉色蒼白且神情凝重，所有同學都納悶地望向徐子杰，他一走出教室，馬上就被導師迅速帶到樓梯口。

「老師，怎麼了？」他不解地問。

女導師深呼吸，緊抿著唇，雖然看似鎮靜，唇角卻在發顫，似乎在想該怎麼開口。

「徐子杰，學校剛剛接到通知，」她開口，聲音乾啞，「你的父母親出事了。」

他頓時呆住。

到導師辦公室時，聚集在電視機前的幾個老師，一看到他，臉色都變了。

女導師摟著徐子杰的肩，帶他到電視機前，裡頭正在播報一則國際新聞。

徐子杰怔怔盯著螢幕上的新聞標題，主播用冷靜平穩的語氣播報：「一架從倫敦飛往多倫多的班機，途中因機翼起火，在台灣時間下午一點三十七分墜毀於……」

他忘記自己此刻究竟有沒有在呼吸。

「根據剛才收到的最新消息，機上兩百八十七名乘客已確定全數罹難，其中包括少數華人，以下就是在這起空難中不幸喪生的華人名單……」

他永遠忘不掉那一天。

看到父母親的名字出現在畫面上的那一刻，徐子杰的世界，瞬間崩裂瓦解。

徐子杰跟姊姊盡快趕回多倫多，姊弟倆一見面，徐子伶就緊緊擁著弟弟崩潰痛哭。姊姊的眼淚和哭聲，讓他在那一刻才眞正意識到，他最珍貴、最摯愛的爸媽眞的已經不在世上，永遠離開他們的身邊了。

最後，家屬決定將徐氏夫婦葬在台灣。

告別式那天，天空下著雨，徐子杰見到了外公外婆，以及母親那邊的親戚。

「聽說是爲了看游泳比賽，兩人才會去英國。」

「所以說，要不是因爲她老公，她也不會去那裡，更不會搭上那班飛機。」

「唉，只能說一切都是命啊，人也是她選的……」

聽到那些親戚你一言我一語地暗指徐父的不是，徐子杰當場衝到他們面前，憤怒咆哮：「不准你們這樣批評我爸！」

那些親戚頓時嚇了一大跳，徐子伶趕緊過來制止他，但他依舊失控地不斷嘶吼：「我們不希罕你們的關心，也不需要你們的接納！他是我爸，是我爸爸，跟你們沒有半點關係，你們誰也沒資格批評他。我們家的事不需要你們來管，誰敢再罵他，我絕不會放過他，不爽的話就給我滾，統統給我滾！」

徐子伶緊擁著他，早已泣不成聲，那些親戚也不敢再吭聲，外婆不斷擦拭著眼淚，外公則始終靜默不語。

告別式結束當晚，徐子伶與男友在父母房間整理遺物，徐子杰則坐在自己房裡動也不動，直到手機響起。

「阿杰，你還好嗎？」成楓語帶憂心。

他沒有回應。

「阿杰，你說話好嗎？」她哽咽，「讓我陪你……讓我過去陪你好不好？」

「我沒事，妳不用擔心。」他淡淡說，「抱歉，我先掛斷了。」

「阿杰，等——」

他將手機關機，目光落向窗外的大雨。

「我愛你爸，也很愛你跟姊姊，你們都是我生命裡最重要的寶貝。」

「那等哪天回台灣，爸爸就帶你去這座廣場，好不好？」

耳邊突然響起爸媽溫暖的聲音，至今沒掉過一滴淚的他，終於在這一刻淚流滿面。

心痛到連哭都哭不出聲音。

「媽媽在叫嘍，我們回家吃飯吧。」

「好！」

一位父親牽著兒子的手，開開心心地踏著雪地，離開公園。

徐子杰站在一旁，靜靜凝視那對父子剛才在這兒堆出的雪人，久久沒有移動腳步。

「爸，你雪人的眼睛怎麼一大一小？」

「這樣不是比較可愛嗎？哈哈哈。」

想起以前和父親一起堆雪人的回憶，有很長一段時間，他都無法回到現實。

那年寒假，他回到多倫多的家。

空蕩蕩的屋子，沒有母親，沒有父親，從前歡笑聲不斷的屋子，如今只剩一片冷清。

他走到鋼琴前面，從前母親坐在這裡彈琴的身影還歷歷在目，只是這一次，這架鋼琴卻再也等不到主人回來。

摯愛雙親驟然離去，讓徐子杰從此變了一個人，他比從前更沉默、更孤僻，連笑的能力都一併失去。

國中畢業後，徐子杰沒有回多倫多，依舊留在台灣。

他很害怕，至少現在還無法坦然面對。

害怕只要再踏進那個家，想起從前和爸媽共度的時光，就會讓他再度陷入絕望和心碎之中。他不惜違背對父親的承諾，留在台灣，因爲他懼怕面對那樣的恐懼和懦弱。

升上高中後，面對徐子杰一貫的冷漠和嚴肅，沒人敢主動接近。

他獨來獨往，不跟同學有交集，下課時就靜靜留在座位上戴著耳機看書，放學再到游泳池去，每日每日如此重複。

直到有一天，一位同學主動站到他的面前，叫了他的名字。

「欸，徐子杰！」

他眸一抬，一張燦爛笑臉映入眼簾。

「有空嗎?方便說個話嗎?」

徐子杰沒理他，將視線轉回書中，對方反而在他前面的空位坐下，告訴他：「老師說，今天晚上要請班上幹部吃飯，你是副班長，記得留下來。」

「我沒空。」

「哇哈，你終於說話了!」他一臉開心，回頭對幾個人比出勝利手勢。從那些人臉上的驚訝與扼腕神情判斷，他們應該是下了什麼賭注。

看到徐子杰面色陰冷，他趕緊說：「抱歉抱歉，我們不是在鬧你，因爲你平時都不說話，我們才會對你覺得好奇，別生氣!」

徐子杰不語，只用眼神示意對方別再招惹他。

「好啦，眞的對不起，我不是故意的。」他雙手合十，仍不忘提醒，「記得，放學到導師室報到，別忘嘍!」

對方離開後，徐子杰不自覺將目光停留在他身上好一會兒。

那人的名字是張士倫，身爲班長的他，不只人緣好，待人親切熱心，更是校園裡的風雲人物。只是不知爲何，他的笑容始終讓徐子杰覺得刺眼，無法直視。

放學後，徐子杰沒去導師室，還是獨自在游泳池待上幾個小時。

從游泳池起來時，意外聽見有人叫他，張士倫不知何時已經出現在池畔。

「大家說得果然沒錯。」他倚在欄杆上微笑，「你真的很厲害耶，到目前爲止我還沒看過誰游得比你快的。」

徐子杰沒理會，拿起毛巾走去換衣服，回來後發現張士倫竟然還在。

張士倫問：「你平時都游到這麼晚喔？」

「你到底要幹麼？」他語帶不耐。

「你沒出現，我就只好來找你啦。」

「我說了沒空。」

「我知道你是忙著游泳，但老師還是希望你過去，這次是吃Fridays，老師難得大手筆請客，不去很可惜，走啦！」

「我吃不下。」

「游這麼久最好是不會餓！」張士倫拿出手機遞到他眼前，「好吧，既然你不想去，那就自己跟老師說，給他一個理由吧。」

徐子杰沒想到張士倫會來這招，當下冷冷瞪視著他，對方卻始終笑嘻嘻的，不被他的態度影響，最後，徐子杰只能屈服。

張士倫一把他帶到餐廳，其他幹部們全都鼓掌叫好，一副High翻天的樣子。

導師開始跟徐子杰聊天，一提到游泳的事，嘴裡還吃著薯條的張士倫馬上舉手說：

「老師，我剛剛有看到他游泳，眞的超快，下次叫他游給你看啦！」

「眞的假的？我還沒看過，徐子杰，等一下游給我看吧？」一位同學說。

「學校泳池都關了，你叫他去哪裡游給你看？」

見到眾人七嘴八舌地討論他的事，甚至主動與他攀談，徐子杰的心裡忽而湧上一股異樣的感覺。

洋溢在身邊的和樂與熱鬧氣氛，讓他一時之間回不了神，只能靜靜喝飲料。

同學的笑聲不時打亂他的思緒，他發現自己已經很久沒有像這樣，和班上同學聚在一起吃東西了。

他不習慣這種感覺，卻又意外地不覺得反感。

「徐子杰，你吃過Fridays嗎？」張士倫問。

他搖頭。

「眞的假的？」另一個同學也插話，「那以後幹部聚會就在這兒辦好了！」

眾人一聽，臉立刻垮下。

「你錢很多喔？」

「你自己去辦！」

「你是吃到精神錯亂了嗎？」

那同學遭到齊聲砲轟，張士倫當場放聲大笑，徐子杰也不自覺微微揚起了唇角。

那是自父母去世後到現在，他第一次發自內心地微笑。

從那天開始，張士倫三不五時就會跑去找徐子杰攀談，常惹得徐子杰滿心不耐煩。徐子杰根本無法習慣身邊突然多了個人，然而就算警告張士倫最好跟他保持距離，張士倫依然故我，最後連想揍他都已經沒那個力氣了。

某日剛在游泳池裡完成今日的訓練進度，徐子杰站起身來，又看到張士倫在欄杆外對他打招呼。徐子杰逕自離開泳池，脫掉蛙鏡，已經放棄趕他離開的念頭。

「欸，陪我去一下運動用品店吧，我想買雙球鞋。」

「你不會自己去嗎？」

「我需要有人給我意見，拜託啦！」

徐子杰正要開口，有兩位學長走過來，其中一人問：「學弟，聽說這次比賽的代表名單又有你啊？」

徐子杰不語。

「既然老師這麼提拔你，你就好好努力，別得意忘形，別害我們輸得太難看！」另一位學長雖然面帶笑容，眼神卻帶著濃濃鄙夷與不屑。

徐子杰面色平靜，沒什麼反應，他早已習慣這些冷言冷語，根本不痛不癢。

「放心，學長，他不會的啦！」

張士倫一出聲，三人頓時齊齊望向他。

「有他在一定會贏的，我保證。」張士倫笑容可掬，「倒是兩位學長沒辦法參賽眞是可惜，要是再努力一點，下次應該就輪得到你們嘍。」

兩位學長臉上一陣青一陣白，最後憤而離開。張士倫對徐子杰說：「好啦，我在外頭等你，快點出來。」

他愣然看著張士倫走出游泳池。

若要問，是誰讓他敞開心房，也許就是張士倫了。

他讓徐子杰沒有時間感到孤獨，也從不避諱告訴他自己的事，甚至有些話只對他一人說，讓徐子杰知道自己對他的信任，也漸漸帶著徐子杰走出一個人的世界。

張士倫的個性乾脆，不拐彎抹角，豪邁直率的態度，不同於以往身邊的人，在他身上，徐子杰看不到任何心機與虛僞。

或許，這就是他最後願意接受張士倫的原因，不知何時，他發現自己已經很習慣跟張士倫待在一起，兩人已經成了大家口中所謂的好麻吉。

他從小到大遇過的人，形形色色，張士倫卻是他第一個打從心底認定的「朋友」。

下午的自習課，張士倫獨自站在走廊上，徐子杰走近他身旁，發現他神情緊繃地盯著操場，便問：「你在幹麼？」

「喔，阿杰。」他笑了笑，「我在看別班上體育課。」

徐子杰也望了過去，有兩班正在比賽籃球。

「那個白痴，怎麼不抄球？」張士倫碎唸，注意到好友投來的視線帶著疑問，便指著操場苦笑，「我是說站在籃板下的那個人。」

聞言，徐子杰視線跟著一轉，很快就發現一名戴眼鏡的女生，跟著隊友跑到另一邊。

「她叫方士緣，是我們從小一起長大。剛才看她打籃球，我差點快嚇死！」

張士倫開始跟徐子杰說了一堆關於那女生的事，徐子杰也逐漸注意到，張士倫不管是望著她的眼神，或是說話的語氣，都流露出從未有過的溫柔。那女生後來走出場外，笑嘻嘻地與另一名長髮女生說話。

那個叫方士緣的女孩，戴著一副眼鏡，頭上紮著馬尾，穿著學校的運動上衣，運動褲的褲腳有些過長。

她並不是個特別醒目的女孩，至少給徐子杰的第一印象很平凡，但她臉上洋溢的燦爛笑容卻很耀眼，讓人一時無法移開目光。

從此之後，徐子杰對方士緣的印象，只停留在她是張士倫的青梅竹馬，平凡、開朗，以及那陽光般的笑容。

假日，張士倫到徐子杰家作客。

兩人在房間裡，張士倫先是瞧瞧擺在書櫃裡的書，之後目光落在書桌上的一個精緻黑色小盒子上，好奇地問：「阿杰，這裡頭裝什麼？可以看一下嗎？」

坐在床邊玩手機的徐子杰，抬眸瞄了一眼，「看啊。」

張士倫打開盒子，眼睛一亮，「咦？這是手鍊嗎？不像是你會有的東西耶。」

「那是以前比賽得獎的獎品。」

「獎品？游泳比賽的？手鍊是獎品？好特別。」張士倫更驚奇。

「當時主辦單位說什麼這是特別製作，世上獨一無二的……反正我也不想戴這種東西，留著做紀念就好了。」

「是喔？我還想說若你不要，乾脆給我好了，我幫你送給可能會戴這東西的人，不然浪費了這麼漂亮的手鍊。」張士倫笑了笑，把盒子放回去，「欸，等一下出去吃飯吧？」

「吃什麼？」

「隨便看看啊，我爸媽今天會晚一點回家，我只能自己解決晚餐啦！」

這傢伙個性樂天，無論是班級活動或幹部聚會，張士倫總會拖著他一塊參與，久而久之，也讓徐子杰逐漸融入班上，能與其他同學好好相處，不再拒人於千里之外。

這是徐子杰想都沒想過的改變。

一堂下課，他戴著耳機看書，卻不時隱約聽見從走廊傳來的嘻鬧聲。

「又使用暴力，妳這女人真的很粗魯耶！」

「誰叫你皮癢？從小就這樣被我打還不習慣呀？」

徐子杰往窗外一望，是張士倫和他的青梅竹馬。

兩人不時互捏對方的臉頰，推來推去，像小孩子一樣不停玩鬧。幾分鐘後，站在她身旁的長髮女生拉著她說：「士緣，快上課嘍。」

「那我們走吧。」方士緣對張士倫做了個鬼臉，「給我記住，回去後你就慘了！」

「又要拿娃娃丟人？」張士倫挑釁地笑。

「你很煩耶！」她再朝他吐舌，然後挽住長髮女生的手，「薇薇，我們走，別理那個瘋子！」

她們離開後，張士倫也回到教室，在徐子杰前面坐下。

「吵完了？」

「晚上還有第二回合。」張士倫一臉得意，「這傢伙想吵贏我，門都沒有！」

「你很愛鬧她。」幾天下來總是沒完沒了。

「這就是我們的相處方式。」張士倫大笑，「她很呆，老愛把玩笑話當真，受不了！」

儘管嘴上不斷虧她，他的語氣裡卻充滿寵溺，就連笑容都很柔和。

「你不會只想當她一輩子的青梅竹馬而已吧？」

張士倫微愣，「你說什麼？」

「你知道我在說什麼。」

張士倫先是呆愣，然後臉慢慢紅起來，失措地當場結巴：「你你你……」

「我怎樣？」

張士倫滿臉尷尬，小聲說：「你爲什麼……」

「只要眼睛沒瞎誰都看得出來。」

「屁啦，你這樣講好像所有人都知道——」他因爲緊張而不自覺提高聲音，身旁幾個同學聞聲都望了過來。

徐子杰忍著笑，淡淡問：「是不是這樣？」

張士倫頓了頓，別開視線，咕噥：「對啦。」

「那告白吧。」徐子杰低頭繼續看書。

「拜託不要講得這麼容易好不好？」張士倫語帶哀怨，臉還紅著。

「不然怎麼辦？」

張士倫囁嚅：「我們一直都是以好朋友的身分相處，要是忽然跟她告白，我怕……」

這個一向果決乾脆的傢伙，居然也會有這麼猶豫不決的時候，徐子杰雖然覺得意外，卻也終於明白方士緣在他心中究竟占有多少分量。

「放心吧，應該會成功的。」

「眞的？爲什麼？」張士倫瞠目。

徐子杰不禁回想起，每次他們打鬧的時候，方士緣投向張士倫的那種眼神，和張士倫一樣，滿是愛戀，情感全溢於言表，就只對對方一個人。

只可惜當局者迷，旁觀者清。

「怎麼突然不說話了？」張士倫蹙眉。

「再說吧，上課了。」他懶懶地闔上書。

「喂！」

徐子杰沒再去想這些，反正這兩人在一起是遲早的事，也因爲這麼深信，時間一久，他自然沒再特別留意這對青梅竹馬的事。

然而，不知從何時開始，張士倫忽然間與方士緣那位叫周戀薇的長髮女生朋友走得很近，甚至還傳出兩人在交往的謠言。

那個時候，徐子杰滿腦子只想著游泳比賽，所以就算看過幾次周戀薇單獨到班上來找張士倫，他也沒覺得有什麼不對勁。

直至有一日，他游完泳要回家，經過穿堂時，聽見花圃後方傳來微弱的啜泣聲。徐子杰納悶，忍不住朝聲音來源走去，最後看到坐在長椅上的某個身影，頓時一愣。方士緣低著頭，一手拿著眼鏡，一手胡亂擦拭眼淚，顫抖地抽噎。

徐子杰訝異地注視著這一幕。

這樣傷心欲絕的方士緣，他第一次看到，他無法把眼前哭泣的她和以前總是笑咪咪的她聯想在一塊。

一開始，徐子杰首先浮現的念頭是：她跟士倫是不是出了什麼事？然而隔天張士倫的言行舉止和平常沒什麼兩樣，否定了他的猜測。

雖然納悶，但徐子杰並沒有告訴張士倫這件事，他想著那也許只是方士緣個人的私事，不太好特地跟張士倫打小報告。

「阿杰，放學後要不要跟大家一起去看電影？」張士倫問。

「電影？」

「嗯，除了我們班上的同學，士緣班上也有幾個人會去。」

「誰？」

「就班聯會的那些幹部啊，有薇薇、何利文、陳鋒和阿凱……」

之後回想起來，當時聽見張士倫稱呼周戀薇爲「薇薇」的時候，就該察覺不對勁，但徐子杰當時的心思卻放在另一個人身上，「你的青梅竹馬呢？」

「她說她有點感冒，要提早回家，沒辦法去。」張士倫無奈嘆氣，「那傢伙身體一向不太好，小時候發燒住院更是家常便飯，連搭公車都容易暈車，唉！」

徐子杰沒再回應。

那天放學，他沒去看電影，還是跑去游泳直至太陽下山，正要回家時，卻又在同個時間、同個地點，看見士倫口中說要提早回去的方士緣，獨自一人偷偷哭泣。

或許就因為這樣，從此之後只要看見方士緣，徐子杰就覺得她臉上光采不如以往，眼裡總是掛著黯淡，但在張士倫面前，她永遠都裝作沒事。

徐子杰不曉得她到底發生了什麼事？是否該告訴張士倫？卻又不曉得問題是不是出在好友身上？所以即使困惑，他也不曉得該怎麼開口，只能這樣默默關注著她。

漸漸地，徐子杰開始習慣在同一個地方尋找她的身影。

方士緣已不再像之前那樣哭得一塌糊塗，常常只是靜靜流淚。縱使下雨，仍坐在那兒動也不動，蒼白的臉上不見任何表情，到最後，甚至連淚都沒再流過。

這樣的她，比她失聲痛哭的模樣，更讓徐子杰覺得震撼，當下他彷彿看到自己，在大雨中的告別式上，送父母最後一程時，那個一滴眼淚都流不出來的自己。

因為太傷，太痛，眼淚反而流不出來，這種感覺，他非常明白。

那個女孩，讓藏在他心中的那份傷痛，再度被喚醒。

晚上，徐子杰在書桌前念書時，發現外頭雨勢變大了。

目光不自覺落在一旁的黑色盒子，他打開盒子，看著裡頭的銀色手鍊。

「是喔？我還想說若你不要，乾脆給我好了，我幫你送給可能會戴這東西的人，不然浪費了這麼漂亮的手鍊。」

就像張士倫說的，一直把手鍊放在身邊這麼久，也沒什麼用處，倒不如直接交給張士倫，看他想拿給誰，就給誰吧。

徐子杰將盒子放進書包，打算交給張士倫。

翌日的自習課，徐子杰看書看到一半，突然想起前天忘記把游泳池大門的鑰匙交回去，他打開書包準備找出鑰匙，張士倫恰巧走了過來，「阿杰，你現在有空嗎？」

「我要去學務處還鑰匙，怎麼了？」

「太好了，那你可不可以幫我一個忙？」他鬆了口氣，揚起笑容，把一隻趴趴熊布偶和一張卡片拿到他面前，「你回來後，可以順便繞到士緣班上把這個交給她嗎？今天是她的生日，可是我現在臨時要去台中，我奶奶身體出狀況，全家要去看她，大概下禮拜一才會回來，我爸媽等一下就會來接我，所以我現在得去請假。」

「這麼突然？」

「對啊，剛剛我媽傳訊息過來，嚇我一跳。不過幸好我有把禮物帶來學校，原本想晚點拿去送給她，可是沒時間了，幫我一下吧？」

「不好吧？」

「安啦，他們班這堂是體育課，應該沒人在教室，你只要把禮物放在她座位上就好，她的位子在第二排倒數第二個，麻煩你嘍，感謝感謝！」

張士倫說完便急忙離開，徐子杰低頭繼續翻書包找鑰匙，視線驀地落在一個黑色盒子上，他立刻探頭朝窗外大喊：「喂，士倫！」

然而張士倫的身影已經消失在走廊盡頭，他暗嘆一聲，將盒子收進外套口袋裡。

到學務處還完鑰匙後，徐子杰繞到方士緣的班級，站在門口，卻發現張士倫指示的座位上有人。

空蕩的教室裡，只有方士緣一人在裡頭。

她趴在桌上睡覺，徐子杰放輕腳步走到她身旁，把士倫給的娃娃和卡片放在她桌上，無意間發現她的臉上掛著一條淚痕。

徐子杰深深凝視著她許久許久。

她的孤獨，讓他心底漸漸湧起一絲莫名情愫。

她的睡顏，讓他想起一件事，他從口袋裡掏出那個黑色盒子。

盒面上印有當年比賽的項目及名次，他直接取出手鍊，將空盒收回口袋。

以前他一直認定這條手鍊是屬於徐子伶的，所以不曾想過要送給成楓。但是現在，他願意放掉這份執著，只希望眼前這個人可以快樂一些。

將手鍊輕輕放到趴趴熊的頭上後，徐子杰不禁再次注視著她，對這個從未說過話的陌生人，在心裡對她說了句生日快樂。

想再見到她的笑容，這個念頭也從心底油然而生。

一個月後，寒假來臨，徐子伶結婚了。

婚禮地點在法國里昂的一座古老天主教堂，領頭的花童率先走在紅地毯上，直往聖壇，神父祝禱，聖歌響起。

徐子杰坐在教堂裡的最後一排座位，靜靜注視穿著一襲典雅白色婚紗的新娘，她美得讓人移不開視線。

徐子伶一看見弟弟，原本笑得幸福的臉，立刻落下了淚，徐子杰微笑：「姊，祝妳幸福。」

她緊緊擁抱他，親吻他的臉頰，不斷在他耳邊重複說著我愛你。

她是徐子杰從小最深愛的人，也是他最重要的牽掛，他深信在天堂的爸媽會守護著她，讓她永遠都笑得如此幸福。

在里昂待了一陣子，直到徐子伶與丈夫去度蜜月，徐子杰才返回台灣。

張士倫一聽說他回來，立刻跑去他家找人。

結果那年寒假，除了早上出去跑步，或者到學校游泳，其餘時間他常會被張士倫拉去趴趴走，偶爾幾個同學也會小聚一下，在那幾次的聚會中，徐子杰會看見周巒薇及何利文，卻不見方士緣人影，一次都沒有。

而且他發現，張士倫跟周巒薇的互動越來越頻繁，引起大家私底下的熱烈討論。這種奇怪現象，讓徐子杰不禁懷疑這些謠言，會不會也傳到方士緣耳裡？

開學後，徐子杰就沒再見到方士緣來找過張士倫。雖然還是會在校園裡看見她，卻發現她眸光黯淡，臉色蒼白，整個人也清瘦許多。有時她還是會坐在花圃那兒，再也沒掉半滴淚，只是面無表情地坐著不動。

有一天徐子杰跟張士倫聊天時，忍不住問：「怎麼都沒看到方士緣來找你？」

「我也不知道，她這陣子變得好怪，老是無精打采的，問她發生什麼事也不說，我問薇薇，她也說不曉得。」張士倫無奈嘆息。

「你跟周巒薇走得那麼近，難道不怕方士緣誤會？」

「誤會？怎麼可能？她是士緣最好的朋友耶，阿杰你想太多了吧？」張士倫失笑。

「或許吧。」他不再多言。

徐子杰並不想讓張士倫察覺他對方士緣的關心，畢竟他只是個外人，也不想干涉張士倫的行爲及想法。張士倫對那些謠言不以爲意，徐子杰知道那是因爲他一向不會把事情往壞的方面想，或是存有任何猜疑，完全相信人性本善，一旦信任就是絕對信任。

和他一比，徐子杰覺得自己可能眞的想太多了。

一日，他到圖書館去還書，見到了方士緣。

她靜靜坐在閱覽室的椅子上，視線始終落向窗外，專心地不曉得在看什麼。徐子杰順著她的目光望去，張士倫和周巒薇手裡捧著一疊作業簿，兩人正有說有笑地走過穿堂。

從方士緣注視他們的眼神中，他讀不出她的情緒，微微蒼白的臉頰，面容沒有喜怒哀樂，竟讓他有種彷彿從未見她笑過的錯覺。

上課鐘聲響起，張士倫跟周戀薇已越行越遠，終至不見人影，方士緣這才轉回視線，準備離開。

她失神地朝門邊走來，完全沒發現徐子杰就站在前面，就這樣不小心撞上他，臉上的眼鏡跟手中的書當場散落一地。

方士緣趕緊蹲下來撿書，徐子杰忍不住上前將眼鏡撿起遞給她，她連忙低頭道歉，連眼鏡都來不及戴就跑出閱覽室。她一離開，徐子杰不禁又將目光落向她方才的座位。

有多少次，她都是這樣默默望著張士倫跟周戀薇？

張士倫對她的關懷不曾少過，爲何從未發現這樣的她？

還是，是方士緣不願讓士倫知道這樣的她？

「阿杰，你打算什麼時候回多倫多呢？」

聽見徐子倚在電話那頭問，徐子杰一時答不出來。

「是因爲爸媽的事，讓你還不想回去嗎？」

「……」

「回家吧，阿杰。」她勸道：「我已經跟我老公說好，兩年後，就會搬回多倫多，我希望你也能回來，而且爸生前不是一直希望你能回家嗎？」

他腦袋一片空白。

「阿杰，好嗎？」

「……我知道了。」最後，他說：「這學期結束後，我就回去。」

切掉通話後，他整個人倒在床上，動也不動。

週六下午，在學校練完游泳，他不想回家，一時興起坐上公車四處晃晃，看著窗外，靜靜思索回多倫多的事。

良久，聽見司機叫他，他才發現已到總站，起身走到前面拿出悠遊卡時，皮夾卻不小心掉在地上，司機一看到皮夾裡頭的照片，忽然說：「喔，這裡很美唷！」

徐子杰發現司機說的是那張綠色廣場的照片，吃驚道：「您知道這裡？」

「知道啊，這裡又大又漂亮，我以前就住在那附近，還經常帶小孩去玩呢。」

徐子杰心裡一陣激動，「可以告訴我在哪裡嗎？」

「那要再轉兩班車唷，離這一站有點遠，車次又少，等車不太方便。」司機看看手錶，「剛好那班車應該快發了，你可以過去站牌等一下，搭到第十一站後，再轉另一班車。」

得知公車班次和號碼後，徐子杰向司機道謝，迅速下車前往另一台即將發車的公車。

他喉嚨乾澀，心跳快速，沒想到竟會意外得知那座廣場的所在地。

搭了將近一個小時的車，他終於到達目的地，首先映入眼簾的，是一條長長的柏油路，再來就是柏油路旁的樓梯下那座寬廣遼闊的綠色廣場。

溫暖暮光籠罩了整片廣場，幽美中瀰漫著寧靜感，不少小孩在廣場上嬉戲。

雖然比起照片，廣場四周多出不少建築物，但廣場本身和照片並沒有明顯差別。徐子杰走下樓梯，乘著風，踏著草地一步步走到廣場中央，最後仰頭眺望遠方天空的夕陽時，腦海裡響起了父親的聲音……

「那等哪天回台灣，爸爸就帶你去這座廣場，好不好？」

「眞的？」

「眞的。」

「說好嘍，不准騙我，一定要帶我去喔！」

「男子漢大丈夫說話算話！」

他躺在草地上，凝望著天空，動也不動，來自眼眶的一股酸意，讓他不禁閉上眼睛。

「爸。」他微微顫抖，低啞呢喃：「我來了。」

兩人當年許下的約定，六年之後，終於成眞。

雖然父親已經不在世上，但想到父母已經過著不再憂愁，不再被任何人折磨的平靜日子，未嘗不是一種解脫。他能夠找到這座廣場，並且認識張士倫，就是最大的幸運，就算明天回多倫多，心裡也沒有遺憾，

只是，不知曾幾何時，腦海中卻多出了某個人的身影。

他總是會突然想起她，無論是流淚的臉，還是面無表情的樣子，都在他的思緒裡揮之不去。

他很希望能夠在離開這裡之前，看見她打從心底開心地再笑一次。

於是，徐子杰決定，要將他所看到的一切全都告訴張士倫，希望對方能幫他成全自己

這份私心。

正當他打算這麼做時，不知爲何，事情忽然間卻變了樣。

張士倫毫無預警地像變了一個人似地，以往的開朗模樣不復見，失神低迷，變得沉默，不再開懷大笑，有時甚至還會蹺一兩堂課，不曉得跑去哪裡。

張士倫的轉變讓身邊的人都疑惑不解，就連導師都納悶。直到有一天，張士倫沒來學校，導師便私下找徐子杰談話，告訴他張士倫的母親今天打電話來學校，說他不舒服要請假，於是導師便委託徐子杰放學後去看看他，之後再決定是否要將張士倫近日在學校的狀況告知家長。

徐子杰那天沒去游泳，放學後直接前往好友家。張士倫的母親出來開門，徐子杰說明來意後，張母便帶他到兒子房間，一進房就見張士倫躺在床上。

「阿杰？」一看見他，張士倫詫異不已，「你怎麼會來？」

「導師很擔心，叫我來看你。」他放下書包，坐在書桌前，「你到底是怎麼了？」

張士倫沉默，慢慢低下頭。

「阿杰。」他開口，「你以前曾說，如果我跟士緣告白，應該會成功的，對吧？」

徐子杰眉一挑，「那又怎樣？」

「你猜錯了。」他唇角一揚，苦澀地笑，「我失戀了。」

「什麼？」

「士緣已經有喜歡的人了。」他深呼吸，「但那個人不是我。」

張士倫的話，讓徐子杰先是愣住，隨即回：「她親口告訴你的？」

他搖搖頭，「你不是很納悶我爲什麼會跟薇薇走得那麼近？」

「嗯。」

「薇薇問我，我是不是喜歡士緣？我承認後，她就說願意幫我去問問士緣的心意，看她喜歡的人會不會是我？因爲這樣，我才開始常跟她在一起。結果前幾天……她告訴我，士緣喜歡的人並不是我。」

語落，張士倫又垂下頭，發出低啞的苦笑聲：「可能是我自信過頭了，聽別人起鬨，就以爲士緣是喜歡我的，結果……果然是我會錯意，以爲我跟她喜歡彼此，好好笑……」

張士倫雖然笑著，一滴眼淚卻落在床單上，暈了開來。

那是徐子杰第一次看見張士倫哭。

雖然他沒想到這件事帶給張士倫的殺傷力這麼大，但更讓他感到震驚的，是對方口裡說出的「事實」。

方士緣只有在看著張士倫時，眼底才會流露出那樣的深切感情，只有面對張士倫時才會揚起的幸福笑容……這些，都不是出自於愛情？

風將窗簾吹得沙沙作響，徐子杰不自覺移目一望，正好看向對面的另一扇窗，他聽張士倫提過，他知道那是方士緣的房間。

她的窗戶緊閉，只能從窗簾的縫隙隱約看見從裡頭滲出的微弱燈光……

幾天過後，張士倫終於不再那麼鬱鬱寡歡，也可以和同學們談笑自如。

偶爾，徐子杰還是會看見張士倫站在走廊上，面無表情地對著操場發呆。從此以後，徐子杰就沒再聽他提起方士緣的事，倒是他跟周戀薇的互動，比從前更熱絡。

學期末將至，校慶也即將來臨。某天放學，張士倫來找他，「欸，阿杰，這禮拜五是薇薇的生日，我們打算晚上去唱歌，你也來吧？」

「可能沒辦法，我還要練游泳。」

「喂，只有那天而已，我女朋友生日，你就捧場一下！」

徐子杰頓時停下收拾書包的動作，接著抬眸，發現好友神情自若地微笑，繼續開口：「就這麼說定嘍，一定要來，知道嗎？」

張士倫一走出教室，就和在外頭等候的周戀薇一同離開。

這一幕讓徐子杰愣了好一會兒。

後來，張士倫跟周戀薇交往的事，就在同學間傳了開來。

看著因新戀情被大家包圍起鬨的張士倫，徐子杰心情很複雜，他知道張士倫心裡還是喜歡方士緣的，卻不懂他為何選擇用這種方式逃避？而且周戀薇還是方士緣最好的朋友。

站在張士倫身邊的周戀薇，臉上不時漾出羞澀的微笑。曾經與方士緣最親密的兩個人並肩站在一起，笑容無比喜悅，而徐子杰腦海裡的方士緣，卻依舊在哭泣。

徐子杰非常困惑，所有的不解與懷疑，都在這一刻湧上心頭。

週五放學，同學一窩蜂跑去為周戀薇慶生，徐子杰還是堅持在學校游完泳再過去。

走出游泳池，外面正下著大雨，正要拿出摺疊傘，徐子杰注意到前方穿堂中央有四個人的身影，其中一人背對著他，徐子杰一眼就認出那人是方士緣，她就這樣站在大雨中，和他班上的女生不曉得在說什麼？

手機一響，徐子杰接起，就聽見張士倫嚷道：「阿杰，你人在哪裡？」

「學校。」他的目光仍停在幾個女生身上。

「你這傢伙，又跑去游泳，快點過來啦！」

「好啦，我現在就要過……」忽然間，他看見方士緣被其中一位女同學用力一推，接著整個人就倒在地上，動也不動。

徐子杰的呼吸瞬間一窒，胸口彷彿被重重打了一拳，許多情緒排山倒海朝他湧來，讓他一時失去理智。

「喂？阿杰，怎麼啦？」張士倫問。

「我晚點到。」他草草回應便收起手機，直接朝那群女生快步走去。

還站在原地不斷嘻笑的三位女同學，看到徐子杰突然出現，頓時有些發傻。

他蹲在方士緣面前察看，發現她已經陷入昏迷，書包裡的幾本書都滑落出來，眼鏡鏡片也摔碎了。

他迅速將她的東西整理好，背在身上，然後小心翼翼地打橫抱起她。

女同學一見，都不禁訝異，「徐子杰，你為什麼要……」

徐子杰冷冷盯著她們，三人立刻噤口，隨即急忙離去。他也沒多留，馬上把方士緣送去保健室。當保健室老師去拿乾毛巾和替換衣服時，徐子杰就站在一旁，凝視著躺臥在床上的方士緣，直到一滴雨水從他髮梢滑下，落在她蒼白的臉龐上。

「哇，你怎麼淋成這樣？沒帶傘嗎？」張士倫詫異地看著全身溼透的徐子杰走進包廂，剛才和方士緣說話的三名女同學也在包廂裡，一對上徐子杰的視線，她們一時不敢出聲。

「沒帶。」他說。

「這樣會感冒，我請服務生拿乾毛巾給你！」

「沒關係，不用管我，你們玩你們的吧。」

整間包廂熱鬧洋溢，大家拿著麥克風唱唱跳跳，徐子杰卻怎樣都無法融入氣氛。

剛才沒等方士緣醒來，他就先離開保健室。

抱著她的觸感還殘留在他的手臂上，瘦弱的身子冰冰涼涼，脆弱的不堪一擊。

他看著正在對唱情歌的張士倫和周戀薇，兩人笑得越是開心，方士緣在雨中昏厥的那一幕越是清晰。

這樣的諷刺對照，竟漸漸使他升起一陣惱怒……

「徐子杰，你要不要吃？」何利文拿著魷魚絲在他身旁坐下。

徐子杰看她一眼，再瞧瞧張士倫跟周戀薇，倏地站起來對眾人說：「抱歉，我臨時有事，得先離開了。」

「你才剛來耶，要去哪裡？」張士倫訝然。

「抱歉。」他沒解釋，直接衝出包廂，離開KTV。

徐子杰馬上騎著腳踏車往學校去，大雨傾洩而下，幾乎讓他快看不清前方的路。

那一刻，他什麼都沒顧慮，也什麼都沒考慮，一心一意只想趕快回到保健室，回到那個人身邊。

一到學校，他直奔保健室，卻發現燈光已經熄滅，門也鎖住，已經沒人在了。

徐子杰喘吁吁地靠在牆邊，默默調整呼吸。

直到大雨聲又在耳畔響起，他終於回過神，將目光移向窗邊，玻璃倒影上的自己神色滿是茫然……

徐子杰始終忘不掉方士緣站在雨中的身影。

他很想知道，那個時候到底發生什麼事了？

徐子杰在座位上手捧著書，心思卻早已飄到別處。周戀薇跟何利文一起到班上來，周戀薇一來就去找士倫，何利文也過來找他聊天，他卻沒什麼反應，只是留意著周戀薇。

「等一下，我去問他今天有沒有帶？」張士倫撇下周戀薇，跑到一位男同學座位旁，何利文也被其他女生叫去聊天。周戀薇和徐子杰對上視線，便笑著對他說：「徐子杰，謝謝你上禮拜五來幫我慶生。」

「不客氣，抱歉，中間突然離開。」

「沒關係。」

他停頓片刻，「我可以問妳一件事嗎？」

「什麼事？」

「妳生日那天，只有請當時在場的人嗎？」

周戀薇眨眨眼，似乎對他的問題有些疑惑，想了一下便說：「嗯，想請的差不多都到了，怎麼了嗎？」

「那怎麼沒看到方士緣？」

周戀薇面色一僵，錯愕地睜大眼睛。

他原本只是好奇問問，沒料到對方會是這種反應，他不禁跟著對方一塊愣住了。

「妳沒邀請她？」

周戀薇吶吶地說：「我……」

「嘿，拿到了，妳帶回去聽吧！」張士倫拿著一張CD回來，迅速察覺到薇薇和徐子杰之間的詭異氣氛，「你們……怎麼啦？」

「沒事。」徐子杰面容平靜，繼續低頭看書，周戀薇也同樣笑著說沒事，聲音卻有些生硬。

徐子杰再度陷入一片深深的思緒裡。

難道問題並不全然出在士倫身上？

發生在方士緣身上的事，莫非比他想像的還要嚴重？

因為已經選擇對方士緣不聞不問，士倫才會沒注意到這些事嗎？

滿滿疑問浮上心頭，徐子杰無法不去思考整件事情的疑點。

周戀薇生日一過，他就沒再見過方士緣，也不曾見她坐在校園那個角落，沒有她的消息，什麼都沒有，他的心裡似乎少了些什麼。

明明與他無關，心卻始終懸念著。

到了學校校慶的那天，一群學生在晚會上跳舞。

徐子杰和游泳社的社員坐在階梯上，看見張士倫跟周戀薇在班上同學的起鬨下，牽著彼此的手，在全校同學面前跳舞。

這個舉動，無疑是向大家宣布他們在一起，讓謠言成爲事實。

徐子杰不曉得方士緣有沒有看到這一幕？

他環顧操場一周，卻始終不見她的影子，找著找著，直到一滴冰冷雨珠落在臉上，他才放棄。

不知不覺，只要是下雨的日子，他就會不由自主地想起她。

緩緩打在身上的冷意，竟也刺骨得讓他沒來由地覺得痛。

不曾熟識的那個人，不知何時，已成了他無法放下的牽掛。

「要放暑假了吧？你一個人整理東西可以嗎？」

晚上，徐子伶捎來一通電話，她語帶喜悅地說：「你姊夫知道我已經很久沒跟你見面，說等你回到多倫多，要帶我回家去找你呢。」

徐子杰拿著話筒，動也不動地凝視布滿雨痕的窗。

「姊，」良久，他深呼吸，緩緩地說：「能不能……再給我一點時間？」

「怎麼了？」徐子伶訝異。

他沒有馬上答覆。

面對弟弟的沉默，徐子伶嘆息地問：「阿杰，你捨不得小楓，對不對？」

「不是。」他否認，「其實，我們早就分手了。」

「咦？怎麼會？」徐子伶很驚訝，「那……是爲什麼？」

他再度默然。

在這裡，他得到從前在加拿大不曾擁有過的東西。他喜歡士倫這個朋友，也喜歡這裡的一切，讓他失去父母的傷痛得以逐漸撫平，獲得安慰。

直到遇見方士緣。

她常會讓他想起之前那個走不出悲痛的自己，從擁有到失去，從快樂到悲傷，被痛苦埋沒，被憤怒淹沒，被寂寞籠罩，不讓任何人闖入，彷彿整個世界只剩下自己一個人，空蕩蕩的什麼也沒有，只能深陷孤獨的泥沼，逃不出去，也不想逃出去。

她的存在時時牽絆著他。

「有個人……」停頓幾秒，他低應：「我不太放心。」

「誰？朋友？」

「不是，那個人不認識我。」

「啊？」徐子伶被他弄糊塗了，「你在說什麼我怎麼都聽不懂？到底是誰呀？」

逃不過姊姊的一再追問，最後，徐子杰只好告訴她實話：「她是我一個好朋友的……青梅竹馬。」

「青梅竹馬？」她一頭霧水，「對方不認識你，你卻為了她想留在台灣？」

「不能說全為了她，總之，我現在也不曉得該怎麼解釋，只知道自己目前還沒辦法馬上離開。」他低語，「我想等到一個結果後再離開……應該不會太久。」

「什麼結果呢？」當另一頭再問，他卻語塞了。

等看見對方再一次露出笑容，重拾快樂的時候？

還是等自己想釐清的問題，都得到答案之後？

甚至是，等到張士倫和方士緣，都知道彼此的心意之後？

他忽然覺得有些混亂，不禁低頭吁一口氣，嘲笑自己真是沒事找事做，明明跟他沒有關係，現在居然在這裡煩惱，但更讓他頭痛的，是他也搞不清自己究竟想看到什麼結果？明知沒必要，但他瞭解自己的個性，要是就這麼回多倫多，恐怕會一直想這件事。彷彿唯有她快樂，他才能快樂；唯有她解脫，他才能解脫。

「你好像變了，阿杰。」徐子伶覺得有些不可思議，忍不住笑了，「我那個一向冷淡愛裝酷的弟弟，居然會因為這個理由留在台灣，從沒看過他對誰這麼感興趣過耶。」

徐子伶的話，讓他啞然失笑，卻不否認，他嘆了口氣，「我也不知道，這大概是我這輩子做過最瘋狂的事了吧？」

就算知道自己的決定很蠢很傻，也明白這麼做可能也無法改變什麼，可能什麼結果也等不到，但無所謂。

至少，能夠讓自己心裡釋然一些。

暑假開始後，張士倫跟周戀薇一起去參加夏令營，徐子杰則是應姊姊的要求，到里昂陪她一段時間。

徐子伶成天向他打聽方士緣的事，想知道更多八卦內幕，弟弟守口如瓶，她始終問不出什麼東西。

徐子杰從里昂返回台灣後，張士倫也從夏令營回來，開學前幾天，就跑來他家找人。

「好久不見！」張士倫交給他一個紙袋，「喏，給你的禮物。」

「什麼東西？」

「我爸媽從國外帶回來的零食，太多了我吃不完，拿來分你一點。」

「謝了。」徐子杰瞧瞧他，「你好像變黑了。」

「哈哈，對啊，這個暑假一直被太陽狂曬，早上還被鄰居笑呢！」

「鄰居？」

「士緣的媽媽。」他頷首，「我回來後第一件事，就是去找士緣。」

徐子杰微微一愣，「為什麼？」

「跟她道歉啊，去夏令營的這段時間，我想了很多，發現自己真的超級幼稚，因為受不了被拒絕，就突然對她冷漠，愛理不理的，一定讓她很難過。不過，我已經想清楚了，就算她喜歡的人不是我也無所謂，只要她開心，我也就開心了。」

「結果呢？」

「聽完我的道歉，她什麼也沒說，我以爲她還在生氣，就繼續跟她道歉，她卻只回我一句：『跟你沒有關係。』」

「這表示她原諒你嗎？」他不太明白。

「我不知道。」張士倫聳聳肩，「但是很奇怪，只要我一提到薇薇，她就變得有點不對勁，好像一點都不想聽似的，我第一次見她這樣，以爲她們吵架了，可是士緣不肯告訴我怎麼了，我轉而去問薇薇，然後我才知道，她們已經很久沒有說過話了……」

「周戀薇生日那一天，方士緣沒來，你就該察覺到了吧？」徐子杰忍不住問。

張士倫瞠目，訝異地回：「不是啊，當時薇薇跟我說，她有請士緣，但是士緣沒空，沒辦法跟我們一起去唱歌，所以我才沒有多想啊！」

徐子杰怔怔然，方士緣那天佇立在大雨中的身影，周戀薇後來心虛的表情，再次在他腦海裡交錯浮現。

「你早就知道她們吵架了？」張士倫納悶。

「沒，隨便講講的。」

「唉，總之，我現在眞的不知道該怎麼辦了。」他靠在沙發上，大嘆一口氣。

「什麼怎麼辦？」

張士倫沉默片刻，抿抿唇，用既難過又自責的無助口吻說：「總覺得……士緣有點變了，不太像是我以往認識的她了。」

新學期開學那天，徐子杰從導師室走出來，想趁上課鐘響前去福利社買點東西，途中正好碰到張士倫跟周戀薇。

張士倫揮手說：「阿杰，我正好要找你，你跑哪兒去啦？」

「導師室，體育老師找我。」

「這麼早就找人？幹麼？」

「他說請了一位體育大學的游泳教練來幫我作個別指導，叫我先到游泳池等。」他懶懶地應。

「個別指導？哇塞，你這傢伙真的很強！」張士倫佩服不已，朝他手臂搗了一拳。徐子杰揉揉眼，睏得只想去補個眠。整座校園滿是剛開學的熱鬧，惱人的喧鬧聲已經殺死他不少腦細胞。

「徐子杰，恭喜你。」周戀薇微笑祝賀，這學期他們三人都被分到同一班。

「謝謝。」

「阿杰不用說，一定還是在游泳社，我是籃球社，那妳呢？乾脆跟何利文選同一個社團吧？」

張士倫一對周戀薇這麼說，她立刻搖頭，「不行啦，利文是網球社的，我根本不會打網球……」

「也對，妳應該連網球拍都拿不動。」他哈哈笑。

「幹麼這樣啦？過分。」周戀薇柔聲抗議，笑意卻不減。

「好啦，反正社團那麼多，我就陪妳去看看，總會有妳喜歡的……」突然，張士倫的目光往旁邊一移，下一秒便驚喜地舉手揮舞道：「士緣，這邊，來一下！」

張士倫的叫喚，讓在場兩人都愣了一下，徐子杰一轉眸，果然看到一抹熟悉身影出現在樓梯口，視線轉向了這兒。

看著她緩緩走近，徐子杰忽而感到胸前一緊，喉嚨也一澀。

她放下從前總是綁著馬尾的頭髮，在夏風的吹拂下，細緻的髮絲柔順地披落在肩上，原本戴在臉上的那副大眼鏡已經不見，更能看清楚她眸裡的明亮。

在方士緣與張士倫交談時，周戀薇的臉色蒼白，始終沒有正眼看她，徐子杰才剛注意到這一點，就被張士倫拉過去，站在方士緣面前，「他叫徐子杰，今年跟我和薇薇同班，妳有印象嗎？他去年也跟我同班。」

「知道啊。」方士緣的視線與徐子杰對上。

那是他和她首次正式見面。

徐子杰無法形容此時此刻的複雜心情，聽見她對自己的一句簡單招呼後，一時不知該說些什麼，只能靜靜地看著她，輕輕點頭以示回應。

「士緣……」這時周戀薇出聲，努力保持自然的微笑，「好久不見，暑假過得好嗎？」

方士緣先是面無表情地注視著周戀薇，隨即唇角揚起：「很好啊，多采多姿呢。」

看見方士緣露出笑容的那一刻，徐子杰的心隱隱顫了一下。

她雖然在笑，卻不是因爲喜悅。

倒映在那雙瞳孔的光芒，不是之前的單純天眞，而是對誰都不信任的冰冷。

她隱藏在淺淺笑意裡的漠然，不知爲何，竟讓他覺得刺眼，逐漸無法直視。

甚至，不想繼續看見。

「喂，阿杰，我跟你說！」張士倫氣沖沖地踏進游泳池，開始抱怨：「我快被士緣那傢伙氣死，她居然瞞著我偷偷加入田徑社，而且死都不肯退出！」

「田徑社？」游完泳的徐子杰，走進更衣室，張士倫跟過去，忿忿道：「對啊，她的身體根本就不適合跑步，眞是敗給她了，完全搞不懂她在想什麼？」

徐子杰不語，沉默地用乾毛巾擦頭髮，沒多久張士倫詫異地喊：「哇，阿杰，那個是你的嗎？」

張士倫指向擺在櫃子上的一隻史努比布偶，他回答：「嗯，別人給的。」

「誰送的？也太大隻了吧？」

「一位不認識的學姊去年給的，有天突然就搬來這裡硬要給我，之後想還回去也沒辦法，因爲她已經畢業了。」

「有點詭異耶，你要不要檢查一下布偶裡有沒有藏著一個人啊？」他哈哈笑。

「你最好別亂講，這裡有學長很怕鬼的。」

「這娃娃不便宜吧？放在這裡也有點可惜，如果你不喜歡，那讓我接收，怎樣？」

「你想要？」

「當然不是，我想說可以送給士緣。」張士倫笑得燦爛，「她跟薇薇都很喜歡史努比，房間擺著一堆這隻狗的東西。」

「那幹麼不送給周戀薇？」

聞言，張士倫先是沉默片刻，唇角笑意變淡，「因爲我還是很自私……吧？」

徐子杰停頓了一下，換好制服後，才回答：「隨便你。」

「啊？」

「你拿走吧，反正我也不曉得怎麼處理。」

「眞的？太好了，我會告訴她這是——」

「沒關係，沒必要解釋這麼多。」

「是喔？好吧，謝啦，阿杰！」張士倫笑得開心。

也許是因爲不想看見變得那樣陌生的方士緣，所以就算偶然遇見她，徐子杰暫時只能選擇用一貫的冷淡態度，面對隨時隨地都帶著一身尖刺的她。

徐子杰知道，張士倫至今仍對她無法忘懷，所有對於她的偏心與關心，都在他面前毫無掩飾地流露出來。

這樣的張士倫，周戀薇應該多少也感覺得到，她是怎麼想的，又是怎麼看待的？這一點，他無從得知。

只是，每當張士倫談起方士緣，徐子杰還是會不時捕捉到周戀薇笑容下的黯淡，以及讓他和張士倫都深感不解的倉皇與緊張。

仔細一想，開學那天方士緣對待周戀薇的態度，讓徐子杰完全感覺不出她們曾是那麼好的朋友，因爲這一點，讓他忍不住重新思考起這整件事，但無論怎麼想，最後都會推論到他最不敢相信，也不敢揭露的結果，就算那只是一個毫無依據的猜測。

某日清晨，徐子杰穿上運動鞋，推開家門，準備去跑步。

那天的太陽很早就露臉，看到街景被陽光照亮，他心血來潮，想往遠一點的地方跑。

二十分鐘後，他跑進一座公園裡，稍作休息。

在洗手台洗完臉後，他準備回家，正要拿起毛巾，注意到洗手台對面站著一個人，一和對方視線交會，兩個人都呆住了。

方士緣？

徐子杰怎麼也沒料到會在這裡遇上她，看到她驚訝不已的神情，他很快收拾起情緒，冷靜地拿起毛巾擦乾臉上的水。

「早安。」方士緣說。

聽見她對他打招呼，他停頓一下。

心裡掀起一波漣漪，一股莫名情緒在他胸口蕩漾。他打算走到旁邊的自動販賣機買水，她卻出聲叫住了他。

「你能不能別把我在這裡跑步的事告訴士倫？」

徐子杰回頭朝她看去，她的神情有些驚慌，他不禁好奇問了原因，她坦承地表示自己不想讓張士倫擔心。

他沒有拒絕的理由，很快就答應，看到她露出放心的微笑，他的呼吸彷彿瞬間停住。一切，就從那一天起，兩人之間凝結的氣氛，開始轉變了。

自從在公園碰到方士緣後，也不知怎麼地，他們的往來越來越頻繁，包括晨跑，還有隔天在何利文面前爲她圓謊。因爲幫她保守了祕密，他可以感覺到，她已經不再像一開始那樣對他保持距離，也逐漸能夠自在與他交談，甚至願意告訴他一些心裡話。

她告訴他，不想只是那麼平凡，希望能和他們一樣。

他知道她之所以會有這種想法，是希望能更接近張士倫。無論張士倫先前說她另有喜歡的對象是眞是假，在他看來，對方士緣而言，最重要的人，依舊只有張士倫一個。

她願意對他坦白，徐子杰其實很高興，只是另一方面，看見她的心思始終只放在一個人身上時，她那樣的眼神，總會讓他心底湧起一種怪異的感覺。

有點悶，有點無力，甚至有那麼一點點的……不開心。

這種感覺，最後莫名其妙地驅使著他，對她脫口說出：「所以，妳的意思是，妳想被注意？不想當平凡人，是嗎？若妳眞的希望這樣，有個辦法可以幫妳。」

「什麼辦法？」她狐疑。

徐子杰與她對望，答道：「跟我交往。」

方士緣傻掉，以爲他在整她，忍不住生起氣來。

她的想法很單純，只是，就算一切如她所願，事情眞的會改變嗎？她眞的能開心嗎？

「也許妳不希望跟士倫是青梅竹馬，但他從沒這麼想過，一次也沒有。」

「你怎麼知道？你又不是他，你怎麼知道他沒這麼想過？」她的聲音有些顫抖。

「這妳不是最清楚的嗎？」他反問。

如果一開始，方士緣與張士倫並非以青梅竹馬的身分一路走來，也許兩人的感情就不會這麼深厚。兩人因爲過於在乎彼此，有些事反而無法全然坦白，只能猜測對方的心思。

最後，當方士緣爲了這次跟徐子杰發牢騷的事向他道歉，徐子杰訝異之餘，卻也無限感慨。

此刻的她，無論做什麼都像是在勉強自己。

幾天後，方士緣出了事。

在上體育課的時候，她突然暈倒在操場上，當時徐子杰和張士倫剛好就在走廊上看見這一幕，張士倫二話不說，直接衝去操場，當著眾人的面，抱起方士緣送往保健室，焦急的心情溢於言表。

徐子杰望了望同樣也站在走廊上的周巒薇，她始終靜默不語，一雙眼睛映滿了深深的黯淡與落寞。面對這樣的張士倫，徐子杰從未聽周巒薇有過半句抱怨，他相信周巒薇一直都很清楚，方士緣在張士倫心中占有的地位。

沒有誰比他和周巒薇更清楚。

後來他聽張士倫提起，方士緣發燒，在家休息了幾天，才回來上學。

當學校開始籌辦運動會，被逼得參與多項競賽的徐子杰，在一次游完泳準備回家休息時，卻發現方士緣獨自坐在司令台旁的階梯上。

他走過去，喚了她一聲，「還不回去，坐在這幹麼？」

她收起訝異，反問：「那你呢？」

「剛練完游泳，妳不回去嗎？。」

「心情不好，想在這兒待一會兒再回去。」

徐子杰望著她片刻，最後開口邀她跟他一起去一個地方。

方士緣雖然納悶，但很快就起身跟了過去，兩人站在公車站牌下等車，一上車，徐子杰就發現一處雙人空位，同時間，腦海也浮現張士倫的話。

「那傢伙身體一向不太好，小時候發燒住院更是家常便飯，連搭公車都容易暈車，唉！」

他轉過身對她說，「妳先坐。妳會暈車吧？靠窗坐比較不會暈。」

「你怎麼知道我容易暈車？」她詫異。

徐子杰停頓幾秒，隨口應：「直覺。」

方士緣頭一偏，臉上的困惑更深了。

先前他偶然間發現學校附近的公車站，有一班車可以直達綠色廣場，雖然有點難等，但至少省了轉車的麻煩。

在公車座位上坐定後，滿身疲倦讓徐子杰難以保持清醒，再加上車子的搖晃節奏，不一會兒他的意識就被這麼晃走，打起瞌睡。醒來後，他立刻往窗邊一望，發現剛好抵達目的地，便按了下車鈴。

兩人下車後，走到廣場中央，方士緣又驚又喜，「眞的太棒了，我不知道台北有這麼美的地方耶！」就像個小孩發現寶物般，她不斷四處張望。

看她如此開心的模樣，原先被疲憊籠罩的徐子杰，也不自覺被她感染了一身輕快。

兩人對著美景，閒聊了好一陣子，天色漸漸暗下，準備離開時，方士緣提起他放在地上的書包給他，「喏，給你，不要忘了！」

徐子杰正要接過，視線剛好落在她右手腕的某樣東西上。

是他之前給她的那條銀色手鍊。

他沉默半晌，開口問：「士倫送的？」

「對呀，這是他去年送給我的生日禮物。你怎麼知道是他送的？」她好奇。

試探性的詢問，他早猜到她可能會誤會，而當下，他只能繼續以「直覺」這個答案蒙混過去。

只是，那種悶悶的感覺，卻似乎越來越沉重，讓他的心情不怎麼暢快。

「徐子杰，謝謝你帶我來這裡！」

然而，當她滿臉燦爛笑容對他喊出這句話時，徐子杰一時愣了。

看見她對自己那樣笑，有一瞬間，他的心重重跳動一下。

如暖陽般的笑顏，讓他回想起記憶中的那個她。

他喉嚨一澀，有種像是感動的情緒在心口翻騰，讓他不禁跟著揚起了唇角。

徐子杰之前就常聽張士倫提起，方士緣個性隨和，擁有超乎常人的倔強和忍耐力。這一點，他在學校的運動會中見識到了。

自從知道方士緣會參加田徑比賽，張士倫總是顯得忐忑不安。等到徐子杰在運動會前天遇到方士緣，她信誓旦旦地保證自己參賽絕對沒問題時，忽然間，他似乎可以明白好友的擔憂究竟從何而來。

雖然方士緣最近的確養成晨跑的習慣，但畢竟時間不長，以她的身體狀況，還是不太適合參加激烈的運動比賽。只是無論張士倫怎麼勸她放棄，她總是能扯出一堆理由。

比賽當天，徐子杰跟張士倫坐在階梯上準備看女子組的比賽，張士倫全神貫注地留意方士緣的一舉一動。方士緣起跑後，徐子杰很快就發現她臉色有異，步伐也不太穩，往身旁一瞄，張士倫正好被人拉去說話，所以沒注意到方士緣的異狀。

到了後來的接力賽，方士緣的異狀更是明顯，跑步時彷彿隨時都會摔倒。

徐子杰仔細觀察後才發現，問題可能出在她的右腳。

比賽結束後，趁著張士倫在跟老師說話，徐子杰拎了一瓶礦泉水去找方士緣。

她已經離開操場，整個人癱坐在地不斷喘氣，他蹲下，把水遞給她，「拿去。」

方士緣嚇了一跳，聽到徐子杰發現她腳受傷後，立刻又是一陣慌亂，直到她確認張士倫沒發現後才鬆一口氣。

徐子杰原本要帶她去醫療小組檢視傷口，她卻因爲周戀薇在那裡而拒絕。徐子杰拿她沒輒，不再給她拒絕接受幫助的機會，扶她去保健室。

他不得不佩服她的毅力跟耐力，尤其看過她的傷處後，更不敢相信她居然能帶著這樣的傷跑完全程。

即便腳上傷勢嚴重，她的心思明顯仍然放在張士倫身上，她所煩惱的、在乎的，全是他的反應，彷彿除了張士倫以外，她的世界再也沒有其他人……

「比賽應該快結束了，妳就先坐著休息吧。」送方士緣回教室休息後，徐子杰對她說，「就這樣，我走了，自己保重。」

「等一下，徐子杰！」

「幹麼？」

「你……是不是在生氣啊？」

聞言，他不解，「沒有啊。」

「抱歉，因爲我總覺得你好像在生氣。」

他看著她片刻，唇角淺淺一揚，「差不多。」在她發愣的同時，他又說：「我沒在生氣，不過心情很不好。」

沒等她反應過來，他就步出教室，準備回保健室睡覺，並且將手機關機，不讓任何人打擾。

其實，他有些意外，想不到她居然多少有察覺到他的心情。

方士緣誤會手鍊是張士倫送的，並且一心一意想對張士倫隱瞞她的腳傷，她心裡想的說的全都是張士倫，開口閉口也都是張士倫。

想到這裡，一股沒來由的不悅與怒意漸漸湧上徐子杰的心頭，只是，當時的他並不清楚，那種心情，叫做嫉妒。

小孩子嘻笑玩樂的聲音，乘著風聲悠揚飄來。

徐子杰躺在廣場中央，望著被夕陽染黃的天空，思索著今日的運動會，與方士緣相處的一切，以及不對勁的自己。

沒過多久，一個年約五、六歲的小女孩走到他身旁，好奇地盯著他。

「你在做什麼？」她頭一偏，眨眨明亮的大眼睛，「為什麼要躺在地上？」

徐子杰看了她一會兒，淡淡地說：「因為很舒服。」

「真的？那我也要躺！」女孩馬上在他旁邊一屁股坐下，跟他躺在一起，徐子杰忍不住笑，坐起來對她說：「這樣衣服容易髒喔，不怕被媽媽罵嗎？」

聽到「被媽媽罵」，女孩嚇得馬上跳起來。

這個女孩叫悅悅，住在這座廣場附近，幾乎天天都會來這兒玩。

紅咚咚的臉頰，開懷大笑的模樣，純真開朗的個性，不知為何總讓他不禁想到方士緣。

他不曉得自己是怎麼回事？自從跟方士緣日漸熟稔後，許多莫名的感覺一個接著一個襲來，就連某些情緒，也變得難以控制。

悅悅跟徐子杰聊著聊著，她的幾個玩伴也跑了過來，一群孩子玩在一起。

這樣的熱鬧與和樂，讓徐子杰原先的鬱悶心情舒緩了不少，他就這麼繼續坐在原地，直到天色完全暗下，小孩全部離去為止。

翌日上午，一片熱烈的掌聲及歡呼聲，迴盪在學校的游泳池畔。

等候上場比賽時，徐子杰托腮看著第一場賽事，心中沒有絲毫緊張感，只有深深的倦意。等到輪他上場的哨聲響起，才懶洋洋地離開座位，決定比賽結束後就回教室補眠。

跟著隊伍出場，四周的尖叫聲讓他覺得頭痛，就在這時，他留意到方士緣就坐在觀眾席第一排，兩人一對上視線，她立刻緊張地別開頭。他知道，她還在為昨天的事耿耿於懷，甚至以為他對她懷抱不滿。

看到方士緣這種像是在乎他的反應，那一刻，徐子杰心裡竟覺得有點高興。

他將外套脫掉，經過她面前時順勢丟給她，並拋下一句話：「幫我拿一下。」

她神情錯愕，他則繼續走向前準備上場，唇角不自覺微揚，原本沉甸甸的腦袋瓜，忽然輕了不少。

這次的運動會，幾乎把徐子杰的體力榨乾，最後的游泳比賽一結束，他就回到教室趴在桌上呼呼大睡，直到張士倫過來喊他：「喂，阿杰，別睡了，快七點嘍！」

「幹麼？」他睡意依舊濃厚，動也不動。

「晚上還有營火晚會啊，你不會忘了吧？」

「又不關我的事，我要睡覺。」

「那你還是趕快回家比較好，我剛剛已經聽到有一堆學姊學妹說要找你跳舞了。」

徐子杰一聽，睡意瞬間被驅走了一半，張士倫哈哈大笑，「要溜就要快，不然到時我可救不了你。」

好友一離開，他馬上動手收拾東西。何利文走進教室，訝異地問：「徐子杰，你要回去了嗎？」

「嗯。」

「爲什麼？營火晚會要開始了，不去看一看嗎？」她試著說服他。

「我沒興趣，先走了，掰。」徐子杰拎了背包就走，何利文的表情難掩失望。

徐子杰走到操場時，營火晚會已經開始，正要繼續往校門走，卻瞥見坐在階梯上的方士緣。

她神色有異，有些驚慌失措，正被一位學長抓著手，兩人不斷拉扯，徐子杰看了一會兒，發覺不對勁，趕緊過去幫她解圍。

看到他出現，方士緣先是嚇一跳，那位學長明顯惱羞成怒，立刻破口大罵：「你什麼東西啊？我的事你也敢管！」

學長的態度讓徐子杰很不爽，尤其見到方士緣的神色越來越痛苦，纖細的手腕甚至被握到發紅，他頓時怒火中燒。

「我再說一次，請你放手。」徐子杰同樣緊握住學長的手，力道重得像是要扭斷對方的手腕，學長痛得受不了，悻悻然地鬆手離開後，方士緣馬上感激地向徐子杰道謝。

「那傢伙想幹麼？」

「他邀請我朋友跳舞不成，結果把目標轉移到我這來了，眞差勁。」

站在原地和她聊一會兒後，有幾個眼尖的女生看到他，立刻開心地叫喚他的名字。他一驚，匆匆與方士緣簡單道別後，便離開學校。

運動會結束後，隔天除了處理善後，讓校園重新恢復整潔，沒什麼重要的事要做，學生打掃完後就可以回家。

徐子杰在教室睡覺，張士倫上前拍了拍他的肩膀，「老兄，你也睡太久了吧？大家都閃了，回去吧。」

「我再睡幾分鐘就好。」他語帶睏意。

「好啦，那我先走嘍，你可別一覺睡到晚上。」

張士倫離開後，他繼續昏昏沉沉地睡著，直到窗外的風吹進來，一絲冷意喚醒意識，他睜開雙眼，四周一片安靜，一個人也沒有，瞄瞄手錶，才發現已經中午了。

反正沒什麼事要做，乾脆去廣場去晃晃，他心想。

正想找外套，很快又想起昨天他順手把外套扔給了方士緣，還沒拿回來。

徐子杰輕嘆，只好撥了通電話給張士倫，跟他要方士緣的手機號碼，並且坦白說明理由，免得對方覺得奇怪。

他打給方士緣，得知她現在還在教室裡，於是便直接到她班上找她。

同樣獨自留在教室的方士緣，桌上滿滿好幾疊作業簿跟考卷，他好奇地坐在她前面，「妳在幹麼？」

「喔，登記分數啦，老師要我今天做完。」將外套還給他後，她又埋首專心做事。

他看著她好一會兒，沒再出聲，只是默默幫她把被別人搞破壞的英文習作重新寫好。完成後，把英文習作交給她時，她滿臉驚訝，立刻放聲尖叫，開心地不停跟他道謝。

徐子杰沒想到這種小事會讓她這麼高興，那副歡天喜地的模樣，也令他忍俊不禁。離開學校，她請他吃東西，他邀她再一起去綠色廣場。

坐在美麗的綠色廣場上，他們聊了很多，甚至聊到那天特地來學校找他的成楓。平時他不可能主動向別人訴說這些事，也不容許不相關的人開口詢問，但因爲對方是方士緣，他願意坦白。

聊著聊著，兩人的話題也不經意地導向他曾向方士緣提出交往的事。直到現在，方士緣仍認爲當時他只是想惡整她，故意開她玩笑，但徐子杰怎麼樣都想不起自己當時有任何暗示這個提議只是開玩笑。

恰巧有人在廣場進行婚紗攝影，方士緣看得專注，攝影活動結束後，人群散去，她卻依舊靜靜凝望著遠方發呆，連手中的紅茶一滴滴落在裙子上都沒發現。他輕聲提醒了她，她連忙翻開書包找紙巾，突然手指一僵，面露驚訝。

他湊近一看，看見她手裡握著一支排笛，有些意外，同時注意到方士緣神色複雜，似乎連她自己都很納悶這東西怎麼會出現在這裡？

他要她吹一首曲子來聽聽，她卻連忙搖頭，倉皇地說：「我吹得很難聽，眞的很難聽，而且，我從來沒有吹給士倫以外的人聽——」

她的話，讓徐子杰沉默了。

「妳的意思是，只能吹給士倫一個人聽？沒關係，那就不勉強妳。」

方士緣連忙搖頭，「不是這個原因！是因爲我……我……」

見她彷彿下一秒就會哭出來的樣子，徐子杰拿起紙巾，替她擦拭裙襬上的茶漬，低聲說：「抱歉，我沒有別的意思。」

他知道自己不小心觸碰到她內心的傷口。

沉默片刻，方士緣改口對他說，可以吹一首曲子給他聽時，她那抹牽強又苦澀的笑容，讓徐子杰的心驀地一緊，像是疼痛。

她帶著排笛走到他前面，背對著他，沒多久悠悠笛聲揚起。

徐子杰立刻聽出來，那是張士倫嘴裡經常輕哼的歌。

聽方士緣吹奏時，徐子杰先是驚訝，然後驚豔，她的笛聲嘹亮優美且乾淨，無論是用氣技巧還是高音轉換，都十分精準且出色，讓他宛如置身一場演奏會中，聽得入迷。

徐子杰深深凝視著方士緣的背影，專注聆聽那段淒美動人的旋律，有那麼一剎那，彷彿聽見她正在說話，對某個人說話。

像在哭著，對她心裡的某個人，訴說最眞心的告白……

就在這時，徐子杰注意到，前一刻在附近各自玩耍的小朋友，一個個聚集過來，好奇地望著吹奏排笛的方士緣。

徐子杰食指貼唇，暗示別出聲，他們很聽話地悄悄坐在他身邊，一起安靜聽完整首曲子，等方士緣放下排笛，一回過頭，發現眼前突然多出一群小朋友，頓時睜大眼睛說不出話，那群小孩已經按捺不住，蜂擁而上將她團團圍住，七嘴八舌要求她繼續吹奏其他曲子。

看著錯愕不已的她，徐子杰的唇角不自覺漾起了笑。

「有老師教妳排笛嗎？」離開廣場後，在回程路上他問起。

「沒呀，我上網找教學影片，然後再自己摸索練習，怎麼了？」

「很好聽，聽起來很專業。」

「專業？眞的假的？」

「嗯，我媽是鋼琴家，從小就看她跟各式各樣的樂團到處巡迴表演。剛才聽妳的吹奏，就知道妳一定苦練了很多年。」

「你媽媽是鋼琴家呀？好厲害！」她驚訝，「不過，若你媽媽聽到我剛剛那樣吹，應該會覺得我只是個半吊子，功夫根本不到家吧？」

「不會，她會很喜歡。」他肯定地說。

「你怎麼知道？該不會又是憑直覺吧？」

聞言，徐子杰不禁微笑，在那一刻，腦海裡響起一道日夜懷念的聲音……

「嗯，果然兒子比較像我，喜歡的東西都和媽媽一樣。」

想起母親的話，徐子杰的眼神變得柔和，那段有白雪，有琴聲，有歡笑聲的美好回憶，漸漸溫暖他的胸口，同時也讓他嗅到一股淡淡酸楚。

「這次不是。」他沉沉應，「我和她喜歡的東西，一直以來都很相似。」

從以前到現在，他不曾對誰提過母親，甚至是談論她的事。

直到這天，聽了方士緣吹奏的排笛，與她談起了母親，忽然間，他很希望母親也能夠聽聽看，他想知道，要是聽到方士緣剛才的吹奏，母親會說什麼？如果她真能聽到那優美笛聲，該有多好？

徐子杰知道，母親一定會喜歡。

就和他一樣。

時光飛逝，轉眼間，徐子杰即將十七歲。

為了幫他慶生，張士倫號召班上同學去KTV唱歌。雖然徐子杰對過生日沒興趣，但也拿一向愛熱鬧的好友沒輒，只好隨他去。只是讓他訝異的是，張士倫告訴他，方士緣那天也會到場，幫他慶生。

游完泳，準備回家的他，接到某個許久不見的人的電話。

一到校門口，他就看到那個熟悉身影，他走近她，「楓。」

成楓看到他，立刻露出了笑容。

他們並肩走了一段路，沒有交談，最後他打破沉默：「今天特地來找我，有事嗎？」

她停下腳步，抬起始終低垂的頭，凝視著他好一會兒，最後紅著眼眶投向他懷裡，緊緊擁著他。

徐子杰先是愣住，隨後問：「怎麼了？」

成楓搖頭。

他停頓半晌，「跟妳男友……發生什麼事了嗎？」

她再度搖頭，「不是，是我想回來。」她鬆開手，眼眶含淚，痴痴望著他，嗓音低啞：「我想回你身邊。」

徐子杰很是錯愕。

「可不可以讓我回到你身邊？」她語帶哽咽，聲聲懇求，「可不可能……回到以前那樣，就像以前那樣在一起，就算你對我沒感覺了也沒關係，只要讓我在你身邊就好，讓我回來……好嗎？」

成楓的話，讓徐子杰一時之間無法反應。

他原以為成楓早已放下過去，也放下那段感情，怎麼也想不到會再次聽見她的告白。待成楓擦乾眼淚，收拾好情緒，便再次揚起微笑，聲音微啞：「沒關係，阿杰你……不用立刻回答我，我會等你，等你考慮清楚，再給我答案。」語落，她認真地看著他，「我會等你。」

成楓匆匆離去後，徐子杰仍呆立原地，轉過身時，竟正好撞見方士緣。

從她神情裡的尷尬來看，方才那幕她必定看見了。一想到這，他忽然一陣懊惱，尤其又聽見她用好奇的口吻問起成楓的事，更讓他覺得憤然，莫名其妙的想生氣，於是對方士緣回話的態度不自覺冷漠許多，然後不顧對方的錯愕，直接調頭離去。

被誰看見都可以，唯獨她不行。

就只有方士緣，他不想被她看見這一幕。

到了星期六晚上，他生日這天，班上一群同學在KTV開心玩樂，放聲高歌。不見張士倫的人影，徐子杰覺得很納悶，於是問周巒薇：「士倫人呢？」

「喔，他……」她忽而躊躇，似乎不知該怎麼解釋。這時包廂門打開，張士倫走進來，臉色難看地坐在他旁邊，又氣又惱地碎唸：「我眞的會被那傢伙搞瘋……」

「幹麼？」

「唉，士緣啦，剛才明明還在樓下，一眨眼就不見人影，手機也不接。她連禮物都帶來了，居然就這麼突然消失，氣死我了！」

聞言，徐子杰有些意外，沒想到她眞的有來。

「不好意思喔，阿杰。」張士倫說。

「沒關係。」他面色平靜，默默拿起飲料。

等大家唱到盡興，已經接近晚上十二點。

張士倫因爲要送周巒薇回去，所以先離開，其他人還在討論要不要去續攤。已經有點倦意的徐子杰和何利文走在一起，正在想要不要回去，目光不經意落向前方街頭，卻看見一抹熟悉的身影。

一與他對上視線，對方立刻拔腿就跑，他來不及細想，立即拋下同伴，追了上去。

兩人一前一後跑到一處休憩區時，他很快就追上方士緣，並抓住她的手，她氣喘吁吁，一雙眼睛映滿驚嚇，「你、你幹麼追來啊？」

「那妳幹麼跑？」

她驚魂未定，用力甩開他的手，不太高興的樣子，拎著袋子走到前方的階梯上坐下，他低頭看了看她，也順勢坐在一旁。

雖然不曉得她今晚中途落跑的原因是什麼，但徐子杰還是感覺得出她似乎有些不對勁，她臉上雖帶著笑，眼裡卻有一抹受傷的情緒。

她從袋子裡拿出一罐啤酒給他，送上生日祝賀後，就開始抱怨一些事，說得越多，酒也喝得越多，她的雙頰越來越紅，語氣也越來越急促，提到張士倫跟周巒薇時，語氣更帶怨懟，她說他們三人明明一起結伴去KTV，兩人一到那兒卻把她擱在一旁不管。

看著不斷發洩怒氣的她，徐子杰陷入思緒裡許久，當她又遞了一罐啤酒給他時，他終於忍不住問了一句：「妳不恨她嗎？」

「恨？恨誰啊？」

「周巒薇。」

方士緣呆住，「你說什麼？」

「妳喜歡士倫吧？」

她嘴上否認，神情卻明顯慌亂，徐子杰鐵了心，持續逼問，直到她臉色越來越難看，越來越痛苦，最後情緒失控，憤怒地喝止他的追問，她拖著不穩的步伐走到噴水池畔。

徐子杰忍住從心底湧上的莫名悲憤，走近她身邊，發現她低著頭默默地流淚。

「對！我是喜歡他，從小到大我心裡就只有他，我喜歡的人一直就只有張士倫，這樣你滿意了嗎？」

她開始崩潰痛哭，徐子杰久久沒有出聲。

終於，他聽見她的真心話。

遲來的表白，潰堤的淚水，全是爲了已失去的那個人。

他一直希望她能夠說出來，不再隱忍，不再逞強，可是聽見她的坦白後，他卻覺得自己的心在抽痛。

方士緣哭了很久，才稍微恢復冷靜，爲了舒緩她的心情，也爲了藏起自己的愧疚與苦澀情緒，他對她說：「好了，我要跟妳要禮物了。」

「什麼？」

「妳不是有禮物要送我？妳青梅竹馬說的。」他直接走向放在方士緣腳邊的一個袋子，不顧她的阻止，他掏出禮物、撕開包裝紙，看到一台有些毀損的白色模型汽車時，先是一愣，隨即回到她身邊，問她爲什麼送這個禮物給他？

「因爲……我根本不知道要送你什麼才好，也不知道你喜歡什麼，後來我就想到，之前和你，還有士倫、薇薇一起去喝茶的時候，你一直專心在看汽車雜誌，所以我就猜，你可能很喜歡車子。然後上次在廣場，悅悅問你喜不喜歡白色，你說喜歡，所以……我就乾脆買一台白色的汽車模型，送給你作爲禮物。」

她的回答，讓徐子杰驚訝不已。

他怎樣都想不到，方士緣居然默默地注意他，連好友張士倫都不知道的事，都被她細心地觀察出結論。隨後，他又得知，方士緣為了買下這個禮物四處奔波，心裡的激動讓他喉嚨一澀，發不出聲音……

因為汽車模型已經損壞，方士緣堅持不能送給他，他也堅持不肯退回禮物，結果當她起身要搶時，一個重心不穩，整個人不慎跌入身後的噴水池裡。

見徐子杰當場失聲笑了出來，方士緣滿是怨氣，「喂，你很過分欸，我掉進水裡你還笑得那麼開心！」

他道歉，帶著笑意伸手想拉她，卻反遭她用力一拉，他毫無防備地被拖進噴水池。

見詭計得逞，方士緣開心地不停朝他潑水嘻笑，一會兒後，她準備步出噴水池，腳底一滑差點又要跌入水中，他連忙扶住她，無奈地笑：「沒事喝那麼多，難怪會暈。」

「囉唆，要你管，放開我啦！」她不斷掙扎。

「放開的話妳又會跌倒喔。」

「隨便啦，快放開我……」

沒理會她的話，徐子杰加重力道，將她拉近自己。

方士緣被他的舉動嚇一跳，看見她抬起的眼睛，徐子杰不想移開視線。他輕輕撥開她臉上被水沾溼的頭髮，此刻滿心只有想要緊緊抱住她的渴望。

最後，他貼近她的臉，輕輕吻了她的唇。

這一吻，引起方士緣的反抗，卻也勾起徐子杰更多的渴求，他緊緊擁住她，手扣住她的後腦勺，不讓兩人緊貼的唇有分開的可能……

爲什麼會這麼重視她？

爲什麼會想爲她留下？

爲什麼光是看她爲張士倫哭泣、牽掛，就讓他這麼難受？

因爲他在乎、羨慕，也嫉妒，希望她能注意到他，在她心中可以擁有一個位置。他再也不想只是默默地看著她，而是希望眼裡也能有他的存在。

直至此刻，他終於肯定這個事實，一個再清楚不過的事實。

他喜歡方士緣，非常喜歡。

是一份早已存在，卻不該存在的感情。

自從徐子杰向方士緣告白後，她只要一看到他就顯得驚慌失措，不曉得怎麼面對他。她越想逃，他越不讓她離開，無論如何都想把她留在身邊，徐子杰第一次有如此強烈的渴望心情，將所有的顧慮全拋在腦後的自己，他覺得很陌生，有些不安的陌生，卻還是情不自禁地陷了進去。

這和從前他以爲的「愛情」，完全不一樣。

方士緣說他瘋了，不相信他眞的喜歡她，對於她的質疑，徐子杰雖然無法解釋，但在這段和她相處的日子裡，他逐漸明白爲何張士倫會喜歡上她，等到明白時，自己竟也不知不覺深陷其中。

突然間掉進這段感情，讓他一時無法仔細思考，這樣對自己跟方士緣而言，究竟是好，還是壞？

「等一下，還有一朵……」

一陣很輕的說話聲及竊笑聲傳來，徐子杰緩緩睜開眼睛，幾個小孩一見，立刻哇的一聲迅速跑開。

他坐起身來，發現方士緣就站在那群小孩之中，似乎在努力忍住笑意，突然那群小孩朝他大喊：「子杰哥哥，你好漂亮！」

忽然，一片花瓣從他眼前飄下，伸手一摸，頭上不知何時多出了幾朵小花小草，原來是他們趁他小睡片刻時的惡作劇。

小朋友全部笑得前俯後仰，方士緣也笑得開懷。

他沒有別的願望，只希望她能一直保持這樣的笑容，無論心裡的傷有多深，他都希望方士緣在他身邊的時候，能夠暫時忘記傷痛，而他也珍惜和她在一起的時刻，除此之外，他什麼都不願想。

離開廣場後，他和方士緣準備回家，卻在等車時聽她驚叫一聲。

「手鍊！」她臉色蒼白，「我的手鍊不見了！」

聞言，徐子杰看向她的右手腕，果真什麼都沒有。

見她焦急地不斷尋找，他說：「妳冷靜點，應該是掉在這附近。」

「怎麼能冷靜？那條手鍊對我來說很重要！」她慌張地看著他，眼眶甚至有些泛紅。

徐子杰不再出聲，他幫著她找手鍊，心情卻十分複雜，他意識到自己似乎做了什麼不可挽回的事。

往回走沒幾步，他就看見一條銀鍊掉在柏油路上，交還給方士緣時，她激動不已，開心地跟他道謝，淚水在她眼眶裡打轉。

親手爲方士緣戴上這條手鍊時，他後悔了。

他後悔當初將手鍊用那種方式送給方士緣，現在她越珍惜，知道眞相後，傷害也越大。

只是，看到方士緣的臉上洋溢著失而復得的笑容，他沒有勇氣告訴她眞相。

「徐子杰，你現在方便嗎？」

某日早自習結束，周巒薇走到徐子杰座位旁，輕聲問著。

「什麼事？」

「那個……你知道士倫怎麼了嗎？」

聞言，他往張士倫座位望去，座位是空的。

「他去導師室了，早上來學校的時候，我就發現他怪怪的，不說話，氣色也不好，不曉得怎麼了？」她憂心地說。

「妳有問他怎麼了嗎？」

「有，可是他什麼都不說……」

徐子杰沒再接話，等到張士倫回來，果眞見他沒什麼精神，於是起身把他叫到走廊，問他怎麼了，他只說沒事，卻明顯心不在焉。

「你的表情不像沒事。」徐子杰說。

張士倫沉默片刻，終於要開口時，上課鐘聲卻響了，兩人只得先回教室。

那天上午，班上同學明顯感受到張士倫的異常，有男同學問徐子杰，也有女同學問周巒薇，想知道張士倫怎麼了。面對同學的疑問，徐子杰與周巒薇也只能搖頭。

到了午休，徐子杰趴在桌上準備睡覺，手機突然震動，收到一封訊息。

請問徐子杰先生，前天我在廣場對你吹奏的那首曲子，叫什麼名字？

是方士緣傳來的訊息。她告訴徐子杰，她現在人在美術教室後面。

外頭天空不時傳來雷聲，彷彿隨時都會降下傾盆大雨，他回了一封訊息，叮嚀她趕緊回教室。

方士緣沒再回傳，不曉得她究竟有沒有回教室，他趴在桌上想著，始終無法安心入眠，決定過去看看。當他一出現在那兒，方士緣嚇了好大一跳。

徐子杰坐在她身邊，和她有一搭沒一搭地閒聊。他發現，她的臉上有著和張士倫一樣的黯淡神色，這才想到張士倫悶悶不樂的原因或許跟她有關。

問了方士緣，她先是笑笑，然後說：「嗯……可能是因爲昨晚我跟他說了一些不太好的話吧？」

「妳說什麼？」

「我說，我對他感到厭倦，叫他不要再管我的事。」

她的語氣平淡，讓徐子杰感到愕然。她說她很痛苦，不知該怎麼辦，甚至快要瘋掉。

他明白，在對張士倫還有依戀，卻又無法說出口的情況下，還要繼續看著他和自己最好的朋友交往，實在太痛苦，也太折磨人，所以她才會想要逃開，就算明知這麼做會深深傷到張士倫，但她已經沒有其他路可以選擇了。

徐子杰輕輕嘆息一聲，將手繞到方士緣頸後，讓她的頭輕靠在自己肩上，想給她安慰，也想讓她有地方可以依靠。

她說，她不曉得要怎樣再去喜歡一個人。

她說，也許這輩子，都不會再喜歡上張士倫以外的人。

他低聲回應，表示他知道了。

他聽見她哽咽的聲音：「徐子杰，我眞的……對不起。」

方士緣的道歉，讓徐子杰的喉嚨一澀，緩緩閉上眼睛，沉沉地說：「我知道了。」

聽見方士緣充滿痛楚的崩潰哭泣，他感覺得到，那些眼淚包含她對他的愧疚，爲了無法回應他的感情而有的歉疚。

不知是否被她的情緒所感染，徐子杰的眼眶漸漸地也有些熱，一時分不清是爲她，還是爲自己難過，他不說話，只是靜靜擁著對方，任憑她發洩壓抑已久的苦痛。

翌日，張士倫恢復如常，跑來找徐子杰聊天，從他的神情與說話的口氣，徐子杰知道這對青梅竹馬已經和好了。

「阿杰，抱歉，昨天對你愛理不理的。」張士倫說。

他聳聳肩表示不在意，之後張士倫才坦承是因爲跟方士緣起爭執，心情不好才會這樣。

徐子杰明白，因爲能影響張士倫喜怒哀樂的人，一直以來就只有她。

「現在沒事了吧？」

「嗯。」

「以後有什麼話想說就說，我會聽的。」徐子杰淡淡地道。

聞言，張士倫開心地笑了，拍向他的肩，「謝啦，你這傢伙眞夠朋友！」

張士倫離開後，徐子杰坐在座位上久久無法回神。

雖然他們兩人和好了，他卻無法眞正爲張士倫感到高興。

「謝啦，你這傢伙眞夠朋友！」

這就是和好朋友喜歡上同一個人的代價。

每次聽張士倫對自己傾吐心事，每次跟方士緣單獨相處，一種不安的罪惡感總在心頭揮之不去。張士倫看向他的眼神越信任，那種感覺就越強烈，他無法正視那雙眼睛。

或許，就是因爲這樣的喜歡，讓他最終還是受到了懲罰……

「徐子杰，來，老師有件重要的事要問你。」體育老師在徐子杰游完泳後，把他叫去，「你以前在加拿大的時候，是不是認識一位游泳教練？」

老師說出了一個英文名字，徐子杰先是思考片刻，然後說：「我小時候跟他見過一次面，我爸曾經是他的學生。」

「好小子！」老師滿臉笑意，拍拍了他的肩膀，「你知道嗎？上個星期中華民國游泳協會舉辦研討會，邀請他到高雄進行技術交流，我和別校的另一位老師也有去，我跟他提到你，跟他說你也是從加拿大來的，是個很優秀的學生，他好奇問起你的事，沒想到他居然認識你父親，說你父親以前是他的學生，很訝異你現在人在台灣。」

徐子杰一時無語。

「然後，我就把你這幾年參加的各項競賽成績告訴他，他很讚賞，也很看好你的潛力。他離開台灣前，甚至提到下次會直接過來見見你。我認為那位教練最後要你跟他回加拿大的機會很大。」體育老師再度拍拍他，「這是個天大的好消息，如果機會來了，一定要好好把握，知道嗎？」

他說不出話，只能發愣。

這意外的消息，讓徐子杰覺得不可思議，沒有真實感。很快的，導師跟張士倫都得知這個消息，知道的人，無不送上鼓勵跟祝福。

他有些茫然，一時沒有仔細深思這件事，依舊一如往常的繼續游泳。

「那我可以去找你嗎？等你練完後，我有話跟你說。」

直到一日，徐子杰在泳池暖身完，準備練習時，接到方士緣的電話。

她平靜的語調，讓他無法察覺是否發生什麼事。練習結束後，她來找他，兩人一起回去，走過河堤時，她對他問了一句：「那麼……去年我生日之前，我們認識嗎？」

徐子杰回頭，發現她始終定定地看著他。

他一否認，方士緣的眼神就變了，她從口袋掏出一樣東西，「既然我們不認識，那你爲什麼要送我這個？你爲什麼要送生日禮物給一個不認識的人？」

看到她手上的銀色手鍊，他的呼吸停滯了一秒。

還來不及細想她是怎麼發現的，她的情緒已經逐漸激動起來，眼裡滿是悲憤。

「你明知道這不是士倫送我的，卻還裝作不知情！看我這樣沾沾自喜，被蒙在鼓裡，你很得意嗎？很開心嗎？」

方士緣的一字一句，都讓徐子杰清楚感受到，她此刻有多麼恨他。他無法說明，無法解釋，只能乾啞地說：「我從沒想過要騙妳。」

眞的，從來沒有。

「那你當時爲什麼不立刻就說？」她大吼。

如果告訴她事實，她還會這麼重視這條手鍊，像寶貝一樣珍視它嗎？

如果告訴她事實，這條手鍊對她的意義，是不是就不再那麼重要？

徐子杰一直不願去想，不敢想這些問題的答案，然而方士緣現在的反應，卻讓他不得不正視這些問題的答案，「難道……只要是跟士倫無關的，對妳來說都無所謂，連一點意義都沒有嗎？」

「對，只要不是他送的，對我來說都沒意義，除了有關他的一切，其餘我都不要——」

剎那間，徐子杰的腦袋一片空白。

話一說完，方士緣也僵住了，臉色更加蒼白，他立刻從她手中拿走手鍊，想也不想地就朝河堤奮力一丟，她馬上衝到圍欄邊，震驚不已。

「那這東西也沒有存在的必要了。」他冷冷地說完，頭也不回轉身就走。

他想要大吼，卻發不出聲音，悲憤交錯的情緒如潮水般湧來，幾乎要淹沒他的理智。

站在家門口，他準備開門，卻發現門沒鎖，門一開，一抹身影竄入眼簾，直接衝來抱住他，「Surprise！」

徐子伶笑容可掬的臉出現在眼前，徐子杰一臉不可置信，「妳怎麼會在這裡？」

「你姊夫這幾天來台灣辦事，我就跟他一塊來，我想看看我親愛的寶貝弟弟呀！」她喜逐顏開，「怎麼這麼晚才回來？我等到快睡著了。」

「在學校游泳。」他放下書包，疲憊地躺在沙發上，徐子伶馬上坐到他旁邊，「阿杰，告訴你一個好消息。」

「什麼？」

「我懷孕了。」看到弟弟怔了一下，她喜孜孜地說：「怎麼樣？有沒有什麼話想對我說的呀？」

她雀躍期待的眼神，讓徐子杰先是呆愣幾秒，才說：「以後別再用跑的了。」

「吼！」她用力推他的肩。

徐子伶這次會在台灣待一個星期，再跟丈夫回里昂，有她在，原本安靜的家裡終於有些熱鬧。

晚上，徐子杰在房裡接到成楓的電話。關於上次的告白，她想知道他的答案。

他坐在書桌前，拿著手機沉默許久，他深呼吸，低語：「對不起，我沒辦法回到妳身邊……對不起。」

聞言，成楓也沉默了，淡淡地道：「是因爲……心裡有人了嗎？」

他一愣。

「阿杰，」成楓輕喃：「你有喜歡的人了，對不對？」

徐子杰的目光緩緩落向桌上的某個黑色小空盒。

曾經裝著那條銀手鍊的盒子。

「對呀，這是他去年送給我的生日禮物，你怎麼知道是他送的？」

「對，只要不是他送的，對我來說都沒意義，除了有關他的一切，其餘我都不要！」

他閉上眼睛，眼眶傳來一陣輕微灼熱的刺痛，鼻頭也有些酸酸的。

「嗯。」良久，他沙啞地應：「對不起。」

是他活該吧？

以爲可以給那個人更多的力量，結果反而害她傷得更重，連自己都跟著受傷。

自作聰明的結果，是兩敗俱傷，這是他一開始怎樣也料想不到的。

如今後悔也已經來不及了。

「徐子杰，上來，有人找你！」體育老師說。

徐子杰脫下蛙鏡，仰頭往老師身旁的人看去，愣了好一會兒才反應過來，「Michael叔叔？」

那名男子脫下鴨舌帽，朝他輕輕揮了揮，滿臉笑意。

徐父生前的好友Michael叔叔，徐子杰已經很多年沒見過他，對方和他說明來意，他接到上次來台交流的那位教練指示，特地從加拿大來找徐子杰，Michael和徐父一樣，從前都是那位教練的學生。

「我看過你歷年的比賽資料，也看到你剛才的練習狀況，不輸你父親。」對方讚賞的語氣，也帶著感嘆。

徐子杰沒有說話，只是淺笑，嘴裡有些苦澀。

「阿杰，回加拿大吧，只要你繼續努力，絕對可以超越你父親，將來成爲奧運選手，也不會是問題。」

他怔怔然，「超越我爸？」

「沒錯，你好好考慮，我相信這同樣是你父親的期望，他一定也希望你回加拿大。」

徐子杰沒再回應。

教練特地從國外來這裡找他的事，很快在師生間傳開，所有同學，包括導師，都非常鼓勵他回去加拿大。但一連幾天碰上這麼多事，徐子杰只覺得思緒很混亂，一時之間無法馬上做決定。

最近在學校見到方士緣，他不是刻意疏遠她，就是裝作沒看見，他害怕想要好好整頓的心情，又會不小心因爲她而打亂。

太多事纏繞，使他的情緒漸漸受到影響，滿腹的鬱悶和焦躁，讓他花比平常更多的時間在游泳上，一游就是好幾個小時，體力逐漸難以負荷，上課常睡得不醒人事。

無論是身體，還是內心，都只有滿滿的疲憊。

「阿杰，你今天還要練游泳嗎？」放學時，張士倫走到他旁邊。

徐子杰搖頭，放徐子伶一個人在家裡，他不太放心。

「那一起走吧，好久沒跟你一起回去了。」張士倫笑了笑。

天空細雨不斷，已經連續好幾天都是這種天氣，讓人提不起勁。

看出徐子杰的臉色不大好，人也異常沉默，張士倫不僅不像一群學長學弟那樣不斷追問他去加拿大的事，反而制止他們再問下去，那一刻，徐子杰很感謝他。

即將走到河堤邊時，前方忽然傳來騷動聲，一群人聚在圍欄邊，望著河堤方向。張士倫感到納悶，順手拉住一個準備跑過去的同學，「那些人在幹麼？發生什麼事了？」

「不清楚，聽說有個二年級的女生突然衝下河堤，說是要找什麼東西。」同學說完，就跑了過去。

「什麼啊？」張士倫一頭霧水，徐子杰卻感到渾身血液瞬間凝滯，立刻丟掉傘朝圍欄衝去。

果然，他在河堤下看到那個人的身影，呼吸一窒，他立刻朝她奔去。

已被兩位同學拉離河邊的方士緣，渾身溼透，低著頭，癱軟在地不斷發抖，一雙手緊緊握在胸口，發出像是在啜泣的喘息聲。

徐子杰慢慢蹲在她面前，方士緣的目光也同時抬起。

她先是面無表情地看著他，接著用力甩了他一巴掌！她的身體不斷顫抖，瞪著他的那雙憤怒眼睛，開始掉下淚來。

他深深注視著她，最後將她拉進懷裡。方士緣不斷掙扎，在他身上奮力捶打，大聲哭喊，徐子杰感覺不到疼痛，只嘗到濃濃酸楚。待她終於停止掙扎，他緊擁住她，在她耳邊不斷低喃：「對不起，對不起，對不起……」

方士緣在他的懷裡，雙手緩緩一鬆，沒多久就失去了意識。

她臉上的蒼白，讓一年前的那一幕重回他的腦海，和現在一樣，那時也是下著大雨。直到此刻，他才意識到自己有多麼殘酷，明明想要保護她，如今竟用她曾經歷過的那種殘忍不堪的方式再次傷害她，滿滿的歉疚，壓得他喘不過氣。

其實他早就明白，這一次不能選擇再留在台灣，不能再讓其他人失望。和父親的約定，一直是他的人生目標，父親好友的出現更是在提醒他：你已經沒有再次逃避的權利。

他凝視著懷裡的方士緣，心裡有好多話想要告訴她，想要讓她知道，他最捨不得的人，是她。

「阿杰！你要帶她去哪裡？」徐子杰抱起方士緣準備離開，卻被張士倫一把抓住。

「我家。」

「不行，放她下來，我送她回去！」張士倫神情嚴肅。

「抱歉，士倫。」徐子杰面色平靜，沒有半點動搖，「有件事我要跟方士緣當面說清楚，沒辦法等到明天，今天就要。」

他語氣裡的堅決，讓張士倫怔了幾秒，才說：「……好吧，不過談完後，馬上打電話給我，我去接她。」

徐子杰點頭，抱著方士緣離開河堤後，立刻叫了輛計程車。

「怎麼回事？」徐子伶看到渾身溼透的兩人，大吃一驚。

「姊，麻煩妳幫她換掉溼衣服。」徐子杰說完，就直接把方士緣抱到父母的房間，隨即走進自己的房間換完衣服，又回到客廳。

沒多久，徐子伶向他走來，他立刻問：「她沒事吧？」

「嗯。」她眨眨眼，「那個女孩是誰呀？」

對於姊姊的疑問，他沒有回答，只是往父母的房間走去。

他站在床邊，看著方士緣依舊蒼白的臉龐，接著視線落向她的手錶，秒針已經停止轉動。他替她脫下手錶，看到的畫面，卻讓他當場僵住，無法動彈。

方士緣隱藏在手錶下的左手腕，有一條三公分的疤，雖然顏色已淡，疤痕仍清晰可見。

一看就知道，那是用刀劃下的。

他呆若木雞，直到感覺心臟一縮，快喘不過氣來，才回到自己房間想讓腦袋冷靜些，卻難受且無力到什麼都無法思考。

是不是一開始就不該留下來？一開始就不該痴人說夢？

如果當初沒有那份同情，是不是就不會越陷越深？

他太天眞，眞的太天眞了。

待方士緣醒來，徐子杰站在門邊，看著她和徐子伶講了兩句話，才踏進房裡。方士緣看到他時一臉錯愕，徐子伶一離開房間，她就執意要回去。

她的情緒越激動，徐子杰就越冷漠，不然他不曉得該怎麼壓抑心中的憤怒與難過。

「你跟那些人一樣，在我面前要什麼心機？我是笨蛋才會相信你，你們都一樣差勁——」

她這句話還沒說完，他再也無法忍耐，用力抓住她的手大吼：「那是因爲妳的關係！」

對於他突如其來的激動反應，她愣住了。

這一刻，他沒辦法繼續保持冷靜，繼續裝作毫不在乎，所以對她坦白，坦白過去，坦白他的自私和醜陋。

他爲她所承受過的一切感到心痛，也爲她選擇自我了斷感到悲憤和心疼。縱使知道在她的心中，他永遠比不上張士倫，縱使他比任何人都清楚這一點，但最不甘心最不想接受的人，卻還是他。

這段感情陷得越深，他對張士倫的嫉妒越無法停止。

不該有這種想法，怎麼可以有這種想法？但是他該怎麼做？遠離方士緣？讓她討厭他？離開他？應該這麼做才對，可是他做不到，怎樣都做不到！

對她說了很多很多，直到看見憤怒漸漸從她眼裡消失，徐子杰感到鬆一口氣，同時心裡無比沉重。希望她對他失望，卻又不希望她恨他，複雜的心情拉鋸，讓他的內心疲憊萬分，幾乎快要把自己逼瘋。

他輕輕舉起她的左手，凝視著那道疤痕，聲音低啞地說：「不要再做這種傻事了。」

真的，別再這麼做，求求妳不要。

方士緣靜靜看著他，抿著唇，眼神哀傷得彷彿快落淚。

他不想再離開她的身邊。

徐子伶很快就與方士緣混熟，還捨不得讓她離開，當徐子伶還在門口拉著她說話時，張士倫已經騎著腳踏車出現在巷口，於是徐子杰先走到他面前。

「士緣沒事吧？」張士倫問。

「嗯，沒事了。」

張士倫直直盯著他，臉色凝重地問：「阿杰，我問你，你是不是當著士緣的面，把那條手鍊丟到河裡？」

徐子杰沉默幾秒，然後點頭，張士倫先是錯愕，接著一把扯住他的衣領，「你怎麼可以這樣？爲什麼要這麼對她？」

「抱歉。」

張士倫慢慢鬆開手，深吸一口氣，冷然道：「既然士緣已經沒事，那就算了。但你別招惹她，她已經有喜歡的人了，你今天的舉動已經傷害到她！」

「你別擔心，我跟她不是你想的那樣。」徐子杰輕聲說，接著又問：「不過，士倫，如果她喜歡的人一開始就不存在，你會怎麼樣？」

「什麼？」張士倫的眼神寫著困惑。

「如果方士緣其實是在騙你呢？你會怎麼樣？」

張士倫怔怔然，「士緣告訴你的？」

徐子杰沒正面回答，只說：「你自己去問她。」

隨即方士緣朝他們走來，她向徐子杰道別，他抓住她的手，在她耳邊低語：「對不起。」

方士緣一愣，眼神流露著不解。

他終究還是背叛了她，還是告訴了張士倫，明知這並不是她想要的結果，但徐子杰還是希望張士倫能夠發現，讓他自己去看，去弄清楚一切。

即使他必須蒙蔽自己的心，即使他非常不願意……

在河堤的那一幕，有很多同學都看見了。隔天一早，何利文就跑去找徐子杰。

她面色凝重，苦澀地問：「徐子杰，昨天是怎麼回事？你跟方士緣發生什麼事了？」

徐子杰不語，放下書本，默默離開教室。何利文追出去，抓住他的手，「徐子杰，你快點回答我啊！」

「妳要我回答什麼？」他回頭反問。

她咬著唇，像是下了決心似地說：「你知道我喜歡你吧？」

他沒回答。

「爲什麼偏偏是她？你不知道方士緣接近你是有目的的嗎？」何利文的語氣急促：「你看不出來她喜歡張士倫嗎？因爲得不到他，方士緣才會接近你，她完全是在利用你！」

徐子杰眉頭微微擰起，覺得有些頭疼，沒再回應半句，拉開何利文的手轉身離去。

放學後，他沒去游泳，打算直接回家，途中卻看見方士緣和羅雁琳站在校門口，兩人似乎起了爭執。

沒多久，方士緣奔出學校，羅雁琳則在原地哭泣。徐子杰停頓幾秒，就追了過去。

方士緣站在巷口，扶著電線桿不停喘氣。他上前關心，她嚇一跳，沒告訴他發生了什麼事，反而神色自若彷彿什麼事也沒發生一樣。

最後，他送她回家，方士緣站在家門前對他道謝時，臉上還掛著淺淺微笑。

現在的方士緣，心思越來越難猜測，即使發生再難過的事，她也不會表現在臉上。

她進屋後，徐子杰還站在原地，傳了一封訊息給她：若有事，可以聯絡我。

至少，不想讓她在自己面前還必須僞裝。

「阿杰，對不起、對不起！」

回到家後，徐子伶忽然一直向他道歉，看到她膝蓋有傷，他馬上問起原因，才知道她今天騎腳踏車出門，一個不小心就和別人相撞。

「妳幹麼騎腳踏車？」他忍不住訓起姊姊。

「人家要去買東西嘛，騎車比較方便啊。」她嘟嘴，小聲咕噥，「抱歉，把你的腳踏車弄壞了。」

「沒關係，沒事就好，以後小心一點，不准妳再騎腳踏車！」

「好啦好啦。」她挽住弟弟的手，「欸，阿杰，我們出去吃晚餐吧？」

「啊？」

「啊什麼？你最親愛的姊姊明天就要離開了，你難道不想多陪陪她嗎？你姊夫大概七點半就會來了，我們先去吃飯吧。」

徐子杰興致勃勃，徐子杰懷疑剛才的教訓她完全沒聽進去，雖然無奈，但也拗不過她。

姊弟倆吃完飯後，徐子伶的丈夫便來接她，她坐在車上對弟弟說：「阿杰，抱歉，我一定會還你腳踏車的！」

「不用，妳能照顧好自己，我就謝天謝地了。」他莞爾。

她在他臉上親了一下，便隨丈夫離開了。

回到家後，洗完澡，徐子杰莫名覺得疲憊，早早上床休息。他睡得正熟，隱約聽見鈴聲作響，才迷迷糊糊地睜開眼睛，手機似乎已經響了一段時間。他沒看螢幕直接接起，

「喂？」

「那、那個……對不起，你睡了嗎？」

聽到方士緣的聲音，徐子杰頓時清醒了一半，她發顫的語氣，更使他全神貫注。

「還沒。」他撒謊，「妳怎麼了？」

「我……」她一頓，遲遲沒有說下去，這陣沉默，讓徐子杰清楚聽見話筒另一端似乎

響起東西摔碎的聲音。

「徐子杰，我……」半晌，她開了口，語帶哽咽：「我受不了了，我好怕……」

他二話不說，馬上下床，「我現在去找妳，妳準備一下。」

「你、你要過來？現在？」她嚇一跳。

「對，我很快就到，十分鐘後在門口等我。」

切斷手機，他一換好衣服就出門，只是看到被徐子佡撞壞的腳踏車，才想起車子已經不能騎了，他索性牽起鄰居的車騎了就走。此刻的他，什麼也不想考慮，一心一意只想盡早趕到她身邊去。

騎到方士緣住處的巷子裡，她剛好踏出家門口，朝他跑來，跳上腳踏車後座。

她的父母隨後追了上來，坐在後座的方士緣不斷催促他快走，徐子杰也沒遲疑，迅速載著她離開，直到她的父母放棄追來，才減緩速度。

他想回頭看看她，卻感覺她抱著他的力道加重了些，他便選擇沉默，什麼都不問。

此時此刻，他能給她的，只有陪伴。

「啊——」

徐子杰載著她來到那座綠色廣場，方士緣站在廣場中央，背對他朝著遠方大聲叫喊，直到累了爲止。

「嘿嘿，這樣大叫……」她喘一口氣，「好舒服，暢快多了！」

他看著對方彷彿下一秒就會掉淚的笑臉，忽然間很想將她緊緊擁在懷裡。

聽到她的解釋，他才知道，原來是她與父母有了齟齬，對於父母可能離婚的結果，她坦然面對，只是下一步該如何抉擇，她還不曉得。

那一夜，她對他說了很多很多，即使知道此刻的她是煩憂的，徐子杰心裡還是覺得很高興，因爲他沒想到，當她碰到這些難熬的事，撐不下去的時候，還能夠想到他。

這種心情，讓他不由得一陣悵然，不曉得自己現在做的，究竟是不是正確的？是不是該繼續這樣下去……

「徐子杰。」

某堂下課，他一如往常在座位看書，周巒薇忽然走到他身邊。

「什麼事？」徐子杰問。

周巒薇抿抿唇，緊握雙手，目光不定，欲言又止。

「我想……問你一件事。」她吶吶道：「那個，你跟士緣……」

「阿杰！」張士倫跑進教室，「體育老師找你，好像又要問你那件事！」

「喔。」他看了周巒薇一眼，對方蒼白的臉色裡帶著驚慌，他最後什麼也沒說，就匆匆離去。

徐子杰跟著張士倫一起去找體育老師，老師劈頭就問起他的決定，是否下學期就回加拿大？

見徐子杰始終面無表情，陷入沉默，張士倫便開口：「老師，他最近一堆事要忙，腦袋應該快爆炸了，還是等過幾天再說吧。」

聞言，老師沒再多問，兩人離開辦公室後，張士倫問他：「沒事吧？你臉色不太好。」

他沒有說話。

「我還以爲你已經決定要回去了。」

「……是要回去了。」他低應。

「那剛才怎麼不說？」張士倫不解，見他再度沉默，忍不住說：「你越來越怪了。」

上課鐘聲恰巧響起，徐子杰暗暗一嘆，眼角忽然瞥見方士緣的身影，她正獨自一人匆匆往圖書館方向走去。

「怎麼了？」見徐子杰停下腳步，張士倫問。

「沒事。」徐子杰邁開步伐繼續走，幾秒鐘後卻又停住了，他說：「士倫，我去一下廁所，你先回教室吧。」

語畢，他快步跑到圖書館，透過一樓閱覽室的窗口看見她。

閱覽室裡只有她一個人，方士緣趴在桌上不動，看似在睡覺，然而徐子杰走近時，卻發現她臉色難看，一雙手握得緊緊的，額頭甚至有些冒汗。

他發覺不對勁，立刻扶住她的肩，喚道：「喂。」

方士緣身子瞬間一顫，慢慢睜開眼睛，徐子杰隨即輕撫她的額，關心道：「妳在流汗，氣色也不太好。做惡夢了？」

她沒回答，卻慢慢站起身，朝他接近，最後靠在他身上。

這個舉動讓徐子杰有些失神，停頓半晌，才問：「妳怎麼了？」

他一開口，方士緣連忙拉開兩人之間的距離，神情慌張，並且向他道歉。

兩人站在書架前聊了幾句方士緣家裡的情況，他隨意拿了本體育雜誌翻閱，沒多久就聽方士緣問：「對了，你不是被某個知名教練看中了嗎？對方還希望你去國外。」

徐子杰沉默幾秒，心想她果然也知道了，「嗯。」

「那你……會去嗎？」

「嗯。」

然後，兩人陷入短暫沉默。

「那你要加油喔。等你將來拿奧運金牌，為國爭光！」聽到方士緣帶著笑意的口吻，徐子杰的視線焦距雖仍定在雜誌上，但心思早已飄開。

突然，徐子杰被方士緣拉到書架後面，下一秒，他就聽到閱覽室的門被打開，原來是圖書館館長進來放東西，大約過了幾分鐘，館長便關燈離開，順手拉上窗簾，四周又回復寂靜，光線卻比剛剛昏暗許多。

徐子杰和方士緣兩人不經意地四目交接，方士緣連忙放開拉著他的手，徐子杰卻幾乎是反射性地抓住她，不讓她繼續後退。

兩人這麼近的距離，使得她眸裡的光清晰可見，徐子杰手一拉，將她擁進懷裡，方士緣的身子明顯一僵，卻沒有抗拒。

徐子杰情不自禁地將頭深深埋進她的頸窩裡，想要就這樣一直抱著她，所有該面對的，該接受的，此刻他只想全拋到腦後。

包括對張士倫的愧疚。

只是這段只屬於他的幸福時刻並不長，窗外的一聲雷，驚得方士緣跳起推開他，頭也不回地衝出閱覽室。

徐子杰站在原地不動，目光落向手心，方才擁著她的溫暖依然殘留著。

他忍不住失笑，心中的酸楚再度湧上，越是貪婪地想留住那溫暖，那份酸楚就越濃。

從那天開始，他幾乎沒再見到方士緣。

沉重的壓力，無人能傾訴的心事，就算身處在班上同學準備迎接聖誕節的歡樂氣氛中，徐子杰還是提不起勁來，不想理會任何事，就連張士倫的關心，他也已經無法承受。

該怎麼告訴張士倫真正的原因？告訴張士倫原來自己一直都在騙他……

游完泳後，徐子杰連頭髮都懶得吹乾，就離開學校。

他沒有立刻回家，漫無目的地在街上亂走，希望藉由冷風讓混沌的腦袋清醒一些。

迎面走來同校的三位學長，其中一位特意走到他面前，咧嘴一笑，「嘿，學弟，還記不記得我啊？」

徐子杰靜靜打量他，才想起原來是營火晚會上，逼方士緣跟他跳舞的那位學長。

當方士緣的影子再度浮現在腦海裡，徐子杰的心一冷。

「之前很囂張嘛，英雄救美？覺得這樣很帥是嗎？」學長的手探向他的肩膀，徐子杰伸手拍開調頭就走，卻被擋住了去路。

「怎麼？先前不是很威風嗎？現在想落跑啦？」眼看對方又要動手，徐子杰反手將他推到一旁，學長一時重心不穩差點跌倒。

其餘兩人沒想到徐子杰會反擊，氣得吆喝：「媽的，你想死嗎？」

一記拳頭狠狠落在徐子杰的腹部，他後退一步，發出沙啞的悶咳。

面對那變本加厲的挑釁，徐子杰再也無法忍耐，長久累積的煩躁與怨氣也在此刻全部爆發。他朝一位學長臉上猛力揮了一拳，對方摔倒在地，其他兩位學長繼續與他纏鬥。

有幾個路人站在旁邊圍觀，有人提議要找警察來，三位學長這才悻悻然地收手，模樣狼狽地趕緊離開。

雖然在這場群毆裡，徐子杰並未落居下風，但他的肚子和背部各挨了一拳，左臉頰也一片紅腫，嘴角滲出血來。

隔天，張士倫發現他臉上的傷，驚訝地追問緣由，徐子杰隨便搪塞他是早上游泳的時候不小心弄傷的，不然以張士倫的個性，絕不可能放過那群學長。

「你紗布快掉下來了，到底是怎麼包紮的啊？」

他來不及回答，便開始猛烈咳嗽，喉嚨像火燒似地灼熱。

「喂，你該不會感冒了吧？」張士倫伸手摸了摸他的額頭，嚷道：「喂，兄弟，你在發燒，還不快回家休息！」

「沒事，我睡一下就好。」

「要睡就去保健室睡，順便重新包紮臉上的傷！」張士倫直接把他拖出教室，徐子杰沒力氣反抗，只能隨他去。一到保健室，不見半個人影，張士倫乾脆自己動手幫徐子杰包紮，看張士倫手忙腳亂的模樣，徐子杰不敢想像自己會被包成什麼樣子。

「好啦，暫時就這樣，你好好休息，我會幫你跟老師講。」

「嗯，謝了。」張士倫一離開，徐子杰倒在床上，很快就昏睡過去。他不經意地翻了個身，一陣小小撞擊聲喚醒了他的意識，睜開眼睛，看見出現在眼前的那個人時，有一瞬間，他以為自己還在作夢。

「妳在幹麼？」他深深凝視她。

「抱、抱歉，我不是故意要吵醒你的，我只是——」方士緣的手足無措，反倒讓他覺得不像剛才那麼累了。

她問起他的身體狀況，甚至做出和張士倫一模一樣的舉動：先是伸手摸摸他額頭，再教訓他為何不回去休息？

這兩個人，真的很像啊。徐子杰不自覺在心裡微笑。

「那是士倫的傑作吧？要不要我幫你重新換紗布？」她指著他臉上的紗布。

「妳怎麼知道？」

「那傢伙什麼都厲害，就是手非常不靈巧，像包紮這種事最好別叫他做，免得把你包得像木乃伊一樣。把你的紗布拿下來吧，幫你換新的。」

語畢，她就將醫藥箱拿來，坐在他旁邊，重新幫他上藥。

方士緣神情專注，隔著棉花棒的觸碰，他可以感覺到她的溫柔，心也不禁被牽動。

她的一顰一笑，都讓徐子杰看見張士倫的影子，那個人在她身邊如影隨形，無論怎麼做都沒有用，誰都無法代替張士倫，這兩人之間的羈絆太深，也太緊密，不管是他還是周巒薇，都無法斬斷。

只有方士緣與張士倫能夠讓對方發自內心感到幸福……

「你好好休息睡覺吧，要不要幫你倒杯水？」換好紗布，她笑笑地問。

「欸。」

「嗯？」

「去跟士倫告白吧。」

她愣住了。

剛開始，方士緣以爲他在開玩笑，發現他是認眞的之後，眼神便充滿不諒解，她的情緒開始激動起來。

「你說喜歡我，其實是騙人的吧？」最後，她問。

這次換徐子杰愣住。

「不然我不能理解你爲什麼要這麼做。你並不是眞的喜歡我，對吧？」她的語氣很輕，卻重重擊中徐子杰的胸口，他啞口無言。

一見她起身就要離開，他心一顫，猛地將她拉進懷裡，近乎潰堤地失控吼道：「我不知道！我不知道，不知道到底該怎麼做了……」

她怎麼可以這麼說？他怎麼可以讓她有種想法？

怎麼可以讓她這樣質疑，甚至是否定他對她的感情？

方士緣被他突如其來的舉動嚇得不發一語，良久，他才鬆開她，回復冷靜，低啞地說：「抱歉，妳回教室吧。」

她一臉木然，什麼也沒說，轉身走出保健室。

徐子杰將臉埋入手心，深深吐出一口氣，覺得自己就快失去理智……

徐子杰的感冒遲遲無法痊癒，連下床的力氣都沒有，不得已只好請假在家。期間張士倫、周巒薇跟何利文有到徐子杰家探病，待他重回學校，已經是三天後的事。

放學後，同學們都走光了，何利文走到他身邊關心，「徐子杰，你還好嗎？」

「沒事了，謝謝。」他收拾書包，還是偶爾會咳嗽。

「今天還要去游泳？」

「嗯。」

「那我們什麼時候去訂蛋糕？」

「晚點吧，反正不急。」今年的聖誕節，班上同學決定在學校辦活動，病才剛好，就被指定負責訂蛋糕，讓徐子杰覺得意興闌珊。

「好，那就等之後再說。」何利文點頭，接著說：「對了……前幾天，我看到方士緣在保健室門口徘徊，不曉得是不是要找你？」

他微愣。

「她好像很擔心你。」

徐子杰慢慢停下收拾的動作，不自覺陷入自己的思緒裡。

他想起，張士倫曾跟他提過，聖誕節一過，就要幫方士緣慶生。

從送她那條手鍊，一直到現在，居然已經過了一年……

「徐子杰。」聽到何利文喚他的名字，他還沒來得及回神，何利文就忽然俯身在他臉上輕輕一吻。

徐子杰很意外，何利文臉有些紅，唇角笑意卻不減，「你感冒還沒完全好，記得早點回家，明天見！」

看著何利文輕快奔出教室的背影，他仍驚愕不已。

沒想到，何利文親他的這一幕，竟被當時從走廊經過的隔壁班女生撞見，於是隔天，謠言傳了開來，許多人都以為他跟何利文開始交往，張士倫跟周戀薇聽聞傳言也很訝異。

面對這種狀況，徐子杰雖然不予理會，班上同學的調侃還是讓他不堪其擾。

放學後，徐子杰和何利文一起去訂聖誕節的蛋糕後，碰巧在便利商店遇到方士緣。她也向他問起了他跟何利文交往一事，她想知道謠言是不是真的。

看著她好奇的眼睛，徐子杰沉默片刻，冷冷回問：「是又怎麼樣？」

方士緣一愣，不發一語，像是受到什麼打擊的樣子。

這反應讓徐子杰意外，卻也忍不住想，這是不是代表她很在乎他？於是低笑告訴她剛才是騙她的，並問她是不是很在意這件事？沒想到，他語氣的輕佻激怒了她，她直接把喝完的飲料空罐朝他仍去，兩人關係再度陷入僵局。

張士倫察覺徐子杰和方士緣兩人又鬧得不愉快，他問徐子杰究竟是怎麼一回事。徐子杰沒解釋，他知道短時間內方士緣不會再理他了。

聖誕夜那天，班上同學聚在教室裡吃蛋糕玩樂，最後掀起一場奶油大戰，所有人拿著奶油衝向老師，氣氛充滿節慶的熱鬧喜悅。

「阿杰，陪我去一下八班吧。」張士倫說。

「幹麼？」徐子杰看著老師臉上的五官被奶油海淹沒。

「找士緣啊，他們班今晚也留在學校辦活動，過去打聲招呼。」見徐子杰面無表情，張士倫忍不住訓他：「雖然我不曉得發生什麼事，但你跟士緣就別再鬧彆扭了，好好相處啦，一直吵架不累啊？」

徐子杰還是跟著張士倫一起去方士緣的班上了。

只是兩人在教室外張望老半天，都不見方士緣人影，張士倫乾脆直接問方士緣的好友羅雁琳。羅雁琳焦急地說，已經打了幾次電話給方士緣，卻始終無人接聽。

張士倫也掏出手機撥電話給方士緣，徐子杰的目光則再度落回教室內。從剛才他就有種感覺，當他們表明要找方士緣時，幾個女同學神色明顯不太對勁，氣氛變得有些詭異。

徐子杰、張士倫兩人回到教室，張士倫仍不停撥打手機，語氣氣急敗壞，「那個傢伙到底溜哪兒去啦？打到她家，伯母也說她早就出門了！」

徐子杰不吭聲，思緒還停留在剛才那些女同學的反應上。

方士緣究竟發生什麼事了？

她現在，是不是一個人孤孤單單地躲在什麼地方？

徐子杰默默注視著正和周戀薇說話的張士倫，上前跟他說臨時有事要先回去，便端起一盒蛋糕離開教室。

雖然很想找方士緣，但一時不知該從何找起，想了想，他決定先從他和方士緣一起去過的地方碰碰運氣。

幸運地，徐子杰很快就找到方士緣。她果然待在他第一次吻她的那座噴水池休憩區。方士緣坐在階梯上，靜靜望著遠方，而站在不遠處的徐子杰，則靜靜凝視著她，兩人都看得出了神。

頭戴一頂白色毛帽，配上白色長外套，讓她的側臉看起來映著潔白的微光。她的模樣，讓他聯想起雪人。

從前在多倫多度過的冬天，每逢下過大雪的翌日，在一片被陽光照亮的雪地上，他常與父親比賽，看誰最快堆出雪人，誰堆出的雪人最大。

那段和父親快樂共度的溫馨往事，被他深藏在心底最溫暖的一個角落。

此刻一身雪白的方士緣，勾起他對於那段幸福時光的鮮明記憶，他看著她的眼神，不自覺流露出溫柔。

等到方士緣發現他就在一旁時，臉上驚愕交加的表情看起來很可愛。然而，當他告訴她，張士倫急著找她，她臉上轉而露出的膽怯表情，卻讓他的心情有些複雜。

方士緣不敢自己回電給張士倫，所以徐子杰替她打電話給張士倫，告訴他，方士緣生病去看醫生，已經回家休息，手機調成震動模式後忘了調回來。

徐子杰選擇對張士倫說謊，不僅是想讓方士緣安心，更因爲他想單獨和方士緣共處，否則一讓張士倫知道方士緣在哪裡，他一定會立即趕過來。

就讓他自私這一次就好。

就這一次，讓兩人之間沒有張士倫，只有他和她。

徐子杰把自己那份聖誕蛋糕送給方士緣，她接過蛋糕吃了起來，他目不轉睛地看著她吃著蛋糕，她有些不好意思，把蛋糕遞到他面前，「不要只有我吃，你也吃一點吧。」

「妳吃就行了。」

「只有我一個人吃很怪耶。」

「沒差，我不想跟雪人爭蛋糕。」

「什麼雪人？」

「妳現在的裝扮就很像雪人，圓滾滾的。」

「喂，什麼叫圓滾滾的？」她臉一紅，把奶油抹到徐子杰臉上，他連忙躲開，她開心地笑了起來。突然，一陣巨大聲響傳來，兩人停下嬉鬧，同時望向出現在夜空中的一朵朵絢爛花火。

一道道煙火在眼前盛大綻放。

徐子杰望著眼前美麗的畫面，溫柔地牽起了方士緣的手。

在他的內心深處，其實很怕方士緣下一秒就會抽開手，但她沒有，只是怔怔地與他對望，沒有尷尬，沒有厭惡，更沒有半點掙扎。

徐子杰帶點感激地微笑了。

這是最後，只屬於他的美夢。

等夢醒了，也到了爲這份感情劃下句點的時候了。

既然注定無法有結果，他不想讓兩人都留下遺憾。

既然她想要的他無法給她，那就由他去找別人代替，就算因此被她憎恨，也無所謂。

隨著煙火的光芒慢慢消失，徐子杰握緊方士緣的手，在心裡做了最後的決定。

他要將原本屬於她的幸福，還給她。

「周戀薇。」隔天第三堂下課，徐子杰走到她的座位旁，「可以跟妳談一下嗎？」

何利文正在和周戀薇聊天，她好奇地問：「怎麼了嗎？」

「沒什麼。」他又對周戀薇說：「我在學校餐廳旁邊的小公園等妳。」

當徐子杰離開教室，走到小公園，沒多久，周戀薇跟了上來。

「徐子杰，怎麼了？」她滿臉困惑，「爲什麼要特地約在這裡？」

他看著她，淡淡地道：「我想跟妳談談方士緣。」

「咦？」周戀薇一愣，無法直視他的眼神，微微低下了頭。

「我大概知道妳跟方士緣發生過什麼事，也知道妳對士倫隱瞞了些什麼。妳覺得這麼做，對妳會比較好嗎？」

周戀薇的臉色刷地一白，慌張地辯解：「我……我對士倫隱瞞了什麼?徐子杰，我不懂你的意思。」

「張士倫跟方士緣互相喜歡，到現在都還是這樣。」他語氣低沉：「可是妳騙了士倫，不是嗎？」

周戀薇臉上幾乎沒了血色。

「妳不該繼續用謊言留住士倫，這樣對方士緣太不公平，他們從一開始就該屬於彼此。」徐子杰低語：「妳該放手了，把士倫還給她吧。」

周戀薇搖搖頭，眼眶泛紅，全身劇烈顫抖，「你爲什麼要說這些？爲什麼要這樣？爲什麼……」

「方士緣受的折磨已經夠多了，所以我希望妳……」

「我是說你！」她眼淚掉下，「你不是喜歡士緣嗎？」

徐子杰平靜的面容終於起了一絲波瀾。

她是怎麼發現的？什麼時候發現的？

她一直都知道他喜歡方士緣嗎？

「既然喜歡她，你爲什麼不去爭取？爲什麼反而跑來要我退讓？而且……士緣她喜歡的明明是學長呀，她不是有說過嗎？之前我們一起去吃甜甜圈的時候……」

「妳明知道那是謊言。」徐子杰有些控制不住湧上的怒氣，「妳這麼欺騙士倫，妳也過得很痛苦，謊言總有一天會被拆穿。妳也明白，依士倫的個性，越晚知道事實眞相，他就越不會原諒妳。」

「他不會知道！他永遠不會知道！」周戀薇情緒激動地猛搖頭，哭著哀求，「只要你不說，士倫就不會知道。徐子杰，不要告訴他，求求你不要告訴士倫，我求求你……」

「妳當初說謊的時候，有考慮過方士緣的心情嗎？」他的聲音漸轉乾啞，「妳讓她同時失去兩個最重要的人，妳都沒想過她的感受嗎？」

周戀薇不停啜泣，沒有回答。

「我希望妳可以把眞相告訴士倫，如果妳眞心道歉，我相信他最後還是會原諒妳。」

徐子杰像是下定了決心，一字一句說得格外清楚，「如果妳不肯，我會自己告訴他。」

「不要！」她尖叫，用力拉扯著他，「你怎麼可以這樣？你怎麼可以這樣對我？你怎麼可以——」

「如果妳眞的喜歡士倫，就該祝他幸福，而不是用這種方式得到他！」

「膽小鬼！」她放聲哭吼，「假如士緣也喜歡上你呢？你會跟她在一起嗎？你會因爲士倫而拒絕她嗎？你會嗎？」

突如其來的問題，讓徐子杰一時無法回答。

「我承認自己不要臉，爲了士倫不惜出賣最要好的朋友。可是你呢？明明喜歡士緣，在士倫身邊卻裝作沒這回事，背著他跟士緣越走越近，難道這就不算是欺騙嗎？你只是在他們兩個面前裝好人罷了，表面上支持士倫，私底下卻又跟士緣有牽扯，這樣的你，其實才是眞正背叛士倫的人，你才是最虛僞的人！」

徐子杰不發一語，任憑周巒薇調頭離去。

面對她的指控，他無法反駁，也找不到一個冠冕堂皇的理由繼續安慰自己，因爲周巒薇說的一點也沒錯。

從頭到尾，他才是最虛僞的那個人。

周巒薇哭著跑出公園的那一幕，正好被熟人看見，很快地，班上同學都知道她跟徐子杰吵架，只是除了張士倫，沒有半個人敢問徐子杰原因。

「怎麼搞的？爲什麼突然間變成這樣？」張士倫不懂，爲什麼自己的好朋友會突然跟自己的女朋友鬧翻？

徐子杰坐在座位上，看了被一群女生包圍安慰的周戀薇一眼，心裡百感交集，一時之間，對於自己的決定有了些許遲疑。

「士倫。」他低喚。

「嗯？」

「……我有話想告訴你。」

「什麼？」張士倫一臉好奇。

徐子杰正要開口，周戀薇卻忽然衝過來，紅著眼睛拉住張士倫，語氣激動，「士倫，你出來，我們出去好不好？」

周戀薇的舉動讓張士倫嚇了一跳，連忙柔聲安撫她，但她說什麼都要張士倫立刻跟她出去。眼看周戀薇情緒就快失控，張士倫只好對徐子杰使個眼色，便帶著她離開，引起同學們更多的揣測。

從那次之後，周戀薇再也不讓張士倫有機會跟徐子杰單獨相處，深怕一轉身，徐子杰就會說出她最害怕的事。

這幾天，無論何時何地，周戀薇都緊緊跟在張士倫身邊，只要沒見到他，便恐慌不安，緊張兮兮。因爲壓力過大，數學課堂上，她站在黑板前解題到一半，突然倒在講台上昏厥過去。

徐子杰知道自己那天說的話苦苦折磨著她，也知道對現在的周戀薇而言，他是隨時都能讓她失去一切的人。

「徐子杰，」放學後，何利文背著書包走到他身旁，「可以一起回去嗎？我有事情想跟你談談。」

聞言，他沉默幾秒，點頭。

「那你先到校門口等我，我去學務處交個東西，到時再跟你會合。」她笑了笑，隨即離開教室。

外頭的雨不知何時已經停了，唯有寒意不減。

他緩慢地往校門方向走，覺得腦子裡很亂，很吵，思緒被困住，動不了也出不去……

「徐子杰！」一聲熟悉的呼喚，讓他停下腳步。

一回頭，背著書包的方士緣快步跑來，笑嘻嘻地和他打招呼。

他深深凝視著她片刻，才出聲：「還沒回去？」

「對呀，剛剛從導師室出來，你呢？今天沒去游泳嗎？」

直至面對她的這一刻，徐子杰原本緊繃的心，才稍稍得到紓解，他揚起唇角，「沒有。」

聞言，方士緣再度微笑，接著突然喊了聲，說有樣東西要給他，便低頭翻書包。

徐子杰看著她因爲專心尋找東西而顯得神情認眞的臉，腦海驀地閃過周戀薇那雙流淚的眼睛，眼神寫滿了恐懼與哀求……他感到胸口一沉，無法言喻的沉重。

「抱歉，一時找不到。我回去再找找看，可能被我忘在家裡了。」方士緣抬頭看向他，滿臉不好意思。

「沒關係，妳要給我什麼？」

「就……一個小禮物。」

「禮物？」

「因爲聖誕夜那天你送了我蛋糕，所以我也想回送個東西給你啊。」

她的話令徐子杰驚訝，卻也十分感動。和她聊了沒多久，何利文就跑了過來，對他說：「抱歉，被老師拖太久了，我們走吧！」

徐子杰停頓幾秒，隨即向愕然的方士緣道別。

離開學校後，兩人走到一棟騎樓下，徐子杰直接了當地開口：「妳要跟我談什麼？」

何利文轉身，用滿是不解的眼神看他。

「你爲什麼要這麼做？」她問：「你怎麼可以對薇薇說那種話？爲什麼要她把張士倫還給方士緣？你就肯爲方士緣做到這種地步，就算看到薇薇崩潰，你也無所謂？」

他沉默。

何利文語氣急促：「徐子杰，方士緣根本就不值得你對她這麼好，你以爲她只是個可憐的受害者嗎？她一心想要報復薇薇，所以利用張士倫對她的好，不斷折磨薇薇，現在她也在利用你報復我，因爲是我叫薇薇說謊的，是我叫她把張士倫從方士緣的身邊搶過來！」

「妳爲什麼要這麼做？」徐子杰難以置信。

「因爲我討厭她，只要張士倫出現，方士緣就什麼都看不見了，更不曉得薇薇一直爲他們的事難過。方士緣居然還要薇薇幫忙，讓她可以跟張士倫在一起，她從沒想過薇薇的感受，這種自私的人，憑什麼得到張士倫？憑什麼跟薇薇爭？」

「方士緣根本什麼都不知道。」

「她眼裡從頭到尾就只有張士倫，就算最好的朋友陷入痛苦，她當然也不會知道。」

何利文冷笑，「現在方士緣知道我喜歡你，所以刻意接近你，除了張士倫，她根本不會在乎其他人，你只是被她利用了，她是在利用你來報復我，你知道嗎？」

徐子杰閉上眼，忽然覺得無力。

「你不相信？那我證明給你看，證明我說的都是真的，方士緣根本不值得你同情！」

何利文迅速離去，徐子杰卻無法移動腳步。

從太陽穴傳來的疼痛，讓他無法繼續思考。

「在想什麼？」張士倫拍拍徐子杰的肩膀，他正站在走廊，望著天邊的烏雲出神。

見到是張士倫，徐子杰不禁往教室裡一看，「周戀薇呢？」

「被何利文拉去福利社了。」張士倫嘆一口氣，「快被你們兩個搞到神經緊繃。」

「……」

「我從沒看過她這個樣子。」張士倫淡淡地問：「你們吵架的原因，有嚴重到不能讓我知道嗎？」

徐子杰依然不語。

「算了。」張士倫又嘆，不再追問，「既然你們怎樣都不肯說，我也沒辦法，但你們這樣讓我很不舒服也很生氣，希望你們能快點把事情解決。」說完他就離開了。

中午，徐子杰收到何利文傳來的訊息，要他到學校餐廳旁邊的小公園找她。

當時他正準備午休，看到訊息後，就起身走出教室。

走沒幾步，天空開始飄雨，一到公園，還沒見到人，就先聽到一陣爭吵聲傳來。

「妳還想繼續利用張士倫來報復薇薇嗎？她曾經是妳最要好的朋友！」

「妳有什麼資格跟我講這些？不要忘了妳跟她曾經對我做過什麼，居然還敢講得那麼好聽，我聽了就噁心！」

發現是何利文跟方士緣在爭執，徐子杰登時一怔。

由於何利文正好站在面對他的方向，因此她很快就看見徐子杰，卻又裝作沒發現，繼續質問方士緣：「我知道妳報復她還不夠，連我也想一起報復。妳知道我喜歡徐子杰，所以才開始接近他不是嗎？跟薇薇比起來，妳最恨的人應該是我，所以妳才想盡方法利用徐子杰來挑釁我，沒錯吧？妳明明喜歡張士倫，卻又故意親近徐子杰，不就是爲了要氣我，要報復我嗎？我看連妳也搞不清楚狀況了，徐子杰只是因爲同情才會讓妳接近他，同情妳懂不懂？」

「閉嘴。」方士緣咬牙。

聽到這裡，徐子杰有些恍惚，雙腿發軟，順勢坐在一旁的長椅上。

何利文仍步步進逼，「妳根本只是利用他而已，就像利用張士倫來折磨薇薇一樣，就是爲了報復，想讓我們痛苦！」

「妳憑什麼對我說教？就算利用他又怎樣？別忘了妳們也用同樣的方式來傷害我，這些都是妳們自找的！」

聽到方士緣大吼出這幾句話後，徐子杰動也不動。

直到何利文出聲喚他，他才回過神來，望向同樣看著他的方士緣。

雨似乎越下越大了，因爲他忽然有些看不清方士緣此刻的表情。

方士緣緩步走到他面前，「抱歉，徐子杰。除了這句話，我不知道該對你說什麼。」她輕輕地說，帶著微笑，「明知道這跟你沒關係，我卻還是把你拖下水……我想我是沒救了吧？」

「……」

「事情變成這樣，很抱歉，一直這樣利用你。但也多虧了你，我才能常看到何利文氣昏頭的模樣，眞的很痛快。如果你不是何利文喜歡的人，我也不會這麼做了。」

看著她用平靜的語調說出這些殘忍的語句，徐子杰仍無法做出任何反應，然而視線不曾從她臉上移開。

他聽見，她對他說了再見，然後，離開了他的視線。

「喂，阿杰！」

張士倫推了徐子杰一把，他才回過神來，坐在兩人面前的導師不禁問：「你怎麼啦？」

「沒事。」徐子杰反射性地回話。

導師笑了笑，「下個月在高雄，就是你在台灣的最後一場比賽了，回台北以後，如果還有時間，就讓大家幫你辦場送別會。好好加油，知道嗎？」

徐子杰頷首。

離開導師室時，張士倫問：「你還好吧？」

「很好啊。」

「那怎麼老是在放空，跟你說話也沒聽見。」張士倫納悶，一會兒後又說：「對了，士緣說她今年生日得跟家人一起過，所以我們改去一〇一跨年，怎麼樣？」

徐子杰沉默片刻，輕輕點頭。

十二月三十一日，方士緣生日那一天，徐子杰和張士倫、周戀薇、何利文，以及其他幾個同學相約到市政府跨年。

從全國各地湧來的人潮把道路擠得水洩不通，尤其接近晚上十二點時，四周更是騷動不斷，現場所有人齊聲倒數，十二點一過，煙火立刻絢爛綻開，如瀑布般傾洩而下，現場所有人興奮地大喊新年快樂，熱鬧洋溢。

徐子杰靜靜望著煙火，不禁想起聖誕夜那晚看見的煙火，雖然不比此刻的華麗盛大，但因爲有方士緣在身邊，他覺得很幸福。

如今她已從他的世界離開，每每意識到這點，徐子杰就覺得寂寞，寂寞到心彷彿變成空的，讓人苦澀，讓人難受。

這樣的折磨啃蝕他的知覺，也麻痺他的思緒，他不曉得自己究竟是否還清醒著……

「子杰哥哥！」

悅悅一看到他，馬上從廣場前方朝他跑過來。

那天在廣場玩的小孩只有四、五個，一聽見悅悅的叫喊，都跟著衝過來。其中一個叫佑傑的小男孩說：「大哥哥，你也太久沒來了吧！」

「最近太忙，沒時間過來。」

「那你今天也是來睡午覺的嗎？」

他笑了笑，「我是來道別的。」

「道別？」

「就是……說再見。」

聞言，他們全都訝異地看著他，佑傑問：「你要去哪裡？」

他點頭，「一個很遠的地方。」

「多遠？」

「嗯……從這裡搭飛機過去，就要十幾個小時，那裡是我小時候住的地方。再過不久，大哥哥要去高雄參加游泳比賽，回來以後，就要搭飛機走了，沒辦法再來陪你們玩，所以你們好好保重喔。」

孩子們不約而同安靜下來。

「你眞的不會再過來跟我們一起玩了嗎?」悅悅問。

徐子杰不曉得該怎麼說,才不會讓離別這麼難受。

「士緣姊姊呢?她也不會來了嗎?」她哭了。

「沒有。」他立刻說。

「那她今天爲什麼沒有來?」

「對啊,爲什麼沒來?我還想聽大姊姊吹笛子耶。」佑傑說。

「我也是,我想聽士緣姊姊吹哆啦A夢。」

「爲什麼士緣姊姊沒來?」

「士緣姊姊咧?」

聽到孩子們不斷喚著她的名字,徐子杰先是有些發愣,然後忍不住笑了。

「你在笑什麼?」

「沒有,」他抿唇,低語,「只是覺得很羨慕你們,可以這樣叫她的名字。」

「大姊姊的名字?」佑傑偏頭,見他點頭,又問:「什麼意思?」

面對小孩充滿好奇的發亮眼神,徐子杰不禁莞爾一笑。

「因爲我一直很想這樣叫她,卻始終沒勇氣這麼做。」

「爲什麼?嘴巴張開叫就好了呀,就像這樣,士緣姊姊,士緣!士緣!」孩子們開始大喊她的名字。

徐子杰忍俊不禁,哽在喉間的苦澀,讓他一時無法說出任何一句話。

「你明天是幾點的高鐵？」張士倫在手機另一頭問。

「十點多。」徐子杰整理行李。

「我去送你吧？」

「你不用上課喔？」

「哈哈，只是想到要過很久才能再看到你，就覺得很無聊，比賽加油，回台北一定要打給我，聽到了沒？」

「是。」他無奈輕笑。

等到行李收拾得差不多，徐子杰洗完澡回房間，已經九點多了。

他坐在床上，低頭盯著手機螢幕許久，最後撥了她的號碼，幾秒鐘後，對方接起了。

「喂？」思念已久的聲音輕輕傳來。

他緩緩深呼吸，低應：「我是徐子杰。」

「我知道。有事嗎？」

「明天中午，來美術教室後面。我有東西要給妳，妳的生日禮物。」

方士緣似乎很訝異，隨即說：「不、不用了，都過那麼久了，你不需要——」

「我很早就準備好了，只是來不及給妳，就在那裡碰面，可以吧？」

停頓半晌，她答應了。

接著，兩人都不曉得該說些什麼，同時掉進一片沉默，只能隱約聽見對方的呼吸聲。

方士緣打破沉默：「那就這樣了，晚安。」

「士緣。」他立刻喚。

「什麼事？」

徐子杰安靜了片刻，才低聲說：「生日快樂。」

遲了告訴妳，對不起。

方士緣同樣沉默了幾秒，語調有點不穩地說：「謝謝。」

徐子杰的笑容很淡很淡，與她互道再見。

眞的，再見。

翌日十點多，他和體育老師、游泳社員搭上高鐵，抵達高雄時，正好中午。

她應該已經在美術教室後面等著他了吧？

下高鐵前五分鐘，徐子杰傳了訊息給張士倫，要他現在到美術教室，與方士緣碰面。

這就是他送給方士緣的生日禮物。

就算這麼做會傷害許多人，他還是想讓張士倫知道一切，但他希望，是由方士緣親口告訴張士倫。

壞人，由他當就夠了。

和方士緣相處的點滴一一浮現腦海，徐子杰的視線忽然模糊了。

始終提不起勇氣喚她的名字，是因爲那名字像個咒語，他害怕哪天脫口而出喚了她的名字後，會控制不住壓抑的感情，怕自己會越來越貪心，想要擁有她的欲望會越來越濃烈。

方士緣是不是在利用他，他不在乎，只希望在離開前，能夠把幸福留給她。

讓最初看見她的那抹笑容，重回她的臉上。

高雄的校外賽一結束，學校也開始放寒假。

那天中午傳訊息給張士倫後，徐子杰就關掉手機了，回到台北後，也沒跟任何人聯絡，著手處理搬回加拿大的事。

明明不想去想，但在夜晚入睡前，腦海中還是有個聲音在問著：方士緣和張士倫現在過得怎麼樣？那天中午，方士緣向張士倫告白了嗎？如果真的告白了，現在兩人是不是已經在一起了？

只是這些問題的答案，他哪一個都不想知道。如果哪一天看到他們牽著手走在一起，他是否能夠承受得了？是否還能像從前一樣平靜地面對張士倫？

他一點把握也沒有。

某個午後，他在房間把個人物品打包放入紙箱，門鈴響起，他拉開門，出現在眼前的那個人，完全出乎他的意料之外。

「徐子杰！」羅雁琳喜逐顏開，雀躍地道：「你真的回來了！」

他一時不知該作何反應。

「徐子杰，你可以跟我去一個地方嗎？士緣她……」

聽見方士緣的名字，他的心猛然一顫，下一秒，他直接關上門，不顧在門外敲門叫喊的羅雁琳，他快步奔回房間，整個人癱坐在床上，思緒混亂。

他不知道羅雁琳怎麼會突然跑來他家？也不知道羅雁琳要告訴他士緣發生什麼事？只是在她開口前，他身體已經自動阻止他繼續聽下去，他不想知道有關方士緣的任何消息。

從那天起，羅雁琳幾乎天天都會來找他，他卻始終將她擋在門外。

他焦躁、無力，倉皇到連自己都覺得既可憐又可悲。

一個下著毛毛雨的日子，徐子杰出門買東西回來，又看到羅雁琳沒有撐傘，獨自站在他家門口。

他遠遠看著她好一會兒，才慢慢走近，將傘移到她頭上擋雨。羅雁琳一看到他，眼眶立刻紅了。

「徐子杰，拜託你，去見見士緣好嗎？」她眼眶含淚，「她現在需要你，真的很需要你，請你去見她，好嗎？」

「到底發生什麼事？」他忍不住問。

「她……」羅雁琳頓了頓，隨即哽咽：「士緣生病了，而且很嚴重。」

「生病？」他一愣。

她點點頭，一滴眼淚跟著落下，「所以，請你跟我去醫院，只要去見士緣一面就好，可以嗎？」

徐子杰跟羅雁琳迅速前往醫院，在病房外的走廊上，正好碰上兩個人，他們一看到徐子杰，忍不住驚喊了聲。

「阿杰？」張士倫的表情有些複雜。

「我的媽啊！」江政霖完全不掩飾自己的激動情緒。

羅雁琳率先衝進病房，徐子杰隨後步入，有一名陌生女子坐在病床旁，而方士緣就坐在床上，手裡還吊著點滴。

「我們先出去吧。」那名陌生女子的微笑很親切，她把其他人領出病房，留下他跟方士緣兩人。

方士緣一臉尷尬，有些不安，對他輕聲招呼，「……你好。」

她這麼生疏的反應，讓徐子杰覺得不對勁，他提步走到她身邊，留意到她蒼白的臉色，以及消瘦的身軀。

他無法克制想觸碰她的衝動，情不自禁地伸出了手，輕撫她的臉龐，關心地問：「妳怎麼了？」

聞言，她先是呆呆地盯著他，沒多久，一滴眼淚從她眼裡落下，她甩開他的手，倉皇閃躲，「你是誰，我又不認識你，爲什麼……」

徐子杰不敢相信自己的耳朵，猛地抓住她的手，「方士緣，妳在說什──」

「不要碰我！你別靠近我，我不認識你，我根本就不認識你！」方士緣的尖叫聲，讓原先站在走廊上的其他人紛紛跑進來，方士緣抓住那女子失控大喊：「我不要看到他，叫他出去，叫他出去！」

看到渾身發抖的方士緣，徐子杰說不出半句話，被張士倫半推著帶離病房。

那名陌生女子名叫Anna，她把徐子杰帶到醫院大廳聊了一陣子，他才終於知道在這段日子裡，發生在方士緣及張士倫身邊的事。

但他不明白，爲什麼方士緣會不記得他？爲什麼偏偏把他忘得一乾二淨？

徐子杰在大廳呆坐了好久，等到心情稍微平復，他準備回到病房，卻看見張士倫跟江政霖站在病房外的走廊。

張士倫走到徐子杰面前，先是沉默地看著他，才冷冷地問：「阿杰，你喜歡士緣？」

徐子杰一時無語，半晌，點點頭。

「即使你知道我還喜歡她？」

他再度點頭，左臉就馬上被張士倫用力揮了一拳，江政霖嚇一跳，趕緊上前制止。

「你這王八蛋！」張士倫憤怒大吼：「我那麼相信你，你卻這樣對我，你跟周巒薇都把我當什麼？這樣耍人很爽嗎？！」

「對不起，士倫。」徐子杰低頭擦掉唇角的血跡，「我承認自己一直在欺騙你，我也知道你不會原諒我，可是……」

喉嚨有些哽住，徐子杰的聲音也變得乾澀。

「我不後悔。」徐子杰沉沉道，「我不後悔喜歡上她，從來……都沒有後悔過。」

張士倫怔然，不知道什麼時候鬆開了緊握的拳頭，沒有再說話。

張士倫的眼神，讓徐子杰知道，自己徹底傷害了他。

再多的道歉，都無法彌補。

徐子杰呆坐在客廳，聽著外頭的雨聲，腦袋不再混亂，取而代之的是一片空白。

「你是誰，我又不認識你，爲什麼……」

「不要碰我！你別靠近我，我不認識你，我根本就不認識你！」

「我不要看到他，叫他出去，叫他出去！」

他一把抓起電話旁的花瓶，朝牆邊奮力一砸，花瓶應聲而碎。他癱倒在沙發上，將臉深埋入手心，忍住瀕臨爆發邊緣的情緒。

這是懲罰嗎？

他一直以爲自己所做的一切都是爲了她，爲什麼結果會變成這樣？到底是爲什麼？

他不能接受她忘掉他，不能忍受自己在她心中已沒有任何影子。要怎麼罵他、打他，甚至恨他，他都無所謂，但不要用這種方式。

不要用這種方式報復他，拜託不要……

「你要不要先回去？」

徐子杰坐在醫院大廳，一抬起頭，就見羅雁琳和江政霖站在他面前。

「對啊，你今天一直坐在這裡，回去休息吧，快下雨了。」江政霖也說。

「她還是不肯見我嗎？」他問。

見兩人面露難色，徐子杰一嘆，然後起身，「好，那我明天再來。」

從那次開始，方士緣就不肯再見他，和他遠遠地隔開。

面對她的拒絕，他無計可施，只能這麼一天一天等下去。

直到某日，他又在醫院大廳留到傍晚，正準備去趟洗手間就回家，卻在途中看見方士緣從長廊另一頭迎面走來。

她一看到他，立刻慌得轉頭就跑，徐子杰想也不想就追了上去，在她衝進病房前一刻抓住她的手。

方士緣不斷掙扎，亟欲掙脫，他再也按捺不住，吼道：「妳還想躲到什麼時候？」

她猛地一顫，抬頭對上他的目光。

「妳真的不記得我了？」

「我……」她怯怯然，眼眶泛紅，眸裡盡是懼怕。

她這個模樣讓徐子杰稍稍恢復了冷靜，卻也讓他心痛，心中滿是無力與疲憊，他慢慢倚著牆，喃喃地說：「對不起，嚇到妳了。我不是故意的，對不起……」

如今他給她的，就只剩下恐懼而已嗎？

什麼也沒有了嗎？

他身處絕望的崩潰邊緣，臉龐忽然傳來一記很輕的觸感。

徐子杰看向臉上掛著淚滴的方士緣，兩人同時一愣，她迅速收回方才輕撫他臉龐的手，掙扎說道：「走開，讓我離開，你快點放開我！」

他不願就此放手，她掙扎未果後，慢慢蹲了下來，低聲啜泣：「拜託你……放開我，求求你放開我……」

他無法再看著這樣的她，於是慢慢鬆開拉著她的手，她如受驚小鳥般躲進病房，他再度被她隔絕在外。

站在原地呆愣片刻，他轉身正要離開，卻注意到有樣東西掉在腳邊。

那是一串掛著小布偶的鑰匙圈，小布偶是雪人造型，是方士緣方才手裡握著的東西。

徐子杰撿起來，靜靜凝視著雪人布偶一會兒，雪人布偶的臉有些髒，不再雪白，而是暗沉的灰色。

他往病房門一看，然後將鑰匙圈收進口袋，離開了醫院。

「嘿，徐子杰。」在醫院大廳，江政霖走來跟他打招呼。

他點點頭，「她今天狀況怎樣？」

「好很多了，聽說很快就可以出院了。」

「那就好。」他低應。

見徐子杰臉色依舊黯淡，江政霖趕緊道：「放心啦，方士緣一定很快就會想起你的，你就再等她一下下，嗯？」

他唇角一勾，「我沒時間了。」

「什麼？」江政霖怔了怔，「你是指……要去加拿大的事？你要走了嗎？」

徐子杰再次淺笑，起身步出醫院大門，江政霖喊：「徐子杰，你要去哪裡？」

「家裡還有東西沒整理完，先走了，掰。」

雖然他是這麼對江政霖說，但回到家後，徐子杰什麼事也沒做，只是躺在沙發上，聽著雨聲，靜靜凝望天花板。

到達頂點的疲憊，已使他無力再去理會任何事，包括過去種種，以及現在所有。

有什麼正在凋零的聲音，隨著原先的期待和盼望消失，而越來越清楚……

「你東西整理完了？」傍晚，江政霖和羅雁琳見他出現在醫院，嚇了一跳。

「差不多。」他撇撇嘴角，「其實……我想拜託你們幫我轉告幾句話給方士緣。」

「什麼話？」

徐子杰停頓幾秒，然後道：「對不起。」深呼吸，他接著說，「不要太勉強自己，也不要把所有難過的事都往心裡吞，有很多人在妳身邊，妳並不是孤單一人，從一開始就不是，因爲我一直都在看著妳。」

羅雁琳的眼眶紅了。

徐子杰莞爾，「……就這些話，麻煩幫我告訴她，謝謝。」

當他走出醫院，羅雁琳連忙追上，連傘都沒撐就衝出來，「徐子杰，你打算放棄了嗎？不等了嗎？」

「不是放棄。」徐子杰回頭，把自己的傘遞給她，「只是，如果這是她的願望，如果忘了我對她來說比較幸福，如果非要如此才能讓她放下怨恨，那麼，就這樣吧。」

因爲他再也不忍看見……方士緣望著他時，那雙充滿恐懼的眼神。

「對了。」他從口袋掏出那串雪人鑰匙圈，「這是她之前掉在走廊上的，請幫我還給她，謝謝。」

羅雁琳訝異地接過，怔怔地看著鑰匙圈一會兒，直到徐子杰再度邁開步伐，她才上前焦急地喊：「徐子杰，士緣不是因爲恨你才這樣，是有其他原因的，那原因就是——」

「喂，Anna姊不是說還沒確定前先不要講嗎？」江政霖連忙插話。

「我很確定這就是事實！」羅雁琳神態激動，「徐子杰你去高雄比賽的那天，士緣並沒有跟張士倫告白，你知道爲什麼嗎？」

他愣住。

「因爲她喜歡你。」羅雁琳的聲音發顫，泫然欲泣，「她喜歡的人，不是張士倫，而是你，所以她沒辦法跟張士倫表白！」

徐子杰當場呆掉。

「雖然士緣喜歡你……可是她因此對張士倫有了罪惡感，誰都不敢說，也不敢讓任何人發現，只能硬逼自己忘掉你，就是這樣……才會把自己逼出病來的。」

羅雁琳的話，讓徐子杰一時仍無法言語。

羅雁琳低頭望了手中的鑰匙圈，然後抬起頭，「這個鑰匙圈，是在聖誕節過後，我陪士緣去買的，當時她說想要送人，我就問她是不是要送給張士倫？她說不是。」她深深地看著他，「你撿到這個鑰匙圈，那就表示士緣還沒送出去。我的推斷是，既然士緣不是要送給張士倫，那唯一有可能的人，就是你了。」

「這個鑰匙圈……我認為士緣是要給你的，徐子杰。」羅雁琳控制不住哽咽。

徐子杰怔怔地看著那雪人鑰匙圈。

「沒關係，妳要給我什麼？」

「就……一個小禮物。」

「禮物？」

「因為聖誕夜那天你有送我蛋糕，所以我也想回送個東西給你啊。」

他感覺心臟跳動的速度，正逐漸增快。

「沒差，我不想跟雪人爭蛋糕。」

「什麼雪人？」

「妳現在的裝扮就很像雪人，圓滾滾的。」

「喂，什麼叫圓滾滾的？」

徐子杰從羅雁琳手中奪走鑰匙圈，衝回醫院，羅雁琳、江政霖也跟在後面拔腿就跑。

「徐子杰！」踏進病房前，江政霖拉住他，「等等，你先不要進去，冷靜一下！」

他甩開江政霖的手，直接走進病房，獨自坐在床邊的方士緣立刻轉過頭來。

她沒有驚慌失措，也沒有逃走，而是茫然地注視著他。徐子杰快步走到她面前，俯身用雙手溫柔卻強制地捧住她的臉頰，她嚇了一跳，身子一縮，他的語氣帶著命令意味：

「看著我，方士緣！」

與她近距離四目相對，他努力維持語氣的穩定：「我不管妳現在是失憶還是怎麼樣，我只要妳回答我三個問題，問完我就走，若妳還是不想再見到我，我就從此在妳眼前消失，妳也不必再躲！」

聞言，她愣然，動也不動。

「我是誰？」他問。

「……徐子杰。」她吶吶地回。

他拿起鑰匙圈遞到她眼前，再問：「這個鑰匙圈，妳是要給誰的？」

方士緣一看到那個雪人娃娃，慢慢地，眼眶紅了起來。

「徐子杰。」她眼淚落了下來。

她的回答，讓羅雁琳和江政霖都不禁詫異。

「……最後一個問題。」徐子杰深呼吸，吃力地道：「妳喜歡的人是誰？」

她咬著唇，低下頭，淚流滿面，輕輕握住他的雙手，開始啜泣。

等到從她口中聽見那三個字，徐子杰的腦海空白，呼吸彷彿也停止了。

從喜歡上她的那一天起，他就不敢奢望能得到多美好的結果。

因為他知道，這是無論再怎麼努力，都不可能會實現的夢，所以只能拚命阻止、命令自己，不可以有更多的期待。

他明明是這麼告訴自己……

「不要……不要哭。」方士緣一慌，趕緊伸手擦去不知何時從他臉上落下的眼淚，「對不起，是我的錯。對不起，你不要哭……」

徐子杰緊緊將她擁進懷裡，悶聲哭了出來。

因爲害怕心會瓦解，所以他只能逃離有她在的地方，但是這種天眞想法，不但害了自己，也把對方傷得更深。

他好想跟她說對不起，將心中的愧疚傳達給她，卻一個字都說不出來，只能像個做錯事的小孩，對她懺悔哭泣。

方士緣擁抱著他，將他的眼淚、哽咽、心傷，全擁進那最溫柔最溫暖的懷抱裡。

「喏。」張士倫遞給徐子杰一罐熱可可。

「謝謝。」

「東西都整理好了嗎？」

「差不多了。」

「下禮拜的班機？」

「嗯。」

張士倫嘆息，望著人來人往的醫院大廳，「結果只剩我一個了。」

徐子杰看著他。

「士緣的爸媽離婚了，她要跟她媽媽搬去雲林。」張士倫的語調聽不出太多情緒，「你不在的這段期間，眞的發生很多事。」

「……」

「老實說，我現在還是有點難以接受，不過，本來就是我咎由自取，之前就算已經跟薇薇交往，卻還是希望士緣永遠都不要喜歡上別人，這樣就可以一直把她留在身邊。」語落，張士倫笑了笑，「要不然，我一定老早就把士緣介紹給你，把你們湊成對的。」

徐子杰喉嚨湧上一絲苦澀，「士倫，對不……」

「停，我說這些可不是要聽你道歉的。」張士倫打斷他的道歉，撇撇嘴角，「我只是希望，你可以好好對待士緣，雖然相聚的時間不多，但按照她那硬得要命的固執個性來看，我相信她絕對會等你回來的。」

「……」

「在她最難過的時候，是你陪在她身邊，謝謝你。」張士倫的目光緩緩落至地面，「還有，我很抱歉，一直讓你這麼痛苦，上次還打了你，對不起。」

「士——」

「好啦，你道歉，我也道歉，這樣就扯平了吧！」

徐子杰沉默不語，張士倫微笑地拍拍他的肩，然後起身離去。

偌大的游泳池裡，水花四濺的起落聲，在冷空氣中迴盪。

徐子杰從水中探出頭，瞧瞧牆上時鐘，正準備上岸休息，卻聽見有人叫他。

「這麼快就練完了？」方士緣一手托腮，在欄杆外笑咪咪地說：「怪不得士倫說你最近越來越偷懶。」

他不禁莞爾。

方士緣出院後，他們幾乎天天都待在一起。

游完泳後，他換好衣服從更衣室出來，她問：「今天要去哪？」

「妳想去哪？」

「怎麼又問我？我已經想不到還有哪裡可以去了，換你想啦！」她噘起嘴。

他被她這模樣逗笑，「那乾脆去廣場那裡好了。」

「嗯，好呀。」她點頭，見他穿起外套時又問：「你頭髮還在滴水，不吹乾嗎？」

「沒關係。」

「不行啦，今天很冷，這樣出去會感冒的！」她拿起桌上的乾毛巾，一邊替他擦頭髮，一邊說：「雖然我沒什麼資格這麼說，但你之前才得過重感冒，還想再生病一次嗎？」

她的舉動讓徐子杰當下有些失了神，就這麼靜靜讓她替他擦頭髮。

「咦？那個是……」沒多久，她的目光落至他頸間，徐子杰低頭一瞧，看到戴在脖子上的貝殼項鍊，便說：「悅悅給的，妳也有吧？」

「當然，一直戴著呢！」她拉開領子，拿出相同的項鍊，笑容燦爛。

他唇角一揚，凝視她半晌，臉慢慢朝她靠近，方士緣睜大眼睛，「你要幹麼？」

「吻妳啊。」沒等她反應過來，他就覆上她的唇，將她拉近自己。

儘管這樣擁著她，吻著她，卻似乎還是不太夠。她的溫度、氣息，都使他對她的渴求越來越多……想要她，完完全全的擁有她。

「等……等一下！」良久，方士緣用力推開他，滿臉通紅，「我喘不過氣了啦！」

他笑了起來，再把她拉回懷裡，她頓了頓，也伸手回應他的擁抱。

「士緣。」

「嗯？」

「我喜歡妳。」

「……」

「怎麼了？」

「沒、沒有。」她搖搖頭，臉仍紅著，「只是嚇一跳。」

徐子杰輕撫著她的髮，低喃：「謝謝，是妳。」

謝謝，那個人是妳。

方士緣呆了片刻，眼眶微紅，淡淡一笑，「對了……徐子杰，我可以再送一個鑰匙圈給你嗎？」

「為什麼？」

「因為上次看到你用我送你的鑰匙圈，我覺得很不好意思，那個雪人都髒掉了，還變得皺巴巴的，一點也不好看，所以我想再買一個新的……」

「不要。」他想也沒想。

「為什麼？」她訝異，忍不住抬起頭來。

「我喜歡那個雪人。因為那是妳送的，也因為雪人對我來說有很特別的意義。」

「特別的意義？」她好奇。

「小時候，我住在多倫多，只要冬天一下雪，我和我爸就會在家門口比賽堆雪人，那是我和他之間很重要的一段回憶，所以我不想換，也不會換，我想一直好好留著。」

方士緣聽得專注。

他看著她，「妳看過雪嗎？」

她搖頭。

「如果有機會讓妳看到那邊的雪就好了。」他莞爾，「前提是如果妳有興趣的話。」

「……我想看。」她唇角漾起笑意，「我想看雪，也想去你在多倫多的家看一看，要是可以跟你比賽堆雪人，我有信心不會輸給你喔。」

徐子杰笑起來，「那我會很期待那一天。」

記憶中的那片銀色世界，曾幾何時，已隨著從前的傷痛逐漸褪了色，失去光彩。

國三那年冬天，他站在雪地裡，仰望著飄雪的天空，思念著逝去的親人，美麗的雪似乎變得不再美麗，只有無盡冰冷，隨著每個冬季的來臨，啃蝕著那段曾經幸福的夢。

一年後，他遇見了她，才讓冷卻已久的心，開始有了溫度。

到了第二年的聖誕夜，身著白色衣裳的她，獨自坐在噴水池旁的階梯上，那抹身影，讓他不想移開目光，也無法從腦海中抹去。

彷彿雪飄落在眼前，如他記憶裡的一樣璀璨、明亮。

爲那段褪色的夢，重新鋪上片片雪花。

「我們很快可以再一起來吧？」

徐子杰離開台灣的那一天，兩人再度到廣場，握著彼此的手，方士緣一邊朝小朋友們走去一邊問他。

「嗯。」徐子杰點頭，沒有絲毫遲疑。

「希望……」她淺笑，眼眶微紅，「跟你比賽堆雪人的那天，也可以早點到來。」

他停下腳步凝視著她，而後低頭吻了她，這一幕立刻引得那群小孩發出一陣尖叫。

那是一個約定。

爲走過那段日子的兩人，所許下的願望。

只要冬季還會再來，雪還繼續下著，他就不會忘記。

他會等待，與她像這樣手牽著手，站在銀色世界裡，一起仰望從天空飄下的美麗雪花。

來自天堂的，那一片雪。

番外
雨後的未來

幾個小女生在教室裡嘰嘰喳喳討論著明天的畢業典禮。

「我媽媽買下我要的那條裙子，讓我在典禮上穿！」有一對漂亮鳳眼，名叫昭陽的女孩興高采烈地說：「妳們爸爸媽媽都會來吧？」

「我爸要出差，我媽和爺爺奶奶會來。」戴著黑色圓框眼鏡的短髮女孩是亮心，看向右手邊的長髮女孩，「香茗的媽媽也會來吧？」

「會呀，她早上還有班，但她答應我忙完就立刻趕過來。」香茗點點頭，望向另一個女孩，「沅潔呢？」

「我媽會來，但我爸不能過來。」在座位上翻漫畫書的沅潔闔上書，伸了個懶腰。

「為什麼不能過來？」三個女孩異口同聲問。

「我住在法國的姑姑兩個禮拜前出車禍住院，我爸過去探望她。我爸搭明天下午的班機回到台灣，來不及參加畢業典禮。」

「什麼嘛，還以為能再見到妳爸爸！」昭陽毫不掩飾失望之情，兩個女孩也是滿臉可惜。

「沒辦法，我姑丈出國工作了嘛，其他家人也都住得非常遠，我爸爸才決定去一趟，而且我很擔心姑姑，爸爸過去照顧她，我跟媽媽都會很放心。」

就在這時，一名五官端正的清俊男孩，從樓下五年級的教室跑上來。

他走到沅潔的座位前，向她伸出手，「沅潔，漫畫可以還我了，謝啦！」

「算你聰明，在你們班導動手搜查違禁品之前，就先把漫畫藏到我這裡。」沅潔嘴角一勾，把漫畫書交給他，「這本很好看耶，你有沒有下一集？」

「有啊，我昨天偷偷買下來了，妳不跟我媽告狀，我就借給妳。」男孩翹起唇角。

「沒問題。」沅潔與男孩擊掌。

兩人的互動引來三名女孩的曖昧目光。

「張淨綸，沅潔明天就畢業了，你會不會捨不得她？」昭陽率先問。

張淨綸不以爲然地眨了眨眼，「幹麼捨不得？我們住得那麼近，我隨時可以去她家找她。而且一年後，我也會去她和我哥念的那所國中，到時不就一樣每天能見面？」

「欸，我有說我一定會跟你們讀同一所國中嗎？」沅潔嚷道。

張淨綸定定地看著她，面不改色道：「妳不去念哥哥的學校無所謂，但我絕對會跟妳念同一所國中。」

女孩們忍不住發出小小聲的雀躍尖叫。

這次換亮心問：「你那麼想跟沅潔一起，那明天也一定會來參加她的畢業典禮嘍？」

「當然，我哥跟我爸也會來。」

張淨綸投下的震撼彈，讓一眾女孩們的驚叫聲差點掀翻屋頂。

「芝芝、晴芳，張冠綸和他爸明天會來畢業典禮！」昭陽興奮得向班上其他女同學大喊。

「我要去跟小青老師說，她一定會很開心！」跟班導感情最好的亮心立刻衝出教室，直奔導師室。

連向來最有氣質的香茗也失去了冷靜，臉上布滿紅暈，又叫又跳，「天呀，我要告訴我媽媽這件事！」

沅潔連忙抓著張淨綸的手去到走廊，低聲問：「士倫叔叔明天怎麼會來？他不是在新加坡嗎？」

「我爸昨天就回來啦。知道阿杰叔叔不能參加妳的畢業典禮後，我爸就說那他無論如何都要代替他出席，這有什麼好奇怪的？就算不是爲了阿杰叔叔，我爸那麼疼妳，本來就會想參加妳的畢業典禮。」張淨綸聳聳肩，覺得她大驚小怪。

沅潔懊惱地抱頭，她當然知道士倫叔叔是怎麼想的，但現在問題不是這個呀！

放學後，沅潔和好友們一同走出校門口，就聽見張淨綸出聲叫住她，而張淨綸身旁站著一名身穿國中制服的俊秀少年。

三個女孩爆出的尖叫，差點震破沅潔的耳膜。

「昭陽學妹、亮心學妹、香茗學妹，好久不見。恭喜妳們要畢業了。」少年笑容燦爛，態度溫和親切，讓女孩們的心一秒融化。

看到去年畢業的張冠綸出現，香茗猜測，「學長是特地來接張淨綸跟沅潔的嗎？」

「是我跟淨綸奉命來接沅潔。」對上沅潔意外又困惑的眼神，張冠綸笑吟吟告訴她：「沅潔，聽說士緣阿姨今天也要加班，妳來我們家吃飯吧。」

「可是媽媽幫我準備好晚餐了，我回家微波一下就可以吃啦！」這幾天媽媽加班晚歸，她都是這麼做的。

「是我爸的意思，聽到妳自己使用微波爐，他簡直快嚇死了，堅持把妳接去我家吃晚餐不可。」張冠綸解釋。

沅潔一點也不意外，這確實是士倫叔叔會有的反應。

張冠綸從她的眼裡讀出無奈，又笑了起來，「所以妳就當幫幫我嘍，別讓我和淨綸回家挨罵，妳也知道我爸凶起來很恐怖。」

不好讓張冠綸和張淨綸爲難，沅潔只好與一臉欣羡的好友們道別，跟著這對引人注目的兄弟一同離去。

在張家吃完晚餐，陪士倫叔叔聊了一會，沅潔便再次在這對兄弟的護送下回到家中。進門時，沅潔正好接到母親的電話，母親也已經得知士倫叔叔爲了參加她的畢業典禮提前返台。沅潔能料想得到，士倫叔叔這個舉動將會引來什麼樣的騷動，忍不住向母親吐苦水。

宛如一個模子刻出來的張家父子，一現身在畢業典禮會場，立刻成爲現場所有女性的目光焦點。

沅潔很感謝張冠綸和士倫叔叔特地來參加她的畢業典禮，但他們父子三人實在太惹人注目了，尤其是充滿成熟男人魅力的士倫叔叔，不僅是沅潔班上的女同學，幾個女老師也很期待見到他。

張家兄弟的呵護備至，本就讓沅潔在學校備受「關注」，而士倫叔叔的現身，更爲她招來更多女同學的嫉妒。沅潔爲此憂心忡忡，母親聽了她的煩惱，只長長嘆了一口氣，表示雖然能體會她的心情，但如果讓士倫叔叔知道，八成會一顆玻璃心碎滿地，因此只能請她盡量忍耐了。

沅潔注意到不少女性家長頻頻朝士倫叔叔望去，張淨綸的班導還藉由討論張淨綸在校的表現，主動上前與他攀談。

只有這個時候，沅潔才有一點慶幸爸爸無法來參加自己的畢業典禮，否則眞不知道還會再惹來多少騷動。

典禮進行到表演時間，身爲合唱團主唱的沅潔，抬頭挺胸站在隊伍前方，用清亮優美的歌聲高唱畢業歌及校歌，表現得落落大方，絲毫不怯場。

用手機全程錄下這一幕的方士緣，露出心滿意足的感動微笑。

等表演結束，發現隔壁那個男人按快門的喀嚓聲竟還未停，她忍不住翻白眼，「張士倫，你適可而止吧。冠綸畢業都沒見你這樣，別人看了還以爲你才是沅潔的爸爸！」

「我是啊，等沅潔以後嫁給冠綸或淨綸，不就眞的變成我的女兒了？」張士倫笑嘻嘻地自說自話，驕傲地端詳剛剛拍的照片，「我們沅潔不僅可愛，歌也唱得好聽，怎麼會有這麼優秀完美的孩子呢？嘖嘖。」

聽他臉不紅氣不喘說出這些肉麻話，方士緣搖搖頭，無力地嘀咕：「我老公就已經是個沒救的女兒傻瓜了，現在還多一個更傻的。」

典禮告一段落，方士緣和張士倫帶著三個孩子一塊合影。

趁著空檔，張冠綸問父親：「爸，我可以去找一下我以前的老師嗎？」

「好，去吧。」

張士倫同意後，張冠綸跑到一名男老師面前，不到幾分鐘，便有其他老師和學弟妹陸續聚集過來圍著他。

「冠綸的人緣真好，都畢業了，還有這麼多人記得他。」方士緣忍俊不禁，瞥向身旁的男人，「跟某人一模一樣。」

「妳是說我？」張士倫挑眉。

「不然還有別人嗎？冠綸各方面都跟你很像；淨綸則像媽媽，低調許多。」她笑著望向站在沅潔身邊的男孩。

「我不喜歡像哥那樣跟每個人都很要好，那樣太累也很煩。」張淨綸老氣橫秋地嘆氣。

昭陽插嘴：「士緣阿姨，張淨綸也很受歡迎喔，常常有女生寫情書、送禮物給他，但他從來不收；有人託朋友向他告白，他也完全不理。冠綸學長至少會在讀過情書之後，再禮貌地回信拒絕對方。」

「什麼？我怎麼不知道有這種事？淨綸，你對女孩子怎麼這麼不體貼？」張士倫不禁叨念起兒子。

「對不喜歡的女生幹麼體貼？而且既然要告白，她們幹麼不自己來說，而是透過別人告訴我？這樣很沒禮貌又沒誠意吧？」張淨綸淡淡地瞄了父親一眼，「難道爸爸以前曾經這樣追女生？那你最後一定沒有成功。」

張士倫被小兒子嗆得面紅耳赤，方士緣笑得彎下了腰，鮮少見到母親笑得如此誇張，沅潔不免覺得有點稀奇。

「那淨綸在學校有對哪個女生比較體貼嗎？」方士緣笑著揩去溢出眼角的淚，發現昭陽、亮心、香茗不約而同朝沅潔看去，她面露詫異，「只有沅潔嗎？」

這一次換亮心出聲：「對，過去沅潔因爲冠綸學長或張淨綸，被女同學、學姊欺負時，冠綸學長會去找對方好好談，但是張淨綸會報復回去。張淨綸生氣的時候很恐怖，後來就沒人敢再明目張膽地欺負沅潔了。」

香茗也打算說些什麼，沅潔慌張地制止了她。

方士緣和張士倫都是第一次聽到這件事，當場瞠目結舌。

張士倫氣得猛捏小兒子的臉頰肉，「你這渾小子，竟然背著我在學校欺負別人，怪不得你媽媽曾經被老師找去學校。不能像你哥一樣用講的嗎？」

「你不要罵他啦，淨綸也是爲了沅潔才這樣！」方士緣連忙把張淨綸拉過來，心疼地摸了摸他被捏紅的臉蛋，「淨綸，阿姨眞的非常感謝你願意挺身保護沅潔，但以後別這麼做了，阿姨捨不得看到你被老師處罰，對你媽媽更是不好意思。」

「士緣阿姨，妳放心。我媽媽說，是欺負沅潔的那些傢伙有錯在先，她還說哥哥的做法太溫和了，只有像我這樣，那些人才會收手。媽媽是站在我這邊的，她還稱讚我了不起，知道要保護女生。」男孩振振有詞，挺直了腰桿。

方士緣和張士倫再一次張大了嘴巴，最後張士倫低頭扶額，一副快昏過去的樣子。

典禮結束後，方士緣走出會場，接到一通電話。說了幾句，她將手機交給女兒，「沅潔，是雁琳乾媽，她想跟妳說話。」

沅潔與高采烈地接過手機，快步走到角落講起電話。

注意到身旁的男人依舊眉頭深鎖，方士緣寬慰他，「好了啦，你別煩惱了。」

「我眞不懂，沅潔這麼可愛，怎麼有人忍心欺負她？根本沒道理。是不是，冠綸？」張士倫扭頭問大兒子。

「是啊，沅潔還說，要我在學校別對她太好，有人會不高興，我也不明白這是爲什麼？」張冠綸聳聳肩。

望著這對父子，這次換方士緣扶額，同時恍然大悟，爲何女兒之前會表示不想跟張冠綸讀同一間國中。

「妳幹麼這樣瞪我？」發現青梅竹馬斜睨著自己，張士倫納悶地開口。

「託你的福，我回想起了往事。」方士緣恨恨地抬手朝他的肩膀用力捶下去，心想這是什麼沒完沒了的孽緣？

此時張冠綸的手機也響了，他接起說了幾句，就走到沅潔身邊，將手機交給她，方士緣猜想應該是兩兄弟的母親打電話過來祝賀沅潔畢業。

「對了，士緣，明天我就回新加坡了。」張士倫被公司外派新加坡兩年，再半年就能回來，「讓我去機場接阿杰吧，我大概只有今天能見到他了。」

「但你也是難得回來，應該多陪陪老婆兒子吧？」方士緣其實無所謂，只是總覺得這樣對他的妻兒過意不去。

「下個月底我還會再回來一趟，只是阿杰那時又要忙了吧？我已經一年沒見到他了，我老婆會諒解的。妳今天不也還有工作？妳放心去忙，晚上我會送他回去。」

方士緣還未回應，沅潔就和昭陽手牽手跑了過來。

「媽媽，昭陽說她家有Switch，我可不可以去她家玩？我會在爸爸回來前回家的！」

望著女兒晶亮的眼神，方士緣答應了，也同意讓張士倫去機場接丈夫。

昭陽有兩個姊姊，分別讀國中和高中，四個女孩在客廳玩Switch玩得不亦樂乎，時間一分一秒流逝，窗外的太陽開始西下。

再輪到沅潔玩時，張士倫正好打電話給她。

「沅潔，我剛才打給妳媽，她沒接，可能還在忙。妳幫我跟她說，我帶妳爸爸去喝一杯，會稍微晚一點回去。」他說。

「喝一杯……」沅潔忽然定住，心裡一慌，「士、士倫叔叔在跟爸爸喝酒嗎？」

「是啊，已經喝好幾杯啦，那就麻煩妳跟媽媽說一聲嘍。」

結束通話後，昭陽的母親問沅潔要不要吃完晚飯再回家。

不料沅潔竟雙手合掌，開口哀求：「阿姨，這是我一生一世的請求，今晚可不可以讓我住這裡？我會幫阿姨做家事，不會吵鬧，求求妳讓我留下來好不好？」

昭陽的母親被她的誇張言辭逗笑，一口答應，「當然好，我打電話跟妳媽媽說一聲。」

沅潔鬆了一口氣，也跟著笑了。

在家埋首工作的方士緣，渾然不知手機已然耗盡最後一絲電力。

客廳電話響起，她匆匆走過去接，是昭陽的母親打來的，徵詢她是否同意女兒今晚留宿在昭陽家。方士緣有些納悶，以爲女兒是和朋友玩得太開心，便同意了。

掛上電話後，她繼續工作，等到事情處理完，時間已來到晚上九點半。

這時她才終於發現手機沒電，趕緊充電並開機，跳出好幾通來自張士倫的未接來電和三、四則訊息。

就在此時，大門傳來開鎖的聲音，一名身型高大的男人推著行李箱出現在門口。

「你回來啦？」方士緣上前接過行李，「子伶姊怎麼樣？她還好嗎？」

「沒事了。她婆婆接手照顧她，姊夫後天就會回去。」徐子杰環視安靜的客廳，「沅潔呢？」

「她說今天晚上想在昭陽家過夜，就由她去了。」方士緣把行李箱放置到一旁，走進廚房打開櫃子，「我以爲士倫會到午夜才放你回來。你累了吧？要不要幫你泡杯茶？還是你想直接去洗澡休息？」

徐子杰沒有答話，跟著來到了廚房。

方士緣以爲丈夫是想先喝杯茶，於是取出紅茶茶包，莞爾說：「對了，今天我從沅潔的朋友口中聽到有趣的事，聽說淨綸爲了沅潔……」

徐子杰驀地從背後抱住她，嘴唇在妻子的耳根游移，沿著頸部一路往肩膀滑去，手也同時往她的上衣裡探入……

「欸，我正準備幫你泡茶，你做什麼啦？」方士緣嚇了一大跳，一轉過頭，丈夫的唇就湊了上來。

方士緣整個人被牢牢圈在男人厚實的懷抱裡，動彈不得。直至被吻得喘不過氣，她才在恍惚中驚覺一件事。

「等等，你喝酒了？你跟士倫去喝酒了嗎？」

「他太煩了，說什麼不喝就不讓我回去，他說他有請沅潔跟妳說。放心，我沒喝很多。」徐子杰沉聲說完，繼續對妻子展開攻勢，動作比方才更加猛烈大膽。

「你都這副德性了，還說沒喝很多。我就覺得奇怪，沅潔明明那麼期待你回來，怎麼會忽然說要在昭陽家過夜……」

方士緣又羞又急，眼看就快要招架不住，忍不住脫口大叫：「徐子杰，你清醒點，這裡是廚房呀！」

她這一喊，讓男人停下動作，定定地看著她，隨後露出笑容。

「你、你為什麼這樣笑？」方士緣被那雙因酒精而顯得更加深邃的黑眸，盯得滿臉通紅，忍不住啞聲問。

「妳很久沒用這種語氣連名帶姓叫我了。」

說完，徐子杰便攔腰一把將妻子直接抱起，逕自走入臥房。

同一時間，沅潔和昭陽躺在床上聊天。

儘管兩人都有點睏了，昭陽仍捨不得就此睡去，「妳今天爲什麼想在我家過夜？妳爸爸不是今天回來？妳不想早點見到他嗎？」

「我當然想，前提是我爸爸今天沒喝酒。」沅潔嘆氣。

「你爸爸喝酒會怎麼樣嗎？難道會像我爸一樣，喝醉就變了個人，又哭又笑，還會大呼小叫？」

沅潔尷尬又害羞地搖搖頭，「不是啦，我爸爸喝醉時，外表是看不出來的，說話也很正常，只是會忽然抱住我，說他有多愛我這個女兒，讓我很不好意思……我媽媽說爸爸從以前就這樣，稍微多喝一點酒，就會對親近的人表達愛意。」

「是哦？沒想到妳爸那麼酷的人居然會這樣！」昭陽哈哈大笑，旋即話鋒一轉，「欸，妳喜歡的是張冠綸，還是張淨綸啊？我保證不跟亮心、香茗說。」

沅潔無可奈何道：「妳怎麼又問這個？我不是說過，他們就是我的哥哥和弟弟，我根本沒想過這種事！」

「那妳從現在開始想嘛。張淨綸一看就是喜歡妳，張冠綸就不確定了，他對誰都很好，也很親切。不過他不是希望妳去念他的學校？我覺得他喜歡妳的可能性也挺大的，要是他們眞的都喜歡妳，妳要選誰？」昭陽一邊逼問她，一邊呵她癢。

「哎唷，妳不要鬧啦！」怕癢的沅潔邊笑邊閃躲，「對了，淨綸今天偷偷告訴我，叫我最好別把冠綸哥哥想得太單純。」

「這是什麼意思？」

「我不知道，不過，關於讀同一所國中的事，今天冠綸哥哥也來問我了，那時他說的話，其實讓我有點嚇到……不曉得他是不是生氣了？」

「他說了什麼？」昭陽精神都來了。

沅潔對著天花板眨了眨眼，回想起自己今天與張冠綸的對話。

她跟乾媽通完電話後，張冠綸拿著手機來找她，原來是他媽媽想透過電話祝賀她畢業。

把手機還給張冠綸後，張冠綸忽然問：「對了，沅潔，聽淨綸說，妳好像未必會來念我的學校，這是眞的嗎？」

雖然張冠綸確實對誰都很好，但沅潔知道，他也跟士倫叔叔一樣，對她特別寵溺，如果說出眞心話，張冠綸應該會感到很受傷。

她不想傷害張冠綸，於是搖頭道：「沒、沒有啦，我是開玩笑的，那不是眞的！」

「太好了，其實我想過，要是妳眞的比較喜歡另一所國中，我也不好爲難妳，硬逼妳來念我的學校。」

「眞的嗎？」沅潔彷彿看見一線希望。

「開玩笑的。」張冠綸唇角笑意不減，用手指輕勾起她一縷頭髮，淡淡問：「妳怎麼以爲我會讓妳這麼做？」

那是張冠綸第一次用這種口氣跟她說話，沅潔不由得怔住了。

雖然張冠綸依舊笑笑的，但她猜測自己可能惹他生氣了。

聽沅潔轉述完之後，昭陽霍然從床上坐起，大喊：「我就知道，我果然沒說錯！」

「沒說錯什麼？」沅潔一愣一愣。

「齁，沉潔，妳真的超級遲鈍！張冠綸不是在生氣啦，他那句話的意思其實是——」

「昭陽！」昭陽的母親在房門外喝斥，「樓下都聽得到妳的聲音，妳這麼吵，沉潔是要怎麼睡覺？」

昭陽連忙躺回床上，不敢再吭聲，待母親的腳步聲遠去，她才用氣音對沉潔說：「先睡吧，其他的明天再說。」

翌日一大清早，昭陽大力搖醒猶在睡夢中的沉潔。

「沉潔、徐沉潔！不要睡了，快起床，妳爸爸來接妳了！」

沉潔瞬間驚醒過來，穿著睡衣便跑下樓，果真看見父親在客廳和昭陽的媽媽交談。只是穿著最簡單的白T恤和牛仔褲站在那裡，這個男人依然耀眼得讓人移不開目光，沉潔注意到昭陽的媽媽臉上悄悄浮現一絲紅暈。

發現女兒站在樓梯口，徐子杰溫聲說：「沉潔，去刷牙洗臉換衣服，準備回去了。」

沉潔點點頭。十分鐘後，她匆匆忙忙帶著收拾好的包包回到客廳。向昭陽一家人道謝並道別後，父女倆手牽著手離去。

「爸爸，對不起，昨天你出差回來，我卻沒有回家。」沉潔心虛地開口。

「沒關係，爸爸才要道歉，沒辦法參加妳的畢業典禮，妳很失望吧？」

沉潔抿抿唇，坦言：「是有一點啦……可是你還是在昨天趕回來啦。而且姑姑的事比較重要，她好一些了嗎？」

「嗯，她說對妳感到非常抱歉，還說等妳放寒假，要招待妳去法國玩。」父親對她微微一笑，「今天爸爸先補償妳，妳想去哪裡？或是想要什麼畢業禮物？儘管開口。」

「眞的？」她眼睛一亮，「媽媽不一起去嗎？」

「妳媽媽昨晚有點累，讓她好好睡吧。我們去吃早餐，吃完再回家接她。」

沅潔燦然笑開：「好！」

「對了，妳媽媽昨天提到淨綸，說是從妳朋友口中聽到有趣的事，妳知道是什麼事嗎？」徐子杰問。

「這個……」沅潔不想讓父親知道她曾在學校遭同學惡意欺負，決定含糊帶過。「對了，我有個問題想問爸爸，是關於冠綸哥哥的事！」

「冠綸怎麼了？」

成功轉移父親注意力的同時，沅潔也發現，自己似乎從沒有聽父親談論過對張冠綸的看法，於是她順勢問道：「昨天媽媽說，冠綸哥哥跟士倫叔叔各方面都非常相像，你的想法也跟媽媽一樣嗎？」

徐子杰思考半晌，卻說：「我覺得淨綸比較像他。」

「爲什麼？」沅潔大感意外。

「淨綸和他爸爸都是性情直率、有話直說的人，但冠綸給我的感覺就比較深不可測，很難捉摸他的心思。」徐子杰如此解釋。

雖然沒能完全理解，但沅潔覺得父親的想法，似乎跟張淨綸一樣。

以她對張淨綸的了解，他不會毫無根據就那樣說自己的哥哥。

她是不是可以問父親，張冠綸那句奇怪的話是什麼意思，他眞的沒有生氣嗎？以及他是怎麼想的？

她眞的很想知道這些問題的答案。

「那個……」只是在迎上父親的視線時，沅潔冷不防想起先前和媽媽的一段對話。

「沅潔，媽媽知道妳很喜歡爸爸，所以什麼事都想跟他分享，但像是男朋友呀、戀愛呀……這樣的話題，妳盡量不要跟他聊，知道嗎？」

「爲什麼不能跟爸爸聊？」

「上次雁琳乾媽只是看到妳跟淨綸走在一起，隨口說了一句你們兩個很相配，妳爸就不知道想到哪裡去，心情低落了一整天。假如有一天，妳有了喜歡的人，或是發現誰在喜歡妳，偷偷跟媽媽說就好，千萬別告訴爸爸。」

沅潔心想，她又不是在跟爸爸聊戀愛話題，只是想問他張冠綸那句話是什麼意思，應該沒有關係吧？

想到這裡，她再度展露笑顏，甜甜地出聲：「爸爸，我跟你說喔……」

國家圖書館出版品預行編目資料

來自天堂的雨【紀念版】／晨羽著. -- 初版. -- 臺北市：城邦原創股份有限公司出版：英屬蓋曼群島商家庭傳媒股份有限公司城邦分公司發行, 2022.09
面；公分. --

ISBN 978-626-96353-3-7（上冊：平裝）
ISBN 978-626-96353-4-4（下冊：平裝）

863.57　　111012071

來自天堂的雨【紀念版】（下）

作　　者／晨羽
企畫選書／楊馥蔓　　行銷業務／林政杰
責任編輯／簡尤莉　　版　　權／李婷雯

網站運營部總監／楊馥蔓
副總經理／陳靜芬
總 經 理／黃淑貞
發 行 人／何飛鵬
法律顧問／元禾法律事務所　王子文律師
出　　版／城邦原創股份有限公司
台北市中山區民生東路二段 141 號 6 樓
電話：(02) 2509-5506　傳真：(02) 2500-1933
E-mail：service@popo.tw
發　　行／英屬蓋曼群島商家庭傳媒股份有限公司城邦分公司
聯絡地址：台北市中山區民生東路二段 141 號 11 樓
書虫客服服務專線：(02) 25007718・(02) 25007719
24小時傳真服務：(02) 25001990・(02) 25001991
服務時間：週一至週五09:30-12:00・13:30-17:00
郵撥帳號：19863813　戶名：書虫股份有限公司
讀者服務信箱 email：service@readingclub.com.tw
城邦讀書花園網址：www.cite.com.tw
香港發行所／城邦（香港）出版集團有限公司
地址：香港灣仔駱克道 193 號東超商業中心 1 樓
E-mail：hkcite@biznetvigator.com
電話：(852)25086231　傳真：(852) 25789337
馬新發行所／城邦（馬新）出版集團 Cité(M)Sdn. Bhd.
41, Jalan Radin Anum, Bandar Baru Sri Petaling,
57000 Kuala Lumpur, Malaysia.
電話：(603) 90563833　傳真：(603) 90576622
E-mail：services@cite.my

封面插畫／左萱
封面設計／Gincy
電腦排版／游淑萍
印　　刷／漾格科技股份有限公司
經 銷 商／聯合發行股份有限公司
電話：(02)2917-8022　傳真：(02)2911-0053

■ 2022 年 9 月初版
■ 2022 年 9 月初版 6.5 刷
Printed in Taiwan

定價／350元

ISBN 978-626-96353-4-4